玄怪录

续玄怪录

（唐）牛僧孺　李复言　撰
刘润雨　选编

巴蜀书社

【掠剩使】

裴曰：『吾职司人剩财而掠之。』韦曰：『何谓剩财？』裴曰：『人之转货求丐也，命当即叶，忽遇物之简稀，或主人深顾，所得乃逾数外之财，即谓之剩，故掠之焉。』

人生有命，时不参差，以道静观，无复躁竞，勉之哉！

【橘中叟】

诸橘尽收，余有两大橘，如三四斗盎。巴人异之，即令攀摘，轻重亦如常橘。剖开，每橘有二老叟，鬓眉皤然，肌体红润，皆相对象戏，身长尺余，谈笑自若，剖开后亦不惊怖，但相与决赌。

【大唐桃源】

寻小径，不觉行四五里……一树，高百尺余，条干偃阴为五色，翠叶如盘，花径尺余，色深碧，蕊深红，异香成烟，著物霏霏。有鹦鹉数千，丹嘴翠衣，尾长二三尺，翱翔其间。

【木偶姑娘】

官舍有佛堂，堂中有二木偶人，长尺余，雕饰甚巧，丹青剥落。惠因持归与稚儿，方食饼，木偶即引手请之。儿惊报惠，惠笑曰：『取木偶来。』即言曰：『轻红、轻素自有名，何呼木偶！』于是转盼驰走，悉无异人。

【三魂受刑】

『此身不入，何以受刑？』

『入则不得归矣。凡人有三魂，一魂在家，一魂受杖耳。不信，看郎胫合有杖痕。』

目录

卷二

可爱精怪 荒诞奇遇

卷三

冥界游历

鬼怪秘闻

卷四

妖物作祟 人心惊悚

“装怪” 系列导语

巴蜀书社推出的系列志怪小说《玄怪录·续玄怪录》《阅微草堂笔记》《子不语》等是中国古典短篇小说的精华之作，译注者精心选编，加以简洁、晓畅的注释、翻译，并配以精美的插画，汇集成“装怪”系列，为广大读者呈送了一套雅俗共赏的古典文学读物，在弘扬中华优秀传统文化上有着积极的意义。

志怪小说中许多故事看似荒诞不经，但种种神异实为人心幻化，地府仙界即是尘世的真实写照。作者对人世的深切关怀都蕴含在文辞之中，这些故事反映了作者对于当下的认知，传递了作者的思想观念，也寄托了作者对于现世的期许。

《玄怪录·续玄怪录》选自《玄怪录》和《续玄怪录》。《玄怪录》作者牛僧孺，唐代中晚期重要政治人物，《续玄怪录》作者李复言，唐代作家、诗人。唐代文化高度发达，在文学创作上，除唐诗以外，对后世影响最为深远的文体是唐传奇，《玄怪录》则是唐代传奇小说中的翘楚，所谓“选传奇之文，荟萃为一集者，在唐代多有，而煊赫莫如《玄怪录》”（鲁迅《中国小说史略》）。

《玄怪录·续玄怪录》分为四卷，所选篇目均为原书的精华之作，给我们呈现了虚幻诡谲、瑰丽多彩的想象世界，所记述之事涉及历史人物、神仙道术、鬼怪妖物、风土人情，内涵丰富，语言婉约，笔触细腻，情节曲折，有着很高的艺术成就，极富思想性。本书情节光怪陆离，而所谈所思皆为人世，展示了中古时代广袤的风土人情和时人幽深宏阔的精神世界。

《阅微草堂笔记》作者纪昀，清代文学家，官至太子少保、协办大学士、礼部尚书。曾任《四库全书》总纂官，为乾隆朝官方学术工作的负责人，对传统文化的总结汇编有重大贡献，被嘉庆帝赞誉为“敏而好学可为文，授之以政无不达”。

《阅微草堂笔记》为纪昀晚年之作，记述了种种社会见闻，主要是狐鬼神怪故事，折射出康乾盛世下的世态和隐忧，也表达了纪昀对“假道学”的讥讽。全书叙述、议论融为一体，意蕴深刻，富有人文情怀。故事内容涉及社会各个层面，涵盖的地域范围广阔，对于认识清代社会风情也有重大价值。本书选编故事百余篇，分为五卷，读者可以就此领略纪昀精练跳脱的文笔和独具魅力的精神意趣，感受康乾时代的社会风貌。

《子不语》作者袁枚，清代中叶最负盛名、最有影响的文人之一，主张诗文审美创作应抒写性灵，重视生活情趣，清末词人蒋敦复称其“壮岁归隐，享园林之乐，极声色之娱。桃李门墙，遍及巾帼。王侯为之倾倒，走卒识其姓名。文采风流，论者推为昭代第一人”。

《子不语》是袁枚抒写性灵的重要作品，全书语言清新自然，简练的笔触下展现了多样的社会风情画卷。作者独到的思想和见解跃然纸上，神鬼也有七情六欲，难脱恋恋红尘，对俗世的察悟，对人心的凝视，谱写出一幕幕悲喜剧在书中上演。本书选编故事百余篇，分为六卷，全面展现了原著的风貌。

“装怪”系列所收录、选编的著作的作者皆为一时人杰，其著述在思想性上有着较高的成就，透过文字，我们可以看到作者丰富的内心世界，从中感受精神、思想的力量；在内容取材上，作者广泛从民间和士人群体中汲取奇闻轶事，有着鲜明的时代性和深厚的社会背景，使得故事富有生命力，我们可以从中感受当时的风土人情，获得更多的生命体验，徜徉于古风古韵之中。

作为古典文学的翘楚，“装怪”系列所收录、选编的志怪小说在文学创作上各具特色，《玄怪录》《续玄怪录》幽深曲折，引人入胜；《阅微草堂笔记》淡雅朴质，富有生趣；《子不语》亦庄亦谐，清新隽永……读者可以在阅读中获得美的体悟。

相信这套精心选编、翻译的志怪小说能让读者沐浴古典文学之美，并进一步阅读原著全文，从中获得精神的愉悦，感受历史文化的深邃与醇美。需要指出的是，志怪小说的创作深受当时社会风俗、信仰的影响，内容上也充斥了较多的传统文化糟粕，带有时代局限性，希望读者以批判的眼光，对这些内容加以审视。

张剑光

2022 年 7 月

出版说明

本书是唐代传奇志怪小说《玄怪录》《续玄怪录》的选篇集。《玄怪录》作者牛僧孺，唐代中晚期重要的政治人物，贞元年间进士，牛李党争中“牛党”的领袖。《续玄怪录》作者李复言，唐代作家、诗人。唐代文化高度发达，在文学创作上，唐诗以外，对后世影响最为深远的是唐传奇，《玄怪录》则是唐代传奇小说中的翘楚，鲁迅曾评价“选传奇之文，荟萃为一集者，在唐代多有，而煊赫莫如《玄怪录》”（《中国小说史略》）。

《玄怪录》《续玄怪录》多记载隋唐及前朝之事，涉及到历史事件、神仙道术、风土人情等内容，内涵丰富，语言婉约，笔触细腻，情节曲折，有着很高的艺术成就，极富思想性。本书虽为志怪小说，而所谈所思皆为人世，对于我们认识中古时代的社会风貌、士大夫与庶民的思想精神世界有着珍贵的文学史价值。

全书精选故事40余篇，并加以注释、翻译，根据主题分为四卷，分别是“修仙炼丹　世外桃源”“可爱精怪　荒诞奇遇”“冥界游历　鬼怪秘闻”“妖物作祟　人心惊悚”，这些篇目均为原书的精华之作，给我们呈现了虚幻诡谲、瑰丽多彩的想象世界，展示了中古时代的风土人情和时人幽深宏阔的精神世界。

第一卷“修仙炼丹　世外桃源”展开了一幅曲滟风流、雅骨绮梦的大唐浪漫图卷，入山遇仙人，桃源寻一梦，凡人升仙境，在千变万化的道术世界中放肆奇异自由的想象力。第二卷“可爱精怪　荒诞奇遇”中体现了古代中国人“万物有灵”的民俗信仰，古人认为跟人生活时间久的话，器物也会沾染人的气息，有了岁月打磨的灵性，扫帚、捶衣棒、破锅、木偶等平淡无奇、司空见惯的东西变化为人，常常让人感觉到离奇又治愈，他们往往喜爱吟诗作对，嬉笑玩闹，常有助人的热心肠。第三卷“冥界游历　鬼怪秘闻”揭开了狂哉盛唐的另一面——黑夜中的幽玄静气，类于秉烛夜游，夜行荒冢。第四卷“妖物作祟　人心惊悚”在荒诞中揭开人心中的恐惧。表里世界总关情，骤然而来，戛然而止，不动声色的结局，留人凭空猜测。

《玄怪录》《续玄怪录》原书早已亡佚，它们的单篇故事散见于宋代以来的各种类书或小说集中，各篇以主人公或讲述人的名字为篇名，与故事内容关联不大，在不同刻本中篇名甚至有所不同，为了避免篇名的模糊性影响了大众读者对精彩故事的感受，本书搜集整理原篇时，为每一篇重拟了精炼清晰的新篇名，原篇名亦保留在开篇注释中，方便读者对照。

本书以明代高承埏《稽古堂群书秘简》本所收《玄怪录》为底本，参考北京图书馆藏书林松溪陈应翔刻本，并借鉴了程毅中先生中华书局本《玄怪录　续玄怪录》的校勘成果。

本书作为唐代中晚期的志怪小说，深受当时盛行的佛、道思想的影响，故事中多有因果报应、轮回转世、修仙炼丹、长生不老等宗教元素，带有时代局限性，译文对此进行了文字处理，希望读者以批判的眼光，对这些内容加以审视。

卷一
修仙炼丹
世外桃源

杜子春

杜子春者，周、隋间人。少落魄，不事家产，然以心气闲纵，嗜酒邪游。资产荡尽，投于亲故，皆以不事事之故见弃[1]。方冬，衣破腹空，徒行长安中，日晚未食，彷徨不知所往。于东市西门，饥寒之色可掬[2]，仰天长吁。有一老人策杖于前，问曰："君子何叹？"子春言其心，且愤其亲戚疏薄也，感激之气发于颜色。老人曰："几缗则丰用[3]？"子春曰："三五万则可以活矣。"老人曰："未也，更言之。""十万。"曰："未也。"乃言："百万。"曰："未也。"曰："三百万。"乃曰："可矣。"于是袖出一缗，曰："给子今夕，明日午时俟子于西市波

原篇名《杜子春》

[1] 见弃：被抛弃。

[2] 可掬（jū）：两手捧着，形容情状明显，活灵活现，好像实体的一样。

[3] 缗（mín）：穿铜钱用的绳子，这里用于指成串的铜钱，每串一千文。

斯邸[1]，慎无后期。”及时，子春往，老人果与钱三百万，不告姓名而去。

子春既富，荡心复炽。自以为终身不复羁旅也，乘肥衣轻[2]，会酒徒，征丝竹歌舞于倡楼，不复以治生为意。一二年间，稍稍而尽。衣服车马，易贵从贱，去马而驴，去驴而徒，倏忽如初。既而复无计，自叹于市门。发声而老人到，握其手曰：“君复如此奇作！吾将复济子，几缗方可？”子春惭不对，老人因逼之，子春愧谢而已。老人曰：“明日午时，来前期处。”子春忍愧而往，得钱一千万。未受之初，发愤以为从此谋生，石季伦、猗顿小竖耳[3]。钱既入手，心又翻然，纵适之情又却如故。不三四年间，贫过旧日。复遇老人于故处，子春不胜其愧，掩面而走，老人牵裾止之，曰：“嗟乎！拙谋也。”因与三千万，曰：“此而不痊，则子贫在膏肓矣。”子春曰：“吾落魄邪游，生涯罄尽。亲戚豪族，无相顾者，独此叟三给我，

[1] 邸：旅舍。

[2] 乘肥衣轻：乘着肥壮的骏马，穿着轻巧的华服。

[3] 石季伦：石崇（249—300），字季伦，西晋时期大臣、文学家、富豪，曾与晋武帝舅舅王恺比富；猗（yī）顿：春秋时鲁国人，他向陶朱公学致富之术，积累了很多财物；小竖：小子，骂男子的话。

我何以当之?”因谓老人曰:“吾得此，人间之事可以立，孤孀可以足衣食，于名教复圆矣[1]。感叟深惠，立事之后，唯叟所使。”老人曰:“吾心也。子治生毕，来岁中元，见我于老君双桧下。”子春以孤孀多寓淮南，遂转资扬州，买良田百顷，郭中起甲第[2]，要路置邸百余间，悉召孤孀分居第中，婚嫁甥侄，迁祔旅榇[3]，恩者煦之，仇者复之。既毕事，及期而往。

老人者方啸于二桧之阴，遂与登华山云台峰。入四十里余，见一居处，室屋严洁，非常人居。彩云遥覆，鸾鹤飞翔，其上有正堂，中有药炉，高九尺余，紫焰光发，灼焕窗户。玉女数人环炉而立，青龙、白虎分据前后。其时日将暮，老人者不复俗衣，乃黄冠绛帔士也[4]。持白石三丸、酒一卮遗子春，令速食之讫。取一虎皮铺于内西壁，东向而坐，戒曰:“慎勿语，虽尊神、恶鬼、夜叉、猛兽、地狱，及君之亲属为所囚缚，万苦皆非真实，但当不动不语耳，安心莫惧，终无所苦。

[1] 名教:以“正名分”为中心的儒家礼教。

[2] 甲第:豪门贵族的宅第。

[3] 迁祔(fù):迁坟;旅榇(chèn):客死他乡者的棺材，榇，棺材。

[4] 绛(jiàng):深红色;帔(pèi):古代披在肩背上的服饰。

当一心念吾所言。”言讫而去。子春视庭，唯一巨瓮，满中贮水而已。

道士适去，而旌旗戈甲，千乘万骑，遍满崖谷来，呵叱之声动天，有一人称大将军，身长丈余，人马皆着金甲，光芒射人。亲卫数百人，拔剑张弓，直入堂前，呵曰：“汝是何人，敢不避大将军！”左右竦剑而前，逼问姓名，又问作何物，皆不对。问者大怒，催斩，争射之，声如雷，竟不应。将军者拗怒而去。俄而猛虎、毒龙、狻猊、狮子、腹蛇万计[1]，哮吼拿攫而前，争欲搏噬，或跳过其上。子春神色不动。有顷而散。既而大雨滂澍，雷电晦暝，火轮走其左右，电光掣其前后，目不得开。须臾，庭际水深丈余，流电吼雷，势若山川开破，不可制止，瞬息之间，波及坐下。子春端坐不顾。未顷而散。

将军者复来，引牛头狱卒，奇貌鬼神，将大镬汤而置子春前[2]，长枪刃叉，四面周匝，传命曰：“肯言姓名即放，不肯言，即当心叉取置之镬中。”又不应。因执其妻来，

[1] 狻猊（suān ní）：古代神话中的神兽，“龙生九子”中的第五子。形似狮子，好坐，喜欢烟火，多被用来装饰香炉。

[2] 镬（huò）汤：十八地狱之一，用以烹罪人。

捽于阶下[1]，指曰："言姓名免之。"又不应。乃鞭捶流血，或射或斫[2]，或煮或烧，苦不可忍。其妻号哭曰："诚为陋拙，有辱君子。然幸得执巾栉[3]，奉事十余年矣，今为尊鬼所执，不胜其苦。不敢望君匍匐拜乞，但得公言，即全性命矣。人谁无情，君乃忍惜一言。"雨泪庭中，且咒且骂，子春终不顾。将军曰："吾不能毒汝妻耶？"令取锉碓[4]，从脚寸寸锉之。妻叫哭愈急，竟不顾之。将军曰："此贼妖术已成，不可使久在世间。"敕左右斩之。斩讫，魂魄被领见阎罗王，王曰："此乃云台峰妖民乎？"促付狱中，于是熔铜、铁杖、碓捣、硙磨、火坑、镬汤、刀山、剑林之苦[5]，无不备尝。然心念道士之言，亦似可忍，竟不呻吟。

狱卒告受罪毕，王曰："此人阴贼，不合得作男，宜令作女人。"配生宋州单父县丞王勤家，生而多病，针灸医药之苦，

[1] 捽（zuó）：揪。

[2] 斫（zhuó）：用斧头或刀砍。

[3] 执巾栉（zhì）：古时为人妻妾的自谦之辞，因巾栉指布巾和梳篦，泛指盥洗用具，是婢妾执管之事。

[4] 锉碓（cuò duì）：古代斩断肢体的刑具。

[5] 熔铜、铁杖、碓捣、硙（wèi）磨、火坑、镬汤、刀山、剑林：分别指八个地狱，每个地狱对应一定的惩罚。

略无停日。亦尝坠火堕床，痛苦不济，终不失声。俄而长大，容色绝代，而口无声，其家目为哑女，亲戚相狎，侮之万端，终不能对。同乡有进士卢珪者，闻其容而慕之，因媒氏求焉。其家以哑辞之，卢曰："苟为妻而贤，何用言矣，亦足以戒长舌之妇。"乃许之。卢生备礼亲迎为妻，数年，恩情甚笃，生一男，仅二岁，聪慧无敌。卢抱儿与之言，不应。多方引之，终无辞。卢大怒曰："昔贾大夫之妻鄙其夫，才不笑尔。然观其射雉，尚释其憾。今吾陋不及贾，而文艺非徒射雉也，而竟不言。大丈夫为妻所鄙，安用其子！"乃持两足，以头扑于石上，应手而碎，血溅数步。子春爱生于心，忽忘其约，不觉失声云："噫！"

噫声未息，身坐故处，道士者亦在其前，初五更矣。其紫焰穿屋上天，火起四舍，屋室俱焚。道士叹曰："措大误余乃如是[1]！"因提其髻投水瓮中。未顷火息。道士前曰："出。吾子之心[2]，喜怒哀惧恶欲，皆能忘也。所未臻者[3]，爱而已。向使子无'噫'声，吾之药成，子亦上仙矣。嗟乎，仙才之难

[1] 措大：古代称贫寒的读书人为措大。
[2] 吾子：古时对人的尊称。
[3] 臻：达到。

得也！吾药可重炼，而子之身犹为世界所容矣。勉之哉！”遥指路使归。子春强登台观焉，其炉已坏，中有铁柱大如臂，长数尺。道士脱衣，以刀子削之。子春既归，愧其恩，誓复自效，以谢其过，行至云台峰，无人迹，叹恨而归。

【译文】

杜子春是北周和隋朝交替之际的人，年轻时落魄失意，疏于经营家业，性情放纵，沉迷酒色，花光了家产，只能投靠亲朋，但身边的人都因为他不务正业而不肯接济。一日正值寒冬，杜子春衣服破旧，饥肠辘辘，在长安城里闲逛游走。天都黑了还没有吃饭，徘徊街头，不知道往哪儿去。他走到东市的西门，面黄肌瘦，楚楚可怜，正抬头对天长叹，一位老人拄着拐杖出现在他面前，问他：“读书人，你为何叹气？”杜子春说出心事，对亲友的疏远无情愤愤不平，对自己的遭遇也感怀颇多。老人说：“多少钱你就够用了？”杜子春说：“只要三五万钱就够我活命。”老人说：“你要的太少了，再说个数目。”杜子春回答：“十万应该够了。”老人说：“不够。”杜子春又说：“百万呢？”老人说：“不够。”杜子春说：“那三百万吧。”老人才说：“差不多可以了。”于是从衣袖中拿出一千钱，说：“这钱给你今晚吃饭，明天午时我在西市波斯人的旅舍等你，小心别超过约定时间。”到了约定时间，杜子春赴会，老人果然给了他三百万钱，不告诉姓名便立马走了。

杜子春富了起来，原先放荡的心思又蠢蠢欲动，觉得自己再也不会流浪在外。于是又整日骑骏马，穿华服，花天酒地，纵情声乐，没有好好经营家产，一两年内就渐渐把这笔钱花光了。等到落魄了，他就把华贵的衣服车马卖了，改用廉价的，把马换成驴，后来又卖了驴改成走路出行，不久就穷得跟当初一样了。杜子春又成日为生计发愁，在市门旁叹息，刚叹一声，老人就又出来了，握着他的手说："那么多钱，你还能把自己弄到这地步，奇怪啊！那我再接济你一次吧，多少钱才够？"杜子春心里惭愧，不作回答，老人逼问他，杜子春只是惭愧地一直道谢。老人说："明天午时，你到上一次我们约定的地方去。"杜子春抱羞而来，得到老人赠送的一千万钱。杜子春没有拿到钱时，发誓一定要好好做人，用心经营财产，心里安慰自己：石季伦、猗顿当年也不过是年轻小子，后来成为富商巨贾。但钱到手之后，他的心境又变了，又开始游手好闲，跟从前一样放纵起来。不到三四年，竟然比以前还穷了。某天，杜子春又在老地方遇见老人，这次他简直羞愧得无地自容，遮着脸就跑，老人拉住他的衣角阻止他，说："唉！你真是不善于谋生啊。"便给了他三千万钱，说："这笔钱如果再不能治好你的穷病，那么你就无药可救了。"杜子春心想："我整日晃荡，声色犬马，花光财产。即使是亲朋好友中的富豪也没有谁顾念我，只有这老翁三次接济我，我用什么来报答他呢？"于是对老人说："您放心，我得了这笔钱，只要是人间的事，无论什么都可以做成了。我会做善事，接济那些孤儿寡母，使他们生活无忧，也可以匡扶名教礼乐。我感谢您的深恩，这些事都办完之后，任凭您使唤。”老人说：“这正是我的心愿，等经营完这些事情，明年中元节你到老君庙前两棵桧树下见我。”杜子春了解到孤儿寡妇大多住在淮南，就把钱带到扬州买下百顷良田，在城里造起豪宅府邸，在交通要道建起一百多间旅店，之后把孤儿寡妇全接来住进大宅。此外，杜子春还接济亲戚，出钱给外甥完婚，让侄女出嫁，把客死他乡的人运回他们的家乡埋葬，得到施舍的人都很感激他，相互仇恨的人也在他的教化下冰释前嫌。把这些事都办完后，杜子春就按照约定的日期去寻那位老人。

老人正在两棵桧树下吟咏长啸，见了杜子春，就邀他一同登华山云台峰。进山四十多里，杜子春看到一座房屋，室内整洁，一看就不是凡人住处，只见彩云萦绕，鸾鹤齐飞。老人领杜子春进来，房屋正堂中有炼丹的炉子，高九尺多，炉中冒着紫色的火焰，映照在窗子和门上，让整个屋子亮堂堂的。有几名仙女环绕站在炼丹炉周围，丹炉前后分别有青龙、白虎的装饰。这时候太阳即将落山，老人换下了俗人的衣服，换上黄色冠帽、身着大红色披肩，一副道士装扮。他拿着三颗圆形白石和一杯酒递给子春，叫他赶快吃掉。又拿了一张老虎皮铺在正堂西边的壁下，让杜子春朝东坐下，并警告他：“千万不要说话！即使见到尊贵的神、恶鬼、夜叉、猛兽、地狱景象，甚至看见亲人被绑起来折磨，也不要说话，这些都不是真的，只管不动不出声就行。安下心来不要怕，最终不会有任何痛苦。你务必记着我的话。”说完便离开了。子春环顾堂屋下的庭院，只有一个盛满水的大缸而已。

道士刚离开，杜子春就看见自己所在的山谷里，有军队的旌旗，金戈铁马成千上万而来，满山谷都是，喊杀声震天动地。自称大将军者高一丈多，人和马都披着金甲，光芒四射。将军有亲随护卫几百人，都拔剑出鞘、张弓拉弦，径直走入堂前，呵责（杜子春）道：“你是什么人？见了大将军胆敢不退下！”将军的左右护卫拿剑直指杜子春，逼问他的姓名，又问他在干什么，杜子春默不作答。问话的人大怒，想要杀了杜子春，士兵们也争相张弓射他，声音像打雷一般，杜子春还是不应声，将军强忍怒火离开了。不一会儿，杜子春身边又出现了猛虎、毒龙、狻猊、狮子、蝮蛇等毒兽，在杜子春面前咆哮怒吼、张牙舞爪，想要吃了他，相继跃过杜子春的头，但他依然镇定自若，那些猛兽不一会儿就消散了。而后大雨滂沱，电闪雷鸣，左右都是雷电火轮，闪电劈在他的周围，杜子春依然紧闭双眼。不一会儿，庭院里的水已经一丈多深，雷电炸响，仿佛山崩地裂，河水决堤，眨眼间，水已经淹到他坐的地方，杜子春端坐不理睬，没多久雷电洪水就消散了。

先前那个将军又来了，带着牛头狱卒和其他形貌奇特的鬼神，将油锅放在杜子春面前，四面又有拿着长枪短刀的人将他围住，将军命人传令：“只要说出姓名就放了你，不说，就对准心脏，将你叉到油锅中去。”杜子春还是不回答，于是将军把他的妻子揪过来，押在台阶下，指着她对杜子春说："说出姓名我便放了你妻子。"杜子春还是不出声。将军大怒，开始鞭打杜子春的妻子，打得鲜血直流，先用箭射她，又用刀砍，有时把她放进油锅，有时又用火烧，痛苦不堪。妻子大哭道："夫君，我自知丑陋愚笨，时常丢您的人，但是有幸嫁了您，伺候您十多年。现在被鬼大人们抓来，实在痛苦。我不敢奢望您趴在地上求他们放过，只求您说句话让我保全性命。是人都有感情，您难道忍心一句话也不说吗！"妻子在庭院中泪如雨下，哭诉痛骂，杜子春始终不回应。将军吓唬杜子春："你真以为我无法毒害你妻子吗？"于是命人拿来锉碓，从脚开始一寸寸锉他妻子，他妻子叫喊得更凄惨，杜子春也没有理睬。到此时，将军说："此贼的妖术已经练成，不能让他再苟活于世。"将军命手下斩杀杜子春，被斩杀后，杜子春的魂魄被阴间鬼卒领着去见阎罗王，阎罗王说："这就是那云台峰的妖民吗？"急忙把他关到地狱里。在地狱里，杜子春备尝了熔铜、铁杖、碓捣、硙磨、火坑、镬汤、刀山、剑林八个地狱的酷刑，但想着老道士的嘱咐，也忍耐了下来，没有吭声。

狱卒向阎罗王报告，已经用刑完毕，阎罗王说："这个人阴险狡猾，下辈子不该做男儿了，该让他做女人。"于是将他发配到宋州单父县丞王勤家中投胎，从出生开始就体弱多病，针灸医药一天也没消停过，还曾经掉进火坑、摔下床，家人发现她即使再痛，也不会吭一声。没多久长大成人，容貌美丽，但就是不会说话，家里人都认为她是哑巴。亲戚们戏弄她，百般捉弄，但她还是不言语。同乡中有位名叫卢珪的进士，听说她容貌美丽，内心倾慕，托了媒人去求亲，家人将女儿是哑巴的事情说出，婉言谢绝。卢珪说："娶妻看重的是贤惠，不会说话也无大碍，有的长舌妇会说话也只是成天搬弄是非罢了。"听他这么说，家里便同意了这门亲事。于是卢珪下聘迎娶，几年后，夫妻感情和睦，并生了一个男孩，才两岁就聪明无比。卢珪抱着儿子和她说话，她也不答理，卢珪用了很多方法试图引导她，终究不说话。卢珪大怒道："古代有贾大夫的妻子瞧不起她丈夫，才不肯笑，后来当她看到丈夫射中山鸡，有射猎的才能，才释怀而笑。且说我不似贾大夫丑陋，除了射箭，还有其他才能文艺，我比贾大夫强得多，但你始终不出声也不笑。男子汉大丈夫，被妻子看不起，要儿子有什么用！"于是抓着儿子的两只脚，把他的头砸向石头，儿子的头颅顿时破碎，鲜血溅出好几步远。杜子春可怜自己的儿子，一时间忘了老道士的嘱咐，不觉失声喊道："噫！"

这"噫"声刚喊出来，杜子春便发觉自己坐在原来的地方，那老道士也在他身前，时间已经是五更天。炼丹炉中的紫色火焰直穿屋顶，四周燃起了火，周遭的房屋全烧毁了，道士叹道："你个穷书生误我事了！"于是提着杜子春的发髻，将他丢到水缸中。不一会火熄灭，道士走上前说："出来吧！你心里的喜悦、愤怒、悲哀、恐惧、厌恶、贪婪都忘记了，你不能忘记的，只有爱了。如果刚才你不发出'噫'的声音，我的丹药就炼成了，你也能够飞仙。唉，仙才难得啊！丹药可以重炼，但你的肉身却还被俗世所包容，不能成仙，加油吧读书人！”随后告诉杜子春回去的路，杜子春回去之前用力攀上这座道观的围墙想再看看，只见那炉已经毁坏，中间有根像手臂一样粗的铁柱，有几尺长。道士脱下衣服，正用刀在削它。杜子春回去之后，感到愧对道士的恩惠，又回去，准备为老道士效劳，来弥补自己的过错。但当他再次走到云台峰，已经无人迹可寻，只得叹着气抱着遗憾的心情回家。

橘中叟

有巴邛人[1]，不知姓名，家有橘园。因霜后，诸橘尽收，余有两大橘，如三四斗盎[2]。巴人异之，即令攀摘，轻重亦如常橘。剖开，每橘有二老叟，鬓眉皤然[3]，肌体红润，皆相对象戏[4]。身长尺余，谈笑自若，剖开后亦不惊怖，但相与决赌。赌讫，一叟曰："君输我海上龙王第七女发十两，智琼额黄十二枚[5]，紫绢帔一副，绛台山霞宝散二庾[6]，瀛洲玉尘九斛[7]，阿母疗髓凝酒四钟，阿母女态盈娘子跻虚龙缟

原篇名《巴邛人》

[1] 巴邛（qióng）：巴，四川东部。邛，地名，在今四川省。

[2] 斗盎（àng）：大盎。盎，一种大腹敛口的盆。

[3] 皤（pó）然：多指须发、头发斑白的样子。

[4] 象戏：象棋。

[5] 智琼额黄：智琼，仙女名。额黄，古代妇女的美容妆饰，也称"贴黄""花黄"，以黄色颜料染画或粘贴于额间。

[6] 霞宝散：仙药名；庾（yǔ）：古代量词，十六斗为一庾。

[7] 玉尘：仙药；斛（hú）：容量单位，唐朝之前，斛为民间对石的俗称，一斛即一石，一石为十斗。宋朝开始，改为一斛为五斗。

袜八緉，后日于王先生青城草堂还我耳。”又有一叟曰：“王先生许来，竟待不得，橘中之乐，不减商山[1]，但不得深根固蒂，为愚人摘下耳。”又一叟曰：“仆饥矣，当取龙根脯食之。”即于袖中抽出一草根，方圆径寸，形状宛转如龙，毫厘罔不周悉，因削食之，随削随满。食讫，以水噀之[2]，化为一龙，四叟共乘之，足下泄泄云起。须臾，风雨晦冥，不知所在。巴人相传云：百五十年来如此，似在陈、隋之间，但不知的年号耳。

【译文】

有不知其姓名的巴邛人，家中有一片橘园，霜冻后橘子都收获了，只剩下两个超大的橘子没收，有三四个斗盘那么大。巴地的人感觉很奇怪，叫人把两个大橘子摘了下来。大橘子轻重与一般的橘子差不多，大家把大橘子剖开，每个橘子中都坐着两个老人，发须眉毛皆白，脸色红润，对坐下棋，每个老人都只有一尺多高。老人谈笑自如，外人把橘子剖开也不害怕，只顾着下赌注。棋下完了，其中一老人说：“你输给我海中龙王第七个女儿的头发十两、仙女智琼用来上妆的额黄十二枚、

[1] 商山：在今陕西省商洛市境内。
[2] 噀（xùn）：含在口中而喷出。

紫绢披风一副、绛台山的仙药霞宝散二庾、瀛洲的玉尘仙药九斛、西王母补骨髓的好酒四盅、西王母女儿态盈娘子的跻虚龙缟袜八双。我们后天相约在王先生的青城草堂，你在那里给我这些东西。”又一个老人接着说：“王先生答应到这里来与我们同游，如今竟还没来，在橘子中游玩也挺有乐趣，不亚于去登商山。只可惜这橘子不能安稳长在树上，被这些愚笨的人摘下来了。”又一个老人说：“我有些饿，要吃龙根脯了。”于是从袖子里抽出一根一寸粗细的草根，形状弯弯曲曲，细节都与真龙别无二致，于是边削边吃，龙形草根吃了又长出来。老人吃完，含了一口水喷在草根上，瞬间幻化成了一条真龙，四个老人乘龙腾空而起，脚下云雾缭绕，不一会儿，风声雨声渐起，天色或明或暗，人们已经看不到他们在哪里了。巴地的人都知道这件事，互相传说：这事发生在一百五十年前，大约在陈、隋之间，但不知道确切年代。

御驾升云

洪州高安县尉辛公平，吉州卢陵县尉成士廉，同居泗州下邳县，于元和末偕赴调集[1]，乘雨入洛西榆林店。掌店人甚贫，待宾之具，莫不尘秽，独一床似洁，而有一步客先憩于上矣。主人率皆重车马而轻徒步，辛、成之来也，乃逐步客于他床。客倦起于床而回顾，公平谓主人曰："客之贤不肖，不在车徒，安知步客非长者，以吾有一仆一马而烦动乎？"因谓步客曰："请公不起，仆就此憩矣。"客曰："不敢。"遂复就寝。

深夜，二人饮酒食肉，私曰："我钦之之言，彼固德我，今或召之，未恶也。"公平高声曰："有少酒肉，能相从否？"一召而来，乃绿衣吏也。问其姓名，曰："王臻。"言辞亮达，辩不可及。二人益狎之[2]。酒阑[3]，公平曰："人皆曰：'天生万

原篇名《辛公平》

[1] 调集：指官员的人事调用。

[2] 狎（xiá）：亲昵而不庄重。

[3] 阑：将尽，快要结束。

物，唯我最灵。’儒书亦谓人为生灵。来日所食，便不能知，此安得为灵乎？”臻曰：“步走能知之[1]。夫人生一言一憩之会，无非前定。来日必食于磁涧王氏，致饭蔬而多品。宿于新安赵氏，得肝美耳。臻以徒步不可昼随，而夜可会耳。君或不弃，敢附末光[2]。”未明，步客前去。二人及磁涧逆旅[3]，问其姓，曰：“王。”中堂方馔僧[4]，得僧之余悉奉客，故蔬而多品。到新安，店叟召之者十数，意皆不往，试入一家，问其姓，曰：“赵。”将食，果有肝美。二人相顾方笑，而臻适入，执其手曰：“圣人矣！”礼钦甚笃[5]。宵会晨分，期将来之事，莫不中的。行次阌乡，臻曰：“二君固明智之者，识臻何为者？”曰：“博文多艺，隐遁之客也。”曰：“非也。固不识，我乃阴吏之迎驾者。”曰：“天子上仙，可单使迎乎？”曰：“是何言欤？甲马五百[6]，将军一人，臻乃军之籍吏耳。”曰：“其徒安在？”

[1] 步走：王臻对自己的谦称。

[2] 敢：谦辞，表示冒昧地请求；末光：余辉，比喻余威。

[3] 逆旅：旅店，客店。

[4] 中堂：堂屋，中间的厅堂；馔（zhuàn）：陈设或准备食物，这里指款待僧人。

[5] 钦：敬重；笃：忠实。

[6] 甲马：披甲的战马。

曰:“左右前后。今臻何所以奉白者[1],来日金天置宴[2],谋少酒肉奉遗[3],请华阴相待。”黄昏,臻乘马引仆,携羊豕各半,酒数斗来,曰:“此人间之物,幸无疑也[4]。”言讫而去。其酒肉肥浓之极,过于华阴。

聚散如初,宿灞上,臻曰:“此行乃人世不测者也,辛君能一观。”成公曰:“何独弃我?”曰:“神祇尚侮人之衰也,君命稍薄,故不可耳,非敢不均其分也。入城当舍于开化坊西门北壁上第二板门王家,可直造焉。辛君初五更立灞西古槐下。”及期,辛步往灞西,见旋风卷尘,迤逦而去,到古槐,立未定,忽有风来扑林,转盼间[5],一旗甲马立于其前。王臻者乘且牵,呼辛速登。既乘,观马前后,戈甲塞路。臻引辛谒大将军。将军者,丈余,貌甚伟,揖公平曰:“闻君有广钦之心,诚推此心于天下,鬼神者且不敢侮,况人乎?”谓臻曰:“君既召来,宜尽主人之分。”

---

[1] 奉白:奉告。

[2] 金天:黄色的天,古时以为祥瑞。这里指黄昏。

[3] 遗(wèi):动词,给予、馈赠。

[4] 幸:希望。

[5] 转盼:转眼间。

遂同行入通化门，及诸街铺，各有吏士迎拜。次天门街，有紫吏若供顿者[1]，曰："人多并下不得，请逐近配分。"将军许之。于是分兵五处，独将军与亲卫馆于颜鲁公庙。既入坊，颜氏之先簪裾而来若迎者，遂入舍。臻与公平止西廊幕次[2]，肴馔馨香，味穷海陆，其有令公平食之者，有令不食者。臻曰："阳司授官，皆禀阴命。臻感二君也，已检选事据籍，诚当驳放[3]，君仅得一官耳。臻求名加等，吏曹见许矣。"居数日，将军曰："时限向尽，在于道场，万神护跸[4]，无计奉迎，如何？"臻曰："牒府请夜宴，宴时腥膻，众神自远，即可矣。"遂行牒。牒去，逡巡得报，曰："已敕备夜宴。"于是部管兵马，戌时齐进入光范及诸门[5]，门吏皆立拜宣政殿下，马兵三百，余人步，将军金甲仗钺来[6]，立于所宴殿下，五十人从卒环殿露兵，若备非常者。殿上歌舞方欢，俳优赞咏，灯烛荧煌，

[1] 供顿：提供吃住。
[2] 幕：帐篷。
[3] 驳放：科举时代否定已发榜公布的中式者而贬黜之。
[4] 护跸（bì）：护卫帝王的车驾。
[5] 戌时：晚上七点到九点。
[6] 仗钺（yuè）：仗，兵器，仪仗。钺：古代兵器，像斧。

丝竹并作。俄而三更四点，有一人多髯而长，碧衫皂裤，以红为褾[1]；又以紫縠画虹霓为帔[2]，结于两肩右腋之间，垂两端于背；冠皮冠，非虎非豹，饰以红罽[3]，其状可畏，忽不知其所来，执金匕首，长尺余，拱于将军之前，延声曰："时到矣！"

将军凭几揖之，唯而走，自西厢历阶而上，当御座后，跪以献上。既而左右纷纭，上头眩，音乐骤散，扶入西阁，久之未出。将军曰："升云之期，难违顷刻。上既命驾，何不遂行？"对曰："上澡身否？""然，可即路。"遽闻具浴之声。三更，上御碧玉舆，青衣士六，衣上皆画龙凤，肩舁下殿。将军揖曰："介胄之士无拜。"因慰问以："人间纷拿，万机劳苦，淫声荡耳，妖色惑心，清真之怀，得复存否？"上曰："心非金石，见之能无少乱？今已舍离，固亦释然。"将军笑之，遂步从环殿引翼而出，自内阁及诸门吏，莫不呜咽群辞，或收血捧舆，不忍去者。过宣政殿，二百骑引，三百骑从，如风如雷，飒然东去，出望仙门。将军乃敕臻送公平，遂勒马离队，不觉足已到一板

[1] 褾（biǎo）：袖子的前端，衣服上的绲边。
[2] 縠（hú）：质地轻薄纤细透亮、表面起皱的平纹丝织物。
[3] 罽（jì）：用毛做成的毡子一类的东西。

门前。臻曰:“此开化王家宅，成君所止也。仙驭已远，不能从容，为臻多谢成君。”牵辔扬鞭，忽不复见。公平扣门一声，有人应者，果成君也。秘不敢泄。更数月，方有攀髯之泣。来年，公平授扬州江都县簿，士廉授兖州瑕丘县丞，皆如其言。

元和初，李生畴昔宰彭城[1]，而公平之子参徐州军事，得以详闻，故书其实，以警道途之傲者。

【译文】

洪州高安县县尉辛公平，吉州卢陵县县尉成士廉，都住在泗州下邳县中。元和末年，两人一块去调任的任所，时值大雨，两人避雨走进了洛阳西边榆林的一家客店。这家店的掌柜很穷，招待客人的东西也都沾满了灰尘，只有一张床稍微干净些，但一位步行而来的客人已经先上床休息了。店主人平常总是逢迎那些骑马坐轿的客人而看不起步行的客人。辛、成二人骑马而来，店主人自然就去催促那位步行而来的客人下床。步行客看起来十分疲倦，从床上爬起，环顾四周。辛公平对店主说:“客人是否有才有德，不在于他是坐车还是徒步，店家，您怎么知道步行的客人就不是有才能的人呢?就因为我们有一个仆人一匹马就让这位客人下床吗?”辛公平又对步行客说:

[1] 畴昔:往昔、以前。

“官人，请您不要起来，我们就在这里随便找个地方休息了。”步行客说：“不敢当，那就谢谢您了。”于是又躺下休息。

半夜，辛、成二人喝酒吃肉，暗自讨论：“我们尊重他，他也会敬重我们，招呼他一起认识一下吧，那人应该不会拒绝。”辛公平大声说：“我们还有些酒和肉，官人能和我们一起喝两杯吗？”那客人一听招呼就来了，是一个穿绿衣服的小吏。二人问他姓名，他说：“叫王臻。”他言谈深刻豁达，说的都很有道理。于是辛、成二人更和他亲近了。酒快喝完，辛公平说：“人们都说天生万物，我们人是最通灵的，儒书上也说人是生灵，可我连明天吃什么都不能预测，这也叫灵吗？”王臻说：“我知道，人的一言一行，无一不是命中注定。我已经知道了，明天你们一定在磁涧王家客店吃饭，店家只有米饭和蔬菜，虽是素食，但品种多样。夜里你们会住在新安赵家店，店家有肉菜，是美味的肝。我是步行，所以白天不能跟您二位同行，但夜里可以相会，要是不嫌弃，我明晚又来沾您二位的光喝酒。”第二天天还没亮，步行客就已经离开了，辛、成二人骑马到了磁涧，正要住店，问店主姓什么，店主说姓王。这家店正在堂屋款待僧人，僧人没有用的菜饭都拿来给旅客吃，均为素食，种类多样。夜里到了新安，有很多店主都招呼他们住店，他们都不太满意，最后住进了一家，一问店主姓名，说姓赵。吃饭时，果然烹饪了肝，二人互相看着对方笑了起来。这时王臻刚好到了，二人连忙拉住他的手说：“官人简直是圣人啊！”以更加虔敬的礼节对待他。之后他们夜里相遇，早晨分手，王臻对未来的事情多有预测且都说中。走到阌乡，王臻说："您二位都是很聪明的人，猜一猜我是干什么的？"二人说："您博学多才，又如此高妙，一定是位隐士。"王臻说："非也，不过想来您二位也本就不认识我，直说了吧，我是阴司小吏，是来迎接皇帝的。"二人说："天子死后为上仙，怎么就您一个人来迎驾呢？"王臻说："这说的是什么话？与我同来的有披着铠甲的五百骑兵，还有将军一人，我只是掌管籍簿的一名小吏。"二人说："您的随从在哪里呢？"王臻说："前后左右都有，之所以前来告诉二位，是因为要在明日黄昏时分设宴，我准备奉上一点酒肉，请二位在华阴等我。"黄昏时候，王臻骑着马领着随从，带着羊肉、猪肉和几斗酒来了，对二人说："这是人间的东西，望二位不要疑心。"王臻说完就走了，这酒肉都鲜美至极，比华阴本地的好吃。

三人之后又像先前一样，晚间相会，早晨分手。有一天在灞上，三人晚间相会，王臻说："此行可以看见人世间不能预料的场景，辛君愿意看一看吗？"成士廉说："为何不带我？"王臻说："神明也会欺负弱者，您命薄，所以不能去，并不是我偏心。您进城后可以住在开化坊西门北墙第二板门王家，直接到那儿去，辛君五更请到灞西古槐树下。"到了约定的时间，辛公平走到灞西，见一阵旋风卷起沙尘，慢慢卷走。到了古槐树下，还没站稳，忽然一阵大风吹过了树林，转眼间，一名骑兵拿着旗子站在辛公平面前。王臻骑马，同时还牵着一匹马，招呼辛公平骑上。辛公平骑上马才看见周围有很多随从，王臻领他去见大将军。将军身高一丈多，相貌魁梧，拱手揖拜，对辛公平说："听说您待人谦卑有礼，要是天下人都有您这种品德就好了，您这样的人，连鬼神都不敢侮辱，何况人呢？"接着又对王臻说："你既把他召来，我们得尽地主之谊。"

于是大家一起进了通化门，街头店铺都有小吏迎拜。接下来到了天门街，有一个身穿紫衣，好像是负责衣食的小吏，说："人多不能都住在一起，请就近分配一下。"将军答应，于是兵分五处，将军与贴身随从住在颜鲁公庙。到了颜鲁公庙附近，颜氏的祖先整冠出来迎接，大家入住，王臻与辛公平住在西廊下围帐里，这里饭菜丰盛，山珍海味应有尽有，有的让辛公平吃，有的不让他吃。王臻说："阳间授予官职，都是奉阴间之命，我感谢您二位当时让我卧榻而睡，我查看籍簿，您本应受到驳放贬黜，只得一个小官，我求他们给您升迁，阴吏已经答应了。"辛公平跟着他们住了几天，将军说："大限将至，皇上设了道场，有众多神明护持，我没办法去迎驾，如何是好？"王臻说："可以给官府发牒文，让他们举办一场夜宴，宫廷宴会的饭菜肯定满是腥膻，到时候神明们自然会远离。"于是将军移送公文，不久就有人来报告说："他们已经备好夜宴。"于是随从兵马到了戌时就一齐进入光范门和其他门。守门的小官都站在宣政殿下迎拜，骑兵三百，其余都是步兵，将军身着金甲、手执兵器，站在夜宴的大殿之下，五十名士兵围在殿下，个个刀剑出鞘，以备意外发生。殿上歌舞升平，唱戏的吟诗唱赋，灯火辉煌，各种乐器的声音响个不停。很快到了三更，有一胡须飘飘的高个子男人，绿衫黑裤，红色袖口，又披着用紫丝画了彩虹的披风，在两肩与右腋下打了结，两端垂在后背，戴着一顶不像是虎皮也不像是豹皮做的皮帽，上面点缀着红色毛毡。这个人样子很恐怖，不知是从哪儿来的，突然间就出现了，手执一尺多长的金色匕首，在将军面前拱手拉长声音说："时限已到。"

将军靠着几案揖拜还礼，那人只是向前走，从西厢房的台阶上去，走到御座后边，跪着献上匕首。左右侍从惊慌喧嚷，不一会儿皇上就感到头晕，音乐突然停下，皇上被扶到西边房中，很久都没出来。将军问："升天之期，一分一秒都不能拖延，皇上既然已命人备好车马，我们为什么还不走?"里面的小吏回答说："可否让皇上先洗澡?"将军说："可以，洗罢就上路吧。"于是听见洗澡的声音。于是，在三更时分，皇上坐着玉制的碧色轿子，六个身着青衣的仆从，衣服上都画有龙凤，用肩膀抬着轿子一齐下殿。将军拱手作揖道："因为穿着甲胄，不行跪拜之礼。"将军问皇上说："人间纷繁混乱，皇上日理万机，又经常听到靡靡之音，遇到美色诱惑。你那清洁纯真之心还存在吗?"皇上说："心不是铁和石头，见到又哪能不混乱呢？不过我现在已经抛舍那些，所以释然了。"将军笑了，就领着他从环殿一起出来，不管是殿里的人还是殿外小吏，无一不呜咽哭泣拜别，有的帮着皇上止血，有的拉着轿子，不忍皇上离开。过了宣政殿，二百骑兵在前面引路，三百骑兵在后面护卫，风火雷电一般迅疾向东而去。出了望仙门，将军让王臻送辛公平回去，两人就牵马离开队伍，不久就走到了一扇木板门前。王臻说："这就是开化王家，成君就住在这儿，皇上的车马已走远了，我不能在这多作停留，没能照面成君，请代我向他道歉。"于是牵马扬鞭，很快就不见了。辛公平敲门，有人应声开门，果然是成士廉。辛公平不敢告诉他刚才的事，过了几个月果然皇上驾崩。第二年，辛公平被任命为扬州江都县簿，成士廉被任命为兖州瑕丘县丞，都像王臻说的那样。

元和初年，李生曾是彭城县令，辛公平的儿子在徐州任参军，所以李生听说了这事，并把它写下来，用以警告那些出门在外不与人为善、不可一世的人。

柳归舜访洞庭桃源

吴兴柳归舜，隋开皇九年，泛舟抵巴陵，遇风吹至君山。因维舟登岸，寻小径，不觉行四五里，兴酣，逾越溪涧，不由径路。忽道旁有一大石，表里洞澈，圆而坦平，周匝六七亩。其外尽生翠竹，圆大如盎，高百余尺，叶曳白云，森罗映天，清风徐吹，戛戛为丝竹音。石中央又生一树，高百尺余，条干偃阴为五色[1]。翠叶如盘，花径尺余，色深碧，蕊深红，异香成烟，著物霏霏。

有鹦鹉数千，丹嘴翠衣，尾长二三尺，翱翔其间，相呼姓字，音旨清越。有名武游郎者，有名阿苏儿者，有名武仙郎者，有名自在先生者，有名踏莲露者，有名凤花台者，有名戴蝉儿者，有名多花子者。或有唱歌者曰："吾此曲是汉武钩弋夫人常所唱，词曰：'戴蝉儿，分明传与君王语。建章殿里未得

原篇名《柳归舜》

[1] 偃阴：遮蔽成荫。阴，通"荫"。

归，朱箔金缸双凤舞。’”名阿苏儿者曰：“我忆阿娇深宫下泪时[1]，唱曰：‘昔请司马郎[2]，为作《长门赋》，徒使费百金，君王终不顾。’”又有诵司马相如《大人赋》者曰：“吾初学赋时，为赵昭仪抽七宝钗横鞭[3]，余痛实不彻，今日诵得，还是终身一艺。”名武游郎者言：“余昔见汉武帝，乘郁金楫[4]，泛积翠池，自吹缥玉笛，音韵朗畅，帝意欢适。李夫人歌以随[5]，歌曰：‘顾鄙贱，奉恩私；愿吾君，万岁期。’”

又名武仙郎者问归舜曰：“君何姓氏行第？”归舜曰：“姓柳，第十二。”曰：“柳十二自何许来？”归舜曰：“吾将至巴陵，遭风泊舟，兴酣至此耳。”武仙郎曰：“柳十二官人，偶因遭风，得臻异境，此所谓因病致妍耳[6]。然下官禽鸟，不能致力生人，为足下转达桂家三十娘子。”因遥呼曰：“阿春，此间有客。”即

---

[1] 阿娇：汉武帝的陈皇后。

[2] 司马郎：即司马相如（约前179—前118），字长卿，西汉文学家，“汉赋四大家”之一，被誉为“赋圣”“辞宗”。

[3] 赵昭仪：即赵合德，汉成帝妃子赵飞燕妹妹，入宫后封为昭仪。

[4] 郁金：中药名，这里指用郁金染出的黄色；楫：船桨，这里指船。

[5] 李夫人：汉李延年妹，妙丽善舞，得幸于汉武帝。早卒，帝乃图其形，挂于甘泉宫，思念不已。

[6] 因病致妍：因为体弱多病反而变得娇弱美丽，引申为因祸得福。

有紫云数片，自西南飞来。去地丈余，云气渐散，遂见珠楼翠幕，重槛飞楹，周匝石际。一青衣自户出，年始十三四，身衣珠翠，颜甚姝美，谓归舜曰："三十娘子使阿春传语郎君，贫居僻远，劳此检校。不知朝来食否？请垂略坐，以具蔬馔。"即有捧水晶床出者，归舜再让而坐。阿春因呼："凤花台鸟，何不看客？三十娘子以黄郎不在，不敢接对郎君。汝若等闲[1]，似前度受捶。"有一鹦鹉即飞至，曰："吾乃凤花台也。近有一篇，君能听乎？"归舜曰："平生所好，实契所愿。"凤花台乃曰："吾昨过蓬莱玉楼，因有一章诗曰：露接朝阳生，海波翻水晶。玉楼瞰寥廓，天地相照明。此时下栖止，投迹依旧楹。顾余复何忝，日侍群仙行。"归舜曰："丽则丽矣。足下师乃谁人？"凤花台曰："仆在王母左右千余岁，杜兰香教我真箓[2]，东方朔授我秘诀[3]。汉武帝求太中大夫，遂在石渠署见扬雄、王褒等赋颂[4]，始晓箴论。王莽之乱，方得还吴。后为朱然

[1] 等闲：轻易，随便。
[2] 杜兰香：神话传说中的仙女。
[3] 东方朔（约前154—前93）：西汉时期著名文学家。
[4] 扬雄（前53—18）：字子云，汉朝时期辞赋家、思想家；王褒（前90—前51）：西汉时期辞赋家，与扬雄并称"渊云"。

所得，转遗陆逊。复见机、云制作[1]，方学缀篇什。机、云被戮，便至于此。殊不知近日谁为宗师?”归舜曰：“薛道衡、江总也[2]。”因诵数篇示之。凤花台曰:“近代非不靡丽，殊少骨气。”俄而阿春捧赤玉盘，珍馐万品，目所不识，甘香裂鼻。

饮食讫，忽有二道士自空飞下，顾见归舜曰:“大难得！与鹦鹉相对。君非柳十二乎？君船以风便，索君甚急，何不促回?”因投尺绮曰:“以此掩眼，即去矣。”归舜从之，忽如身飞却坠，以达舟所。舟人欲发，问之，失归舜已三日矣。后却至此，泊舟寻访，不复见也。

【译文】

吴兴人柳归舜，在隋朝开皇九年的某一天，坐船去了巴陵，忽遇大风，被吹到了君山，于是停船登岸，找到一条幽僻小路散步，不知不觉就走了四五里，兴致正浓，直接淌过溪流和小河水，完全不跟着路走了。柳归舜忽然看见道旁有一块大石头，晶莹剔透，里里外外看得清清楚楚，光滑平整，大概有

[1] 机、云：指陆机和陆云两兄弟。陆机（261—303)，西晋著名文学家、书法家；陆云（262—303)，西晋初年文学家。

[2] 薛道衡（535—604)：隋朝大臣、诗人；江总（519—594)：南朝陈著名大臣、文学家。

六七亩地那么大。石头四周长满了青翠的竹子，这些竹子像盎一样粗，高一百多尺，竹叶婆娑，映衬着蓝天白云，清风徐徐吹来，枝叶摇曳，发出空灵之声。石头中央长着一株大树，高百尺余，枝干背阴的一面呈现出五光十色，翠绿色的叶子盘子般大，上有鲜花朵朵，大小尺余，墨绿色的花瓣里长着绯红的花蕊，花香异常，像轻烟一样缭绕大树周围，笼罩着这里的草木。

竹林中有无数鹦鹉，红嘴绿羽毛，尾巴长而飘逸，它们翱翔竹林间，互相称呼姓名，声音清脆。这些鹦鹉有叫武游郎的，有叫阿苏儿的，有叫武仙郎的，有叫自在先生的，有叫踏莲露的，有叫凤花台的，有叫戴蝉儿的，有叫多花子的。有个唱歌的说："我唱的这首曲子是汉武帝的钩弋夫人时常爱唱的曲子，歌词是：'戴蝉儿，分明传与君王语。建章殿里未得归，朱箔金缸双凤舞。'"名叫阿苏儿的说："我记得阿娇曾在深宫中流泪，经常唱道：'昔请司马郎，为作《长门赋》，徒使费百金，君王终不顾。'"又有一只诵读司马相如《大人赋》的鹦鹉说："我刚开始学作赋时，由于天性愚钝，被赵昭仪打了好几鞭子，现在都还能感觉疼痛，最后终于背了下来，永远也不会忘记，也可算作一项才艺了。"名叫武游郎的说："我从前看见汉武帝，乘着金黄色的船，泛舟积翠池，一边吹奏青色玉笛，笛声朗朗、音韵悠长，武帝当时心情正愉悦，李夫人也随着笛声轻声歌唱，歌词是：'顾鄙贱，奉恩私；愿吾君，万岁期。'"

又有一只叫武仙郎的鹦鹉问柳归舜："怎么称呼您，家中排行第几?”柳归舜回答说:“鄙姓柳,家中排行十二。”武仙郎又问:“柳十二郎从哪里来?”柳归舜回答说:“我本来要去巴陵,乘船行舟时路遇大风,只能暂时停泊等风停,一时兴起才走到这里。”武仙郎说:“柳十二官人,您因为偶遇大风所以才来到这样的仙境,也算是因祸得福了!但我乃一介禽鸟,无法款待您,请等我转告桂家三十娘子。”于是向远处高喊道:“阿春,这里有客人。”刚说完,只见紫云从西南方向飞来,离地一丈多高,等云气渐渐散去,柳归舜看见刚才的大石头周围出现了一座楼阁,飞檐斗拱,珠帘翠幕,很是华丽。这时从楼阁里走出一位婢女,大约十三四岁,身着华服,容颜娇美。婢女对柳归舜说:“三十娘子让我转告先生,我们这里偏僻贫穷,您来此游玩,让您见笑了,不知官人早上来时是否吃过早饭?请您稍坐片刻,我立刻准备饭菜。”稍后即有人捧着水晶床请柳归舜坐下,柳归舜再三谦让推辞才坐下。接着,阿春对着一只鹦鹉说:“凤花台,还不来招待客人,三十娘子因为丈夫黄郎不在家,不方便出来待客,你如果怠慢客人,便会像上次一样受责罚。”说完,立刻有一只鹦鹉飞来,对柳归舜说:“我就是凤花台,没什么别的才艺招待您,近来做了首诗,官人愿意听听吗?”柳归舜说:“我平生最好诗文之学,请念给我听吧。”凤花台开念:“我昨天路过蓬莱岛的玉楼,依景色而作,赋得一诗:‘露接朝阳生,海波翻水晶。玉楼瞰寥廓,天地相照明。此时下栖止,投迹依旧楹。顾余复何忝,日侍群仙行。’”柳归舜说:“这首诗秀丽十足,不知足下老师是谁?”凤花台说:

“我在王母娘娘身边侍奉了一千多年，仙女杜兰香教给我真箓，东方朔教给我秘诀。汉武帝广求贤才来担任太中大夫，所以我能够在石渠署见到扬雄、王褒等人写的赋颂，于是才知道什么是箴论文体。当时刚好是王莽篡汉之时，天下大乱，我才得以回到吴中老家。后来我被吴国大将朱然所收，又转赠给了陆逊，所以我又看到了陆机、陆云的作品。这时我刚开始学做诗，陆机、陆云就被杀了，后来我到了这里。不知道现在谁是最有名气的诗人？”柳归舜说：“现世最有名气的诗人要数薛道衡、江总他们这些人了。”接着柳归舜就背诵了几篇给凤花台听，凤花台听了说道：“现在的诗写得都很秀丽，但缺乏风骨。”这时阿春捧着一个玉盘走了进来，里面装着美味佳肴，有一些柳归舜都叫不出名字，浓香四溢。

吃完饭，忽然有两个道士从天上降落，看见柳归舜说：“能与这些鹦鹉一同游玩，真是难得！您莫非就是柳十二郎？如今您的船已是顺风，船上的人都在找您，您赶紧回去吧。”于是道士拿出一尺多长的一块花布，说：“用这块绸子蒙住眼睛，就可以回去了。”柳归舜接过绸子，蒙住眼睛，身体好像在天空中飞，突地又坠落，一睁眼已经到了船上。船正要出发，人们都问他去哪儿了，柳归舜才知道自己已经失踪三天了。后来，柳归舜又经过这个地方，停船再次寻访，却再也没能找到那个秘境。

和神国

后魏尚书令古弼族子元之，少养于弼，因饮酒而卒。弼怜之特甚，三日殓毕，追思，欲与再别。因命斫棺，开已却生矣。

元之云：当昏醉时，忽然如梦，有人沃冷水于体，仰视，乃见一神人，衣冠，绛裳霓帔，仪貌甚俊，顾元之曰："吾乃古说也，是汝远祖。适欲至和神国中，无人担囊侍从，故来取汝。"即令负一大囊，可重一钧[1]。又与一竹杖，长丈二余，令元之乘骑随后，飞举甚速，常在半天，西南行，不知里数，山河逾远，欻然下地[2]，已至和神国。其国无大山，山皆积碧珉[3]，石际生青彩簵篠[4]，异花珍果，软草香媚，好禽

原篇名《古元之》

[1] 钧：古代重量单位，三十斤是一钧。

[2] 欻（xū）然：忽然。

[3] 珉（mín）：像玉一样的石头。

[4] 簵篠（lù xiǎo）：簵，美竹；篠，比较细的竹子。

嘲哳[1]。山顶皆平正如砥，清泉迸下者二三百道。原野无凡树，悉生百果及相思、楠榴之辈。每果树花卉俱发，实色鲜红，映翠叶于香丛之下，纷错满树，四时不改，唯一岁一度，暗换花实叶等，更生新嫩，人不知觉。田畴尽长大瓠[2]，瓠中实以五谷，甘香珍美，非中国稻粱可比[3]，人得足食，不假耕种。原隰滋茂，莸稗不生[4]。一年一度，出彩丝树，枝干悉缠绕五色丝纩，人得随色织纴[5]，不假蚕杼。四时之气，常熙熙和淑，如中国二三月。无蚊、虻、蟆、虮、虱、蜂、蝎、蛇、虺、守宫、蜈蚣、蛛、蚁之虫[6]，又无鸱枭、鸦、鹞、鸲鹆、蝙蝠之禽[7]，又无虎、狼、豺、豹、狐狸、蓦驳之兽[8]，又无猫、鼠、猪、犬扰害之类。其人长短妍蚩皆等，无有嗜欲爱憎之志。人生二男二女，为邻则世世为婚姻，笄年

[1] 嘲哳（zhāo zhā）：象声词，形容声音杂乱。

[2] 瓠（hù）：瓠子，一种植物，可结瓠瓜。

[3] 中国：这里指人世间。

[4] 莸（yóu）稗：臭草和杂草。

[5] 织纴（rèn）：指织作布帛之事，也可指织布帛的工人。

[6] 虮（jǐ）：虱子的卵；虺（huī）：传说中的一种毒蛇；守宫：壁虎。

[7] 鸱（chī）：鸱鸮，猫头鹰一类的鸟，喻指邪恶之人；鹞（yào）：一种猛禽；鸲鹆（qú yù）：八哥。

[8] 蓦驳（mò bó）：传说中一种跑得极快的猛兽。

而嫁，二十而娶，人寿百二十，中无夭折、疾病、喑聋、跛躄之患[1]。百岁已下，皆自记忆；百岁已外，不知其寿几何。至寿尽则欻然失其所在，虽亲族子孙，皆忘其人，故常无忧戚。每日午时一食，中间唯食酒浆果实耳。餐亦不知所化，不置溷所[2]。人无私积囷仓，余粮栖亩，要者取之。无灌园鬻蔬，野菜皆足人食。十亩有一酒泉，味甘而香。国人日相携游览歌咏，陶陶然，暮夜而散，未尝昏醉。人人有婢仆，皆自然谨慎，知人所要，不烦役使。随意屋室，靡不壮丽。其国六畜唯有马，驯扰而骏[3]，不用刍秣[4]，自食野草，不近积聚。人要乘则乘，乘讫而却放，亦无主守。其国千官皆足，而仕官不自知其身之在仕，杂于下人，以无职事操断也。虽有君主，而君不自知为君，杂于千官，以无职事升贬也。又无迅雷风雨，其风常微轻如煦，袭万物不至于木有鸣条[5]。其雨十日一降，降必以夜，津润调畅，不至地有淹流。一国之人，皆自

[1] 跛躄（bì）：瘸腿。

[2] 溷（hùn）所：茅厕。

[3] 驯扰：顺服，驯服。

[4] 刍秣（chú mò）：释义为草料，即牛马的饲料。

[5] 鸣条：风吹树枝发出声音。

相亲，有如戚属，人各相惠多与，无市易商贩之辈，以不求利故也。

古说既至其国，顾谓元之曰：“此和神国也。虽非神仙，风俗不恶。汝回，当为世人言之。吾既至此，回即别求人负囊，不用汝矣。”因以酒饮元之。元之饮满数巡，不觉沉醉冥然。既而复醒，身已活矣。自是元之疏逸人事，无宦情之意，游行山水，自号知和子，后竟不知其所终也。

【译文】

后魏的尚书令古弼有个族侄，名叫古元之，从小由古弼抚养长大，古元之由于酒喝太多死了。古弼特别怜爱这个侄子，追丧三日，本来已经入殓，但古弼思念侄子，希望再次追悼，于是叫人把棺材劈开。刚劈开棺材，古元之就活过来了。

古元之醒来后说：当他昏沉醉倒时，好像在做梦，觉得有人将冷水浇在自己身上，仰头就看见一位衣着端庄的神仙，戴着帽子，身着深红的衣裳，彩色披肩，仪容得体。那神仙对他说：“我叫古说，是你的老祖宗，正要到和神国去，但没有人挑行李服侍我，所以叫你来给我挑担。”于是让古元之背起一只大袋子，大约有三十斤重，又给了他一根竹杖，长一丈多，神仙让古元之骑在竹竿上跟在后面，他们很快升起，在半空中飞行。神仙带着古元之向西南方向飞去，不知飞了多少里，飞跃高山河流，忽然间就降落到地上，到达和神国境内。和神国没有大山，山上堆积着碧玉似的石头，石头缝里生长着青色和彩色的小竹子，到处是奇花异果，草坪柔软，花香扑鼻，鸟声清脆。山顶很平整，泉水飞流直下，形成一道道小型瀑布。旷野上的树木都很高大，有各种果树、相思树、楠木、石榴。有的果树还在开花，有的果实已经成熟，与青翠欲滴的树叶相互辉映，满树果实，四季常有。这些花朵和果实一年里只会悄悄落下一次，马上又会再生，没人能够察觉。田地里都生长着大瓠瓜，这些瓠瓜里都是五谷杂粮，味道甘甜鲜美，人间生产的稻米和它不能比。在这和神国里，人们不事耕种，却都能吃饱。平原和洼地草木都很繁盛，杂草和臭草难以生长。每年树木的枝干之间都会生长出各色的生丝和丝绵，人们可以按颜色收取，任意纺织。绮丽的锦罗不靠养蚕织机。四季的气候，经常是温暖如春，像人间二三月的天气。没有蚊、虻、虾蟆、蚂蚁、虱子、马蜂、蝎子、毒蛇、守宫、蜈蚣、蜘蛛、蠓虫等害虫，也没有猫头鹰、鸱鹰、乌鸦、鹞、八哥、蝙蝠之类的禽鸟，更没有老虎、狼、豺、豹、狐狸、蓦驳之类的野兽，也没有猫、鼠、猪、狗之类扰人心烦的牲畜。那儿的人身高和长相都差不多，没有过多的喜厌和贪欲。每对夫妇都生二男二女，若是邻居，则世代通婚。女子成年出嫁，男子二十岁娶妻，人们的寿命能达一百二十岁，没有早亡、恶疾以及哑聋跛足的残疾。一百岁以内的事，自己都能记忆，一百岁以上的人，会忘记自己有多大。寿终正寝时忽然之间就会不见了，即使是亲属子孙，也不记得曾经有这么个人，所以那里的人没有忧愁和痛苦。他们每天中午只吃一顿饭，其他时间只喝酒，吃点果子。吃下去的东西也不知到哪儿去了，不会变成污秽的粪便排泄出来。没有人私自囤积粮食，因为粮食都吃不完，留在了地里，有需要去拿便是。也没有人种菜卖菜，野生蔬果足够人吃。每十亩地就有一处酒泉，酒味甘甜。这里的人整日结伴出游，歌唱吟咏，怡然自得，喝酒玩耍，直到傍晚才分开，却没有人喝醉。这里人人有奴仆服侍，奴婢们谨慎朴实，知道主人需要什么，不用麻烦主人催促使唤。这里的住房有很多间，间间都富丽堂皇，任人居住。在和神国，六畜中只有马这种动物存在，温顺矫健，不用喂养，吃野草，不会偷吃人们的粮食。出行时人可以随便骑马，骑完了放任不管，也没有主人看管它。这国家各种官吏很多，可是做官的人感觉不到自己做官了，因为没有公务要处理，所以和百姓无异。虽然有国君，但国君也不把自己视为君主，因为没有升降官职和处分等事务需要处理，所以君主也和官员们无异。和神国里也没有风雨雷电，只有微风和煦，轻轻拂过树枝，甚至树叶都不会发出声响。这里的雨十天一下，一般都下在夜里，悄然滋润万物，不会造成洪涝灾害。全国的人都相亲相爱，像亲戚和家人，人们都很慷慨大方，也没有商货贩卖，因为没有人贪图钱财。

两人到达和神国后，古说对古元之说："这就是和神国，这里的人虽然不是神仙，但风俗很好。你回去应当把这儿的情况给世人讲说。我已经到了这里，回去时就另外找人背行囊，不用你背了。”于是拿出酒来叫古元之喝，古元之喝几杯不知不觉昏昏沉沉，不久就醒了，活了过来。从此以后，古元之对人疏远，超尘飘逸，也不再留恋考试做官，只是成天游山玩水，给自己取了个“知和子”的号，后来不知所踪，也没有人知道他的结局。

李靖行雨

卫国公李靖[1]，微时尝射猎霍山中，寓食山村。村翁奇其为人，每丰馈焉，岁久益厚。忽遇群鹿，乃逐之。会暮，欲舍之不能。俄而阴晦迷路，茫然不知所归，怅怅而行，困闷益极。乃极目有灯火光，因驰赴焉。既至，乃朱门大第[2]，墙宇甚峻。扣门久之，一人出问。公告其迷，且请寓宿。人曰："郎君皆已出，惟太夫人在，宿应不可。"公曰："试为咨白。"乃入告而出，曰："夫人初欲不许，且以阴黑，客又言迷，不可不作主人。"邀入厅中。有顷，一青衣出曰："夫人来。"年可五十余，青裙素襦，神气清雅，宛若士大夫家。公前拜之，夫人答拜，曰："儿子皆不在，不合奉留。今天色阴晦，归路又迷，此若不容，遣将何适。然此山野之居，儿子往还，或夜到而

原篇名《李卫公靖》

[1] 李靖（571—649）：字药师，隋末唐初著名军事家，为唐王朝的建立和唐初的对外征战立下大功，贞观年间受封卫国公。

[2] 朱门：古代贵族宅院以红色漆大门，后引申为富贵人家。

喧，勿以为惧。”公曰：“不敢。”既而命食，食颇鲜美，然多鱼。食毕，夫人入宅，二青衣送床席裀褥，衾被香洁，皆极铺陈，闭户系之而去。公独念山野之外，夜到而闹者何物也，惧不敢寝，端坐听之。

夜将半，闻扣门声甚急，又闻一人应之，曰：“天符[1]，大郎子报当行雨，周此山七百里，五更须足。无慢滞，无暴伤。”应者受符入呈。闻夫人曰：“儿子二人未归，行雨次到，固辞不可，违时见责。纵使报之，亦已晚矣。僮仆无任专之理，当如之何？”一小青衣曰：“适观厅中客，非常人也，盍请乎？”夫人喜，因自扣厅门曰：“郎觉否？请暂出相见。”公曰：“诺。”遂下阶见之。夫人曰：“此非人宅，乃龙宫也。妾长男赴东海婚礼，小男送妹。适奉天符，次当行雨。计两处云程，合逾万里，报之不及，求代又难，辄欲奉烦顷刻间，如何？”公曰：“靖俗客，非乘云者，奈何能行雨？有方可教，即唯命耳。”夫人曰：“苟从吾言，无有不可也。”遂敕黄头：“鞴青骢马来[2]。”又命取雨器，乃一小瓶子。系于鞍前，诫曰：“郎乘马，无勒衔勒，信其行，马蹶地嘶鸣，即取瓶中水一滴滴马鬃

[1] 天符：天庭下发的命令文书。

[2] 鞴（bèi）：把鞍辔（pèi）等套在牲口上；青骢马：青白杂色的马。

上。慎勿多也。”于是上马腾腾而行，其足渐高，但讶其稳疾，不自知其云上也。风急如箭，雷霆起于步下。于是随所躩，辄滴之，既而电掣云开，下见所憩村，思曰：“吾扰此村多矣，方德其人，计无以报。今久旱，苗稼将悴，而雨在我手，宁复惜之！”顾一滴不足濡[1]，乃连下二十滴。

俄顷雨毕，骑马复归。夫人者泣于厅曰：“何相误之甚！本约一滴，何私感而二十之！天此一滴，乃地上一尺雨也。此村夜半平地水深二丈，岂复有人。妾已受谴，杖八十矣。”祖视其背，血痕满焉。“儿子亦并连坐，如何？”公惭怖，不知所对。夫人复曰：“郎君世间人，不识云雨之变，诚不敢恨。即恐龙师来寻，有所惊恐，宜速去此。然而劳烦，未有以报，山居无物，有二奴奉赠。总取亦可，取一亦可，唯意所择。”于是命二奴出来。一奴从东廊出，仪貌和悦，怡怡然。一奴从西廊出，愤气勃然，拗怒而立。公曰：“我猎徒，以斗猛为事。一旦取奴而取悦者，人以我为怯乎？”因曰：“两人皆取则不敢，夫人既赐，欲取怒者。”夫人微笑曰：“郎之所欲乃尔。”遂揖与别，奴亦随去。出门数步，回望失宅，顾问其奴，亦不见矣。

[1] 濡（rú）：沾湿。

独寻路而归。及明望其村，水已极目，大树或露梢而已，不复有人。

其后竟以兵权靖寇难，功盖天下，而终不及于相，岂非悦奴之不得乎？世言：关东出相[1]，关西出将。岂东西而喻耶？所以言奴者，亦臣下之象。向使二奴皆取，位极将相矣。

【译文】

卫国公李靖，身份寒微时曾经在霍山狩猎，吃住都在山村中，山村的老人认为他是一个奇人，常常送给他很多食物，时间长了，送的东西也越来越多。有一天李靖在打猎时遇到了一群鹿，于是在后追逐，天色将晚，想要舍弃又不甘心，不久就因为昏暗的天色而在山林里迷路，夜色中茫然不知该往何处走。李靖惆怅地在山路上行进，困乏烦闷到了极点。极目远眺，看到远处有灯火，于是急忙驰马赶赴。到了亮起灯火的屋舍，发现乃是一户贵族人家，墙殿高耸。李靖敲门敲了很久，才有一个人开门询问。李靖说在山野中迷路，请求借宿一晚。开门的这个人说道："我们家的男子都外出了，只有太夫人在家中，应该不会允许外人在家留宿。"李靖说："请您替我试问一下。"此人遂进去禀报，很快又出来说道："夫人最初是不愿

[1] 关东（关西）：古代指函谷关或潼关以东（以西）地区。

意的，但是因为天色已晚，客人又说迷了路，不得不允许您留宿一晚。”于是邀请李靖进了宅院中，过了一会儿，一名婢女出来说道：“夫人来了。”李靖看到这位夫人年龄五十余岁，青裙素袄，神态清雅，气度不凡，如同士大夫之家的仪态。李靖向前礼拜，夫人拜谢，说道：“儿子们今天晚上都不在家，本不该让先生留宿。但是此时天色晦暗，先生也找不到归路，此处如果不让您留宿，又能让您去哪儿？但是我们是山野人家，儿子们回来时，可能是晚上，如若听到大声喧哗，请您不要害怕。”李靖回道：“不敢。”随后夫人就招待李靖用餐，食物颇为鲜美，大多是鱼类。饮食完毕，夫人入宅休息，两名婢女给李靖的住处送来了卧具及被褥，被褥洁净香气扑鼻，屋内的各类装饰都很华丽，两名婢女关上门窗后就走了。李靖独独想着在山野里，夜晚回来发生喧闹的会是什么样的东西？内心恐惧不敢入睡，遂端坐在床边仔细听外面的动静。

将近半夜，李靖听到一阵急促的敲门声，听到一个人应答道：“天庭符命，命令大公子前往降雨，降雨范围是此山周围七百里，到五更时需要降水充足，降雨不得迟缓，也不得造成水灾。”应答者接过天符进屋承报。又听到夫人说道：“两个儿子都还没有回来，降雨的符命已经到了，推辞掉是完全不行的，而有违降雨时间也会受到责罚，纵使派人现在去报告给两个儿子，为时也已经晚了，僮仆没有负责降雨的道理，该怎么办呢？”一名婢女上前说道：“客厅里的这位客人，器宇不凡，不像是寻常的人，为什么不去请他代为降雨？”夫人很高兴，亲自敲李靖住宿的房门，问道："先生醒了吗？请暂且出来相见。"李靖回道："诺。"于是从阶上走下与夫人相见。夫人对李靖说道："我们家不是人的住宅，乃是龙宫。我的大儿子赴东海参加婚礼，小儿子送妹妹去了。刚才接到天庭的符命，轮到我们去降雨，总计有两处云程，合起来超过万里。现在派人报告给儿子来不及，找别人代替降雨也很难，想要麻烦您一小会儿，可以吗？"李靖说："我是一个凡人，不会腾云驾雾，怎么能降雨呢？如果有降雨的方法教我，我一定听命。"夫人喜道："您要是听从我的话去做，就没有不可以的。"夫人对一名童子说道："将青骢马戴好鞍具牵过来。"又命人取来雨器，乃是一个小瓶子，夫人将小瓶子系在马鞍前，提醒李靖道："您骑在马背上，不用勒马的缰绳，让它自己行走，等到马奔跑嘶吼的时候，就从瓶中取一滴水滴到马的鬃毛上，千万不要滴多了。"听罢李靖上了马，腾空而起，马越跑越高，李靖惊讶这马平稳快速，不知道自己已经升到了云端。在云端上风呼啸而过如同神箭，闪电雷霆就在脚下，随着马的奔跑，李靖开始向下滴水，很快电闪雷鸣，拨开云雾，看到下面正是自己常住的村庄，李靖心想："我打扰这个村子很多次了，正感激他们的恩德，无以为报，现在此地很久没有下雨了，庄家秧苗都快枯死了，现在雨水正在我手里，难道会吝啬吗？"李靖担心一滴水不足以灌溉土地，于是连下了二十滴。

不一会儿雨下完了，李靖骑马回了宅院。看到夫人在大厅哭泣道："先生怎么把这件事误得这么厉害？本来和您说好了降一滴水，为什么私自降了二十滴？天上滴一滴水，在地上就是一尺深的雨水。这个村半夜平地水深突然达到二丈，哪里还有人能活下来。我已经遭到了天庭的责罚，杖责八十。”说罢袒露背部，满是血痕。又说道：“我的两个儿子也会连坐，如何处置？”李靖又惭愧又惊恐，无言以对。夫人劝慰说：“先生是世间的凡人，不懂得云雨的变化，实在不能怨恨您。但是怕龙宫的军队前来治罪，惊吓到您，应该赶快离开这里。然而劳烦您代为降雨，没有什么可报答的。山野居住没有什么好的东西，有两名奴仆赠送与您。您可以把两个人都收下，也可以只收一个，全凭您自己的心意。”于是下令让两名奴仆出来。一名奴仆从东廊走出，仪态和颜悦色，闲适安然。一名奴仆从西廊走出，满面怒容，愤愤而立。李靖心想：“我是个打猎的，以格斗猛兽为业。一旦收了这名文雅悦色的奴仆，别人还以为我胆怯了。”于是说道：“两个奴仆都收下是不敢当的，夫人既然赐予我，我就取这位满面怒容的吧。”夫人微笑道：“您所想要的原来是这样的。”于是与李靖作揖而别，这名满面怒容的奴仆也随李靖而去。出了门走了数步，回过头去，龙宫宅院不见了，又看那名奴仆，也不见了。李靖只得独自寻路回返。到了天明眺望多次住宿的山村，满目尽是洪水，只有大树稍微露出了枝头，没有人烟了。

后来李靖手握兵权，为李唐王朝平定了四处的贼寇叛乱，立下盖世功勋，但是其官职始终没有达到相国这一步，难道不是因为他没有收下那位和颜悦色的奴仆吗？俗话说关东出相，关西出将。难道不正是对应了东廊走来的和颜悦色的奴仆和西廊走来的全身杀气的奴仆吗？之所以叫奴仆，也是皇帝的臣子。要是李靖把两个奴仆都带走，他的官位就可以兼及将和相了。

仙师渠

开元中，道士叶静能讲于明州奉化县兴唐观。自升座也，有老父白衣而髯者，每先来而后去，必迟迟然，若有意欲言而未能者。讲将罢去，愈更淹留[1]。听徒毕去，师乃召问。泣拜而言，自称鳞位，曰："有意求哀，不敢自陈，既蒙下问，敢不尽其诚恳。位实非人，乃实藏之守龙也。职在观南小海中，千秋无失，乃获稍迁，苟或失之，即受炎沙之罚。今九百余年矣，胡僧所禁且三十春，其僧虔心，有大咒力，今忧午日午时，其术即成，来喝水干，宝无所隐。弟子当死，不敢望荣迁，然千载之炎海，诚不可忍。惟仙师哀之，必免斯难，不敢忘德。"师许之，乃泣谢而去。

师恐遗忘，乃大书其柱曰："午日午时救龙。"其日赴食于邑人，既回，方憩，门人忽读其柱曰："午日午时救龙。今方欲

原篇名《叶天师》
[1] 淹留：羁留，逗留。

午，吾师正憩，岂忘之乎?”将入，师已闻，遽问曰：“今何时?”对曰:“顷刻正午耳。”仙师使青衣门人执墨符，急往海一里余，见黑云惨空，毒风四起，有婆罗门仗剑乘黑云[1]，持咒于海上连喝，海水寻减半矣。青衣使亦随声堕焉。又使黄衣门人执朱符奔马以往，去海一百余步，又喝，寻堕，海水十涸七八矣。有白龙跳跃浅波中，喘喘焉。又使朱衣使执黄符以往，僧又喝之，连喝，不堕。及岸，则海水才一二尺，白龙者奋鬣张口于沙中[2]。朱衣使投符于海，随手水复。婆罗门抚剑而叹曰:“三十年精勤，一旦术尽，何道士之多能哉!”拗怒而去。既空海恬然，波停风息，前堕二使，亦渐能起，相与偕归，具白于师。未毕，老父者已到，泣拜曰：“向者几死于胡术，非仙师之力，不能免矣。位兽也，惧不克报，然终天依附，愿同门人，可指使也。若承师命，虽秦越地阻[3]，江山

[1] 婆罗门：印度种姓制度其中最高的一个阶级，主要为祭司和学者。婆罗门还有一个同名宗教“婆罗门教”。

[2] 鬣（liè）：兽类（如马、狮子等）颈上的长毛。

[3] 秦越地阻：春秋时，秦国位于西北，越国位于东南，两国相距遥远。比喻关系疏远，互不关心。

路殊，一念召之，即立左右矣。”自是朝夕定省[1]，若门人焉。

师以其观在原上，不可穿井，童稚汲水，必于十里之外，阖观患之。他日，师谓髯父曰：“吾居此多日，怜其汲远，思绕观有泉以济之，子可致乎？”曰：“泉水之流，天界所有，非力可致。然师能见活，又脱千年之苦，岂可辞乎！夫非可致而致之，界神将拒，俟战胜然后可。令诸人皆他徙。其日晦明三复，然后归，庶几有从命之功[2]。”合观从之。过期而还，则石甃绕观[3]，清流潺潺，既周而南，入于海，黄冠赖焉。乃题渠曰“仙师渠”。师所以妙术广大天下，盖龙之所助焉。

【译文】

开元年间，道士叶静能在明州奉化县兴唐观讲经。自从叶静能开讲，有一个胡须飘飘、长衫白衣的老人，常常是最先来而最后离开，离去之前逗留很久，欲言又止。叶静能讲经结

[1] 定省：子女早晚向亲长问安为“定省”，也泛指探望问候父母或亲长。

[2] 庶几：表示希望的语气词，希望，但愿。

[3] 甃（zhòu）：以砖瓦砌的井壁。

束，快要离开兴唐观的时候，他逗留的时间更长了。最后听讲的人全走了，叶天师便叫住他询问。老人流着泪叩拜，自称名叫“鳞位”，说：“弟子想请求您的哀怜，但不敢说出口，承蒙师傅关爱，我又怎敢不把心里话说出来。不瞒您说，我其实不是人，而是看守宝库的龙。职责是看守观南小海中所藏的珍宝，看守一千年都没有失误，便能得到小小的升迁。如若不小心丢失了珍宝，便要被放在炎热的沙滩上接受惩罚。如今我已经守了九百多年，却听说有个胡僧正在修炼禁法，即将修满三十年，那和尚修炼虔诚，所修禁咒很厉害，如今我担心午日午时他的法术炼成之后来把海水喝干，珍宝就无处隐藏了。弟子该死，不敢奢望升迁，但是在炎沙上炙烤千年，实在难以忍耐。只望仙师可怜可怜我，替弟子化解这灾难，弟子这辈子不敢忘记您的恩德。”天师答应了他，老人于是流着泪拜谢而去。

叶天师害怕自己把这件事忘了，就在屋柱上写了几个大字：“午日午时救龙”。到了那天，天师去当地人家里吃饭，回来后正要休息，侍从忽然读那柱子上的字说：“午日午时救龙，现在已快到午时，师傅还在休息，难道忘了这件事吗？”正要进房去报告这件事，天师已经听到他的话，急忙问道：“现在是什么时辰？”侍从说：“马上就要到正午了。”叶天师急忙派了个穿青衣的小徒，拿笔墨书写符篆，直奔到海边。当时只见黑云滚滚，天色惨淡，劲猛的风从四面吹打着人。一个婆罗门僧人乘着黑云，手持符咒与剑而来，在海上接连几声大喝，不一会只见海水已经少了一半。青衣小徒应声跌落，天师又派了一个黄衣门徒手持红色符箓骑马前去，离海还有一百多步，那婆罗门僧人又开始大喝，门徒立即跌下马来，这时海水已经干涸七八成了。一条白龙在浅波中跳跃，不停地喘气。天师又派了一个红衣门徒手执黄色符箓奔去，这婆罗门僧人接着大喝，这次这个小徒没有跌落，等他奔到海岸边，海水只剩下一二尺深了，那白龙颈毛竖起，被困在裸露的海沙里，张着口艰难喘气。红衣门徒把符箓丢到海里，海水立刻就恢复了原样。那婆罗门僧人抚剑叹息，说："我苦修三十年，今天法术却毁于一旦，为何这个道士如此厉害！"愤然离开。不一会，风平浪静，又回归了先前的平静，原先跌落的两个小徒也慢慢站了起来。三个人一起回到兴唐观，把经过向天师禀告。还没禀告完，那个老人就到了，流着泪拜谢天师："恩师，刚才我差点被婆罗门僧人的法术害死，如果不是仙师相救，我怎能免于一死。我是兽类，没有什么别的才能为您报恩，只求皈依您门下，任凭您指使。即使远隔山海，路遥地阻，只要天师您想唤我来，我一定会立即到您身旁。"从此，白龙早晚都来问安，和其他门徒一样尊敬天师。

叶天师所在的道观建在高原上，不方便打井，小道士要跑到十里之外的地方打水，全道观的人都一直为这事发愁。有一天，叶天师对那白龙变的长髯老人说："我住在这里很久了，同情弟子们要到很远的地方去挑水，很想在道观周围修一道能通水的渠，你能做到吗？"白龙回答说："泉水在哪儿是上天注定的，世间的力量难以改变。但恩师您救了我的命，又让我脱离了暴晒千年的劫难，这件事我岂能推辞！这是犯禁的事，天界的神灵肯定不会同意，只能等我战胜了天神才可以办到。您叫道观里的人都搬到别的地方去，等到某一天天色多次从明亮转为昏暗，那就是我在大战天神，之后您就可叫他们回来，但愿我能办成这件事。”全道观的人照着他说的做了，到期返回道观时，发现有一条石砌的小渠绕道观一周，清澈的泉水潺潺向南流去，注入海里，兴唐观的道士们后来用水全靠这口井，于是道士们把这条渠命名为“仙师渠”。叶天师的法术后来愈加精妙，在天下发扬光大，少不了白龙在背后相助。

崔书生悔休妻

开元、天宝中，有崔书生者，居东州逻谷口，好植花竹，乃于户外别莳名花[1]，春暮之时，英蕊芬郁，远闻百步。书生每晨必盥漱独看。忽见一女郎自西乘马东行，青衣老少数人随后。女郎有殊色，所乘马骏。崔生未及细视，而女郎已过矣。明日又过，崔生于花下先致酒茗樽杓[2]，铺陈茵席，乃迎马首曰："某以性好花木，此园无非手植。今香茂似堪流盼[3]。伏见女郎频日过此，计仆驭当疲，敢具箪醪[4]，希垂憩息。"女郎不顾而过。其后青衣曰："但具酒馔，何忧不至。"女郎顾叱曰："何故轻与人言！"言讫遂去。崔生明日又于山下别致醪酒，候女郎至，崔生乃鞭马随之，到别墅之前，又

原篇名《崔书生》

[1] 莳（shì）：移植。

[2] 樽（zūn）：古代盛酒的器具；杓（sháo）：同"勺"。

[3] 流盼：转动眼珠看。

[4] 箪醪（dān láo）：箪，盛酒的圆形竹器；醪，醇酒。

下马拜请。良久，一老青衣谓女郎曰：“车马甚疲，暂歇无伤。”因自控女郎马至堂寝下，老青衣谓崔生曰：“君既未婚，予为聘可乎？”崔生大悦，再拜跪，请不相忘。老青衣曰：“事即必定，后十五日大吉辰，君于此时，但具婚礼所要，并于此备酒馔。小娘子阿姊在逻谷中，有微疾，故小娘子日往看省。某去，便当咨启[1]，至期则皆至此矣。”于是促行。崔生在后，即依言营备吉席所要。

至期，女郎及姊皆到。其姊亦仪质极丽。遂以女郎归于崔生。母在旧居，殊不知崔生纳室。以不告而娶，但启聘媵[2]。母见女郎，新妇之礼甚具。经月余日，忽有一人送食于女郎，甘香特异。后崔生觉母慈颜衰瘁，因伏问几下，母曰：“吾有汝一子，冀得永寿。今汝所纳新妇，妖美无双。吾于土塑图画之中，未尝识此，必恐是狐媚之辈，伤害于汝，遂致吾忧。”崔生入室见女郎，女郎涕泪交下，曰：“本侍箕帚[3]，仗望终天，不知尊夫人待以狐媚辈，明晨即便请行，相爱今宵耳。”崔生掩泪不能言。

[1] 咨启：禀报。
[2] 媵（yìng）：古代贵族女子出嫁时陪嫁的人；妾。
[3] 侍箕帚：借指为妻妾。

明日，女郎车骑至，女郎乘马，崔生从送之，入逻谷三十余里，山间有川，川中异香珍果，不可胜纪。馆宇屋室，侈于王者。青衣百许，迎拜女郎曰："小娘子，无行崔生，何必将来！"于是捧入，留崔生于门外。未几，一青衣传女郎姊言曰："崔生遗行[1]，使太夫人疑阻，事宜便绝，不合相见。然小妹曾奉周旋，亦当奉屈。"俄而召崔生入，责诮再三，辞辩清婉，崔生但拜伏受谴而已。遂坐于中寝对食，食讫，命酒，召女乐洽饮，铿锵万变。乐阕，其姊谓女郎曰："须令崔郎却回，汝有何物赠送？"女郎遂出白玉合子遗崔生，崔生亦自留别，于是各呜咽而出。行至逻谷口，回望千岩万壑，无径路，自恸哭归家。常持玉合子，郁郁不乐。

忽有胡僧扣门求食，崔生出见，胡僧曰："君有至宝，乞相示也。"崔生曰："某贫士，何有见请？"僧曰："君岂不有异人奉赠乎？贫道望气知之。"崔生因出合子示胡僧，僧起拜请曰："请以百万市之。"遂将去。崔生问僧曰："女郎是谁？"曰："君所纳妻，王母第三女玉卮娘子也。姊亦负美名在仙都，况复人间。所惜君娶之不得久远，倘住一年，君举家必仙矣。"崔生

[1] 遗行：失检之行为，品德有缺点。

叹怨迨卒。

【译文】

开元、天宝年间，有个姓崔的读书人，居住在东州逻谷口，他喜爱种植花草树木，在家门口种了很多名花。暮春之时，花开得正茂盛，芳香馥郁，百步之外都能闻到。崔生每天早晨洗漱后，要独自赏花很久。有一天，这位崔书生忽然看见一位姑娘骑着马向东而去，后面跟着好几个老少奴婢。那姑娘面容姣好，骑一匹骏马，崔生还没来得及仔细看，已经走过。第二天那姑娘又经过崔生门口，崔生赶紧先在花下摆好酒，斟好茶，在地上铺好坐榻席子，迎着马头和姑娘搭话："小生喜爱花木，这园中的花木，没有一株不是我亲自栽种的。现在花开正盛，芳香馥郁，值得姑娘下马观赏一番。我看见姑娘经常经过我这里，估计这几日一直在赶路，您的奴仆和乘骑一定也有些疲劳，我准备了点酒饭，斗胆请姑娘下马来休息片刻，不知姑娘是否愿意。"那姑娘不理睬崔生，自顾自骑马走了。后面一个奴婢调侃说道："公子将酒食准备好，还怕客人不来吗?"那姑娘回过头责骂奴婢："不要随便与不认识的毛头小子说话!"说完一行人便走了。崔生第二天又在山下另买酒食，等那姑娘一到，便骑马紧跟在她身后，到了崔生的别墅前面，他又请姑娘下马休息。过了好一会，一位年老婢女对姑娘说："舟车劳顿，马也乏了，暂且休息一下也无妨。"说着就拉着女郎的马走到了崔生家里面，老婢女又对崔生说："我看您尚未婚配，可是想娶我家小姐？若是真心，我替你说媒。"崔生听了十分高兴，再三跪谢老婢女，请求她可别忘记这事。老婢女说："放心，这件事很快就会办成，十五天后是个良辰吉日，您只管在这一天备办婚礼所需的东西，并且在这里准备好酒食。我们小姐的姐姐住在逻谷里面，这几日有点小病痛，所以小姐才每天都去探望。等我们去到逻谷里，我便把这桩婚事禀告给姑娘的姐姐，到了婚期，姑娘和她的姐姐都会到这里来的。"说话间，那位姑娘已经在催促启程。之后，崔生依照老婢女所说备办起了婚礼所需要的东西。

到了那一天，姑娘和她的姐姐果然都到了，姑娘的姐姐也十分美丽，气质出众，姐姐了解了崔生家的情况后，同意把妹妹许配给崔生。当时崔生的母亲住在老家的旧居，根本不知道崔生娶亲成家的事。由于没有禀告母亲而私自娶亲，崔生只好糊弄母亲说自己不是娶正室，只是娶了个偏房，所以没告知，母亲才勉强同意，来见了新娘，新娘子礼仪周到。过了一个多月，忽然有一个人给这姑娘送食物，食物闻起来特别香甜。此后，崔生发现母亲容颜衰老，似要不久于人世，于是便拜伏在母亲脚下问母亲还有什么要交代的，母亲说："我只有你这么个儿子，希望你能健健康康，长命百岁。但现在你娶的新娘无比美艳，我在塑像和画卷中也不曾见过这么美的女子，我只怕她是狐狸精之类的妖怪，会伤害你，这是为母最担心的事。"听完崔生进房里去见新娘，新娘一把鼻涕一把泪地说："嫁给你本是希望得一依靠，哪知你母亲把我当作狐狸精，我明天早晨就离开这里，你我的缘分就到今夜为止了。”崔生掩面流泪不说话。

第二天，接姑娘的车马来了，姑娘骑上马，崔生跟在后面送她，一直送到逻谷境内三十多里。山谷里有一条河，河两岸长满了各种奇异的果子，芬芳扑鼻，多得无法记述。楼宇房舍，比王爷家的还奢侈美丽。一百多个婢女在门口迎接姑娘，她们对姑娘说：“小姐，这个始乱终弃的崔生，你何必带他来呢！”说完便簇拥着姑娘进屋去了，留崔生一人在门外。不久，一位婢女替姑娘的姐姐来传话说：“你没有在媳妇和婆婆之间处理调停，导致太夫人对这场婚事产生疑虑从而加以阻挠，既然这样，你与我妹妹应该立即断绝关系，不再相见。然而小妹与你既有这场姻缘，礼节上也该接待你一下。”于是把崔生叫了进去。进去之后姑娘的姐姐再三责备崔生，条条占理，也没有撕破脸斥骂。崔生只是跪在地上接受谴责。之后崔生与姑娘一家在堂屋里一起吃饭，吃完饭，姑娘姐姐又叫仆人摆酒，并召集歌女演奏助兴，乐声铿锵，流连婉转。曲终之时，姐姐对姑娘说：“该叫那崔生回去了，你有什么东西送给他吗？”姑娘拿出一只白玉盒子送给崔生，崔生也留下了点小物件作为纪念，各自触景生情，悲伤不绝。崔生走到逻谷口，回头一望，只见山谷纵深，万千沟壑，看不见娘子家门口的路了，又独自痛哭了一场才回到家中。之后崔生经常将那只白玉盒子拿出来观看怀念，一直郁郁寡欢。

有一天，突然有个异国和尚来家中化缘，崔生走出来见他，那胡僧说："您有一件非常珍贵的宝贝，能拿给贫僧看看吗。"崔生说："我是个贫穷的读书人，哪有什么珍宝呢?"和尚说："您难道不是有一件重要的人送的东西吗?我是通过观望您家上空的云气得知此事的。"崔生恍然大悟，于是拿出那只白玉盒子给他看，那胡僧见了马上下拜："请让我用百万钱买下它。"于是拿了去。崔生问和尚："那位姑娘是什么人?"和尚说："您之前娶的妻子，是王母娘娘的第三个女儿玉卮娘子。她的姐姐在仙界也享有美名，何况是在人间。可惜的是您娶她为妻的时间不长久，倘若让她在您家住一年的话，您全家人一定会得道成仙。"崔生听完，憾恨而死。

张老娶妻

张老者，扬州六合县园叟也。其邻有韦恕者，梁天监中自扬州曹掾秩满而来，长女既笄[1]，召里中媒媪，令访良才。张老闻之，喜而候媒于韦门。媪出。张老固延入，且备酒食。酒阑，谓媪曰："闻韦氏有女将适人，求良才于媪，有之乎？"曰："然。"曰："某诚衰迈，灌园之业，亦可衣食，幸为求之。事成厚谢。"媪大骂而去。他日又邀媪，媪曰："叟何不自度，岂有衣冠子女肯嫁园叟耶？此家诚贫，士大夫家之敌者不少[2]。顾叟非匹，吾安能为叟一杯酒，乃取辱于韦氏！"叟固曰："强为吾一言之。言不从，即吾命也。"媪不得已，冒责而入言之。韦氏大怒曰："媪以我贫，轻我乃如是！且韦家焉有此事，况园叟何人，敢发此议！叟固不足责，媪何无别之甚耶？"

原篇名《张老》

[1] 既笄（jī）：又叫"及笄"。指古代汉族女子满15周岁结发，用笄贯之，因称女子满15周岁为及笄。

[2] 敌：匹敌、对等。

媪曰："诚非所宜言，为叟所逼，不得不达其意。"韦怒曰："为吾报之，今日内得五百缗则可。"媪出，以告张老，乃曰："诺。"未几，车载纳于韦氏。诸韦大惊曰："前言戏之耳。且此翁为园，何以致此？吾度其必无而言之，今不移时而钱到，当如之何？"乃使人潜候其女，女亦不恨，乃曰："此固命乎！"遂许焉。

张老既娶韦氏，园业不废，负秽锄地，鬻蔬不辍。其妻躬执爨濯[1]，了无怍色[2]，亲戚恶之，亦不能止。数年，中外之有识者责恕曰[3]："居家诚贫，乡里岂无贫子弟，奈何以女妻园叟？既弃之，何不令远去也！"他日，恕致酒召女及张老，酒酣，微露其意。张老起曰："所以不即去者，恐有留恋，今既相厌，去亦何难。某王屋山下有一小庄[4]，明旦且归耳。"天将晓，来别韦氏："他岁相思，可令大兄往天坛山南相访[5]。"

---

[1] 爨濯（cuàn zhuó）：做饭、洗刷。泛指家务。

[2] 怍（zuò）色：羞惭的神色。

[3] 中外：泛指亲戚。古代称父系血统的亲戚为"内"或"中"，此外的亲缘关系称为"外"。

[4] 王屋山：位于现河南省济源市，为《列子》载愚公移山故事发生的地方，是道教十大洞天之首。

[5] 天坛山：王屋山主峰。

遂令妻骑驴戴笠，张老策杖相随而去，绝无消息。

后数年，恕念其女，以为蓬头垢面，不可识也，令长男义方访之。到天坛山南，适遇一昆仑奴[1]，驾黄牛耕田。问曰："此有张老庄否？"昆仑投杖拜曰："大郎子何久不来？庄去此甚近，某当前引。"遂与俱东去。初上一山，山下有水，过水延绵凡十余处，景色渐异，不与人间同。忽下一山，见水北朱户甲第，楼阁参差，花木繁荣，烟云鲜媚，鸾鹤孔雀，徊翔其间，歌管嘹亮耳目。昆仑指曰："此张家庄也。"韦惊骇不测。俄而及门，门有紫衣门吏，拜引入厅中。铺陈之物，目所未睹。异香氛氲，遍满崖谷。忽闻环佩之声渐近，二青衣出曰："阿郎来。"次见十数青衣，容色绝代，相对而行，若有所引。俄见一人，戴远游冠，衣朱绡，曳朱履，徐出门。一青衣引韦前拜，仪状伟然，容色芳嫩，细视之，乃张老也，言曰："人世劳苦，若在火中。身未清凉，愁焰又炽，固无斯须泰时[2]。兄久客寄，何以自娱？贤妹略梳头，即当奉见。"因揖令坐。未几，一青衣来曰："娘子已梳头毕。"遂引入，见妹于堂前。

[1] 昆仑奴：主要指从南洋地区来中国的仆役，其中大多数是东南亚一带的"黑人"，为富家大族所使役。

[2] 斯须：片刻，短暂的时间。

其堂沉香为梁，玳瑁帖门，碧玉窗，真珠箔，阶砌皆冷滑碧色，不辨其物。其妹服饰之盛，世间未见。略序寒暄，问尊长而已，意甚卤莽[1]。有顷，进馔，精美芳馨，不可名状。食讫，馆韦于内厅。明日方晓，张老与韦氏坐，忽有一青衣附耳而语，张老笑曰："宅中有客，安得暮归。"因曰："小妹暂欲游蓬莱山，贤妹亦当去，然未暮即归。兄但憩此。"张老揖而入。俄而五云起于中庭，鸾凤飞翔，丝竹并作。张老及妹各乘一凤，余从乘鹤者数十人，渐上空中，正东而去，望之已没，犹隐隐有音乐之声。韦君在馆，小青衣供侍甚谨。迨暮，稍闻笙簧之音，倏忽复到，乃下于庭。张老与妻见韦曰："独居大寂寞。然此地神仙之府，非俗人得游，以兄宿命合得到此。然亦不可久居，明日当奉别耳。"及时，妹复出别兄，殷勤传语父母而已[2]。张老曰："人世遐远，不及作书。"奉金二十镒[3]，并与一故席帽，曰："兄若无钱，可于扬州北邸卖药王老家取一千万，持此为信。"遂别。复令昆仑奴送出。却到天

---

[1] 卤莽：粗疏，苟且，马虎，同"鲁莽"。这里指情分生疏。

[2] 殷勤：情意深厚。

[3] 镒（yì）：镒，秦始皇时期的通用货币，也是古代的重量单位，合二十两。

坛，昆仑奴拜别而去。

韦自荷金而归，其家惊讶，问之，或以为神仙，或以为妖妄，不知所谓。五六年间，金尽，欲取王老钱，复疑其妄。或曰："取尔许钱，不持一字，此帽安足信。"既而困极，其家强逼之，曰："必不得钱，庸何伤。"乃往扬州，入北邸，而王老者方当肆陈药。韦前曰："叟何姓？"曰："姓王。"韦曰："张老令取钱千万，持此席帽为信。"王老曰："钱即实有，帽是乎？"韦前曰："叟可验之，岂不识耶？"王老未语，有小女自青布帏中出，曰："张老尝过，令缝帽顶，其时无皂线，以红线缝之。线色手踪皆可自验。"因取看之，果是也。遂得钱，载而归，乃信真神仙也。

其家又思女，复遣义方往天坛山南寻之。到即千山万水，不复有路。时逢樵人，亦无知张老庄者，悲思浩然而归。举家以为仙俗路殊，无相见期。又寻王老，亦去矣。复数年，义方偶游扬州，闲行北邸前。忽见张老昆仑奴前拜曰："大郎家中何如？娘子虽不得归，如日侍左右，家中事无巨细，莫不知之。"因出怀中金十斤以奉，曰："娘子令送与大郎君。阿郎与王老会饮于此酒家。大郎且坐，昆仑当入报。"义方坐于酒旗下，日暮不见出，乃入观之。饮者满坐，坐上并无二老，亦无昆仑。

取金视之，乃真金也。惊叹而归，又以供数年之食。后不复知张老所在。

贞元进士李公者，知盐铁院，闻从事韩准太和初与甥侄语怪，命余纂而录之。

【译文】

张老是扬州市六合县人，种菜务农为业。他有个邻居叫韦恕，南朝时梁天监年间在扬州担任曹掾，任满后出仕住在这里。韦恕的大女儿已经长大成人，于是家里找来附近的媒人，请帮忙物色一个好女婿。张老听到这消息，高高兴兴地在韦家大门口等候媒人。媒人刚走出韦家，张老就把她请进自己家里，准备了上好的酒肉饭菜。快吃完，张老问媒人："听说韦家有个女儿将要出嫁，请您寻个好女婿，有这样的事吗?"媒人说："是的。"张老接着说："我年纪确实有点大了，但我靠种菜也能够养活一家人，希望您替我前去求亲。事情要是办成，一定厚礼相谢。"媒人听完，把张老臭骂了一顿就走了。过了几天张老又邀请媒人来家，媒人说："你这老叟，也不掂量掂量自己，哪有正经人家的女儿肯嫁给种菜老头?这韦家的确贫穷，但门当户对的士大夫之家也不少。你配不上人家小姐，我怎么能因为喝你一杯酒就去韦家自讨苦吃呢!"张老一再恳求："您就勉强替我说一说吧，说了韦家不同意，我就认命，不再来烦您。”媒人没办法，冒着被责骂的风险到韦家去说这件事。韦恕听完大怒：“我们家固然贫穷，可您这媒人竟这样看不起我们！我们韦家再穷也不会把女儿嫁给这样一个人！况且那种菜的老头是什么人，胆敢这样口出狂言！老头是乡野村夫我不与他计较，可是媒人您怎么也如此荒谬！”媒人说：“我的确不该来说这门亲，只不过被那老头逼得紧，不得不来替他转达他的心意。”韦恕怒冲冲地说：“您替我告诉他，今天之内能给五百贯钱的聘礼就能娶我女儿。”媒人走出韦家，把韦恕的话告诉了张老，张老表示：“知道了。”不一会儿，就用车装了钱送到韦家。韦家人大吃一惊，说：“刚才只是开玩笑罢了，况且这老头只是个种菜的，我估计他肯定弄不到这么多钱，才说出来羞辱他的。没想到这么一会儿钱就送来了，现在可如何是好？”于是叫人去试探女儿的心意，女儿居然也没有明确反对，只说：“这大概就是我的命吧！”就这样，韦家同意了这门亲事。

张老娶了韦恕的女儿之后，还是照常在园子里种菜，锄地、施肥、除草、卖菜，耕耘不停。他妻子也勤于做饭洗衣，不觉得拉低了自己的身份，韦家的亲戚们嫌她给家族丢了脸，但也没有办法。几年后，亲戚朋友中有身份的人都责怪韦恕说：“你们家确实贫困，但附近难道就没有穷人家的子弟吗？为什么把女儿嫁给一个种菜的老头？你这样相当于抛弃了女儿，既然这样还不如将她抛远点，眼不见心不烦，现在白白让邻里乡亲笑话。”过了几天，韦恕摆了酒席，叫来女儿和张老，韦恕趁着酒醉透露出了想要女儿离开乡里的意思。张老站起来说：“我们之所以没有立即离开这儿，原先是怕您舍不得女儿。现在您既然明说讨厌我们，我们离开便是。我在王屋山下有座小庄院，明天一早就回去。”第二天天快亮的时候，张老夫妻来向韦家告别：“丈人以后如果想念我们，可以叫大哥到天坛山南麓来找我们。”张老就让妻子骑着驴子，戴了顶笠帽出发，自己则拿着拐杖跟在后面，此去就没有了音讯。

过了好多年，韦恕老了，想念自己的女儿，想着女儿跟着那老头住在山里，一定是蓬头垢面，见到都不一定能认出来。于是派大儿子韦义方去寻访张老夫妇，韦义方走到天坛山南麓，遇见一个昆仑奴，正拉着黄牛在耕田，韦义方问他：“这里有没有一个叫张老的人的府邸？”昆仑奴放下手里的牛鞭下拜道：“大舅爷怎么这么久才来？张老的庄院离这里很近，我可以带您去。”韦义方就跟着昆仑奴一起向东走，先是登上一座山，山下有条河，后来又穿过河流，一路经过了十多个地方，景色都不一样，甚至不像人间之景。最后走下一座山，忽然看见溪水北面有座朱漆大门的华丽宅第，楼台亭阁参差交互，花草树木郁郁葱葱，楼阁周围烟雾缭绕，鸾鹤、孔雀在其间徘徊翱翔，还传来阵阵乐器之声。昆仑奴指着那里说：“这就是张家庄。”韦义方惊讶万分，不一会走到宅邸门口，有位穿紫衣的门人将他带进宅邸厅堂。厅堂中摆设铺陈的器物韦义方从来没有见到过，整个府邸和山谷中还伴随着异香阵阵。韦义方忽然听到玉佩叮当作响，两个婢女出来说：“主人来了。”

接着又看到十几个容貌姣好的婢女两队排列着走出来，像是在给谁引路。不一会就见到一个人，戴着远行的帽子，穿着朱红色绸衣和大红鞋，慢慢走出门来。一个婢女赶紧领着韦义方前去行礼，只见那人仪表堂堂，体态魁伟，容颜年轻，韦义方仔细一看，这不是张老么。张老说："人世间劳苦众多，人们都好像生活在火里，身体还没有清凉下来，愁苦的火焰又燃烧起来，所以很多人没有一刻是舒适的。兄长在人间已经生活了很久，想必也不免有些苦楚，您平时都怎么自我消遣呢？您妹妹稍作梳洗，很快就来见您。"于是向韦义方作揖请他坐下。不一会，一个婢女前来禀告："娘子已经梳洗完毕。"于是领着韦义方进去，在堂前见到了妹妹。妹妹住的地方，正堂用沉香木做屋梁，用玳瑁壳装点着门扇，窗是碧玉做的，挂着珍珠帘子，台阶也都是冰冷光滑的碧色材质，分辨不出是用什么做的，她的衣服和饰品都极其华丽，韦义方在人间从来没有见过。妹妹稍微寒暄客气了几句，只是问了问父母长辈的情况罢了，感觉很生分。不一会，张老夫妇邀请韦义方一起用膳，食物精美芳香，无法用语言来形容。吃过饭，张老夫妇让韦义方住在内厅。第二天天刚亮，张老就来看望韦义方，忽然有个婢女凑过来在张老的耳边说话，张老笑着道："家里有客人，怎么能等到天黑才来见客呢。"于是对韦义方说："我妹妹突然想去游蓬莱山，您妹妹也该去，天没黑我们就会回来，兄长只管在这里休息。"说完张老向韦义方作了揖就走进屋去了。不一会儿，只见五色彩云从中庭升腾，鸾凤在空中低飞，丝竹声慢慢吹奏。张老和韦义方的妹妹各乘一只凤，其他十几个随从乘鹤而起，渐渐升上天空，向正东飞去，韦义方还想再看看，但很快就看不见了，只听见隐约还在吹奏的乐声。韦义方住在内厅，婢女服侍得很周到。天快黑时，隐约听到音乐声，张老他们随后降落在庭中。张老和妻子见到韦义方，说："留您独自一人在家中不免寂寞，但这个地方是仙界，不是世俗凡人能轻易进入的，兄长命中注定能来此一游，但也不能久居，明天您就该回去了。"第二天韦义方动身回去时，妹妹又出来跟他告别，请他向父母问安，思念父母之情溢于言表。张老说："人世间与这里相距很远，兄长得立即动身，我来不及写信了。"于是张老送给韦义方二十镒黄金，并且给了他一顶旧草帽，说："兄长没钱的时候，可以到扬州北邸卖药的王老家去拿一千万钱，这顶旧草帽就是凭证。"于是分别。张老又叫昆仑奴送韦义方出山，走回到天坛山，昆仑奴就拜别韦义方回去了。

韦义方背着金子回到家，家中的人都很惊讶，问了他情况，有人认为张老是神仙，有人认为他是妖怪，也无法判断。过了五六年，韦家缺钱，韦义方想去取王老那里的钱，又怀疑是假的。有人说："取那么多钱，不写个票据，仅凭这顶旧帽子就行吗？"家里人将信将疑。没多久，韦家的境况实在是困难，家里的人强逼韦义方："即使取不到钱，去一趟又不吃亏！"于是韦义方就前往扬州，到了北邸，张老所说的王老正在药铺中摆放药材。韦义方走上前去问道："老人家姓什么？"老人回答："姓王。"韦义方接着说："张老叫我来取一千万钱，拿这旧草帽作为凭证。”王老说：“钱有是有，但帽子是不是那顶呢?”韦义方说：“老人家可以检验查看一下，您应该认得。”王老没说话，这时有个小女孩从青布帘后走了出来，说：“张老曾经经过咱们这，叫我缝补过那顶帽子，那时我手边没有黑线，所以是用红线缝的。线的颜色和针脚我都可以认出来。”韦义方于是把草帽拿给他们，果然是真的。韦义方于是得了钱，满载而归，家里人这才相信张老是真神仙。

后来，韦家又思念起女儿，再次派韦义方到天坛山南麓寻她。可是韦义方到了那里后发现只有千山万水，不再有路了。这时韦义方碰见一个砍柴的人，但他不知道张老住所所在，于是义方十分悲伤地回家了。回去后，全家人都认为仙界与人间是不同的两个世界，和韦家女儿再没相见的机会了。韦义方不甘心，又去找王老，王老也不在了。又过了好几年，韦义方偶而游览扬州，闲来无事走过北邸，忽然看见张老家的昆仑奴，昆仑奴看见他赶紧上前行礼，说：“大舅爷家中最近怎么样?娘子虽然不能回家，却像每日都侍奉父母左右一样，家里大大小小的事情，娘子没有一件不知。”于是从身边拿出十斤黄金给韦义方，说：“这是娘子叫我送给大舅爷的，我家主人跟王老在这家酒馆喝酒，大舅爷小坐一会儿，我这就进去禀告主人。”韦义方坐在酒旗下面，一直等到太阳下山都还不见昆仑奴出来，就走进酒馆看看。一进门，只见全是来这喝酒的人，可是并没有看见张老、王老二人，也没看见昆仑奴。韦义方把金子拿来验看，是真正的金子，惊叹着回家了。韦家后来用这些金子维持了好几年的衣食，但自此以后再也没听说过张老夫妇的踪迹。

贞元年间的进士李公执掌盐铁院的时候，听到从事韩准在太和初年跟小辈们谈论神怪，说及此事，叫我把它整理记录下来。

狐女修仙

党超元者，同州郃阳县人。元和二年，隐居华山罗敷水南[1]。明年冬十二月十六日，夜近二更，天晴月朗，风景甚好，忽闻扣门之声。令童候之，云："一女子，年可十七八，容色绝代，异香满路。"超元邀之而入，与坐，言词清辩，风韵甚高，固非人世之材。良久，曰："君识妾何人也?"超元曰："夫人非神仙，即必非寻常人也。"女曰："非也。"又曰："君知妾此来何欲?"超元曰："不以陋愚，特垂枕席之欢耳。"女笑曰："殊不然也。妾非神仙，乃南冢之妖狐也。学道多年，遂成仙业，今者业满愿足，须从凡例，祈君活之耳。枕席之娱，笑言之会，不置心中有年矣，乞不以此怀疑，若徇微情[2]，愿以命托。"超元唯唯。又曰："妾命后日当死于五坊箭下[3]。来

原篇名《华山客》

[1] 罗敷：地名，在华山之东。

[2] 徇：依从。

[3] 五坊：唐代皇帝饲养猎鹰猎犬的官署。

晚猎徒有过者，宜备酒食以待之。彼必问其所须，即曰：‘亲爱有疾，要一腊狐，能遂私诚，必有殊赠。’以此恳请，其人必从。赠礼所须，今便留献。”因出束素与党曰：“得妾之尸，请夜送旧穴。道成之后，奉报不轻。”乃拜泣而去。

至明，乃鬻束素以市酒肉，为待宾之具。其夕，果有五坊猎骑十人来求宿，遂厚遇之。十人相谓曰：“我猎徒也，宜为衣冠所恶。今党郎倾盖如此[1]，何以报之？”因问所须，超元曰：“亲戚有疾，医藉腊狐，其疾见困，非此不愈。”乃祈于诸人：“幸得而见惠，愿奉五素为酒楼费。”十人许诺而去。南行百余步，有狐突走绕大冢者，作围围之，一箭而毙。其徒喜曰：“昨夜党郎固求，今日果获。”乃持来与超元，奉之五素。既去，超元洗其血，卧于寝床，覆以衣衾。至夜分人寂，潜送穴中，以土封之。

后七日夜半，复有扣门者，超元出视，乃前女子也，又延入。泣谢曰：“道业虽成，准例当死，为人所食，无计复生。今蒙深恩，特全毙质，修理得活，以证此身。磨顶至踵[2]，无

[1] 倾盖：指途中相遇，停车交谈，双方车盖往一起倾斜，形容一见如故或偶然的接触。

[2] 磨顶至踵：从头顶到脚跟都擦伤了。形容不辞劳苦，不顾身体。

以奉报。人尘已去，云驾有期，仙路遥遥，难期会面。请从此辞。药金五十斤，收充赠谢。此金每两值四十缗，非胡客勿示。”乃出其金，再拜而去，且曰：“金乌乍分，有青云出于冢上者，妾去之候也。火宅之中[1]，愁焰方炽，能思静理，少涤俗心，亦可一念之间，暂臻凉地。勉之！勉之！”言讫而去。明晨往视，果有青云出于冢上，良久方散。及验其金，真奇宝也。即日携入市，市人只酬常价。后数年，忽有胡客来请，曰：“知君有异金，愿一观之。”超元出示，胡笑曰：“此乃九天液金，君何以致之？”于是每两酬四十缗，收之而去。后不知其所在耳。

【译文】

党超元是同州郃阳县人。元和二年，他隐居在华山罗敷河南岸。第二年冬天十二月十六日，晚上将近二更的时候，天气晴朗，月色皎洁，景致很美。党超元忽然听到一阵敲门声，赶紧叫书童去看看，书童回来说：“门外站着一个姑娘，大概有十七八岁，容貌美丽，她经过的地方都异香扑鼻。”超元邀请女子进屋，陪她坐下。女子言谈举止都很优雅，很有气质，看

[1] 火宅：佛教用语，用以比喻充满痛苦的尘世。

起来不像一般俗人。坐了很久，女子说："您知道我是什么人吗?"党超元说："夫人即使不是神仙，也一定不是一般的人。"那女子说："非也。"又接着问道："您知道我为什么来这儿吗?"党超元回答："您莫非不嫌弃我的愚陋浅薄，想与我共度风月。"那女子笑着说："您猜错了，小女子不是神仙，而是南边一座坟墓里的狐妖。我修炼道行许多年，如今将成就仙业。现在我仙业已经圆满，必须依照惯例历经一次生死，特此来求您救我一命。男欢女爱，聚会笑谈，这些事我已经很多年不放在心上了，请您不要怀疑。如果您今天能答应我小小的要求，我情愿把这条命托付给您，以后任您使唤。"党超元很快就答应下来，女子又说："我命里注定后天要死在宫廷猎人的箭下。明天晚上有一群猎人经过这里，请您准备些酒菜食物招待他们。他们一定会问需要什么作为报酬，您到时候就说：'有个亲戚生病，要用一只腊狐，如果能得到，一定厚礼相送。'您恳求他们，他们一定会答应。给他们的赠礼我现在就给您。"于是拿出一捆绢帛给党超元，说："您到时候收到我的尸体，请在当夜送回古墓中去，等我道业圆满后，一定重谢。"说完便流着泪辞别。

第二天，党超元就卖了一些白绸换钱，买了酒肉为款待宾客做准备。当天晚上，果然就有十个官家猎人骑马而来，到党超元家借宿，党超元热情地款待了他们。十个猎人你一言我一语，说："我们都是打猎的粗人，一般的读书人都瞧不起我们。如今党兄对我们这些粗人如此热情，我们该用什么来酬谢你呢?”党超元说:“我有个亲戚病了,医生说要用腊狐,他的病很重,非用这东西才能治好。”恳求猎人道:“如果大哥们有幸打到狐狸能送给我的话,我愿意奉上五匹绢帛给你们喝点小酒用。”猎人们答应了他就出门了,刚向南走了一百多步,忽然看见有只狐狸正绕着一座坟墓在跑,猎人们围成圆圈困住狐狸,一箭射死了它,高兴地说:“昨晚那位党兄想让我们给他打只狐狸,没想到今天就有了收获。”于是把这只狐狸拿来送给了党超元,党超元也回馈了他们五匹绢帛。等猎人们走后,党超元把狐狸身上的血迹冲洗干净,让它躺在床上,用衣服盖起来。等到夜深人静时,偷偷把它送回原来的坟墓中,用泥土把洞口封起来。

过了七天,半夜里有人来敲党超元的门,他走出去一看,原来是上次那个女子,于是请她进屋。女子进屋后,流着泪感谢党超元:“之前对公子您说过,我道业虽成,但照惯例应经历一次生死,如果我死时尸体被人吃了,就没有办法复活。承蒙您出手相救,保全了我的尸体,所以我才能够死而复生,功德圆满,我就是剃发削骨也没法报答您的恩情。我即将离开人间俗世,驾鹤升天,仙界遥远,我们很难有再见的机会了,就此别过。这是用药金炼制的五十斤金子,聊表谢意。这种金子每两值四十贯钱,只有域外的商人才懂它的价值。”于是拿出金子给党超元,拜了两拜就走了,临走时说:“明天早晨太阳刚刚出来时,青云会从我在的古墓上升起,那就是我离开的象征。您在尘世中,就像生活在一座燃起大火的房子里,满是愁苦的火焰，希望您在这愁苦的尘世间，能够得到内心片刻的宁静，稍微清洗自己的内心，这样总归也能得到片刻的清凉，与君共勉。”说完就走了。

第二天早晨，党超元特地去看，古墓上空果然升腾起了青云，很久才消散。党超元请人验看金子，确实是珍奇的宝物，当天他就把金子带往集市，集市上的商人只肯出一般金子的价钱收购。后来过了好几年，突然有个外国客商找到党超元，说：“我知道您有些珍奇的金子，能让我看一看吗？”党超元拿出金子给他看，那外国客商笑着说：“这是九天液金，阁下是怎么得到的？”随后商人以每两四十贯钱的价格将金子收买了去，此后就没人知道这些金子到哪儿去了。

裴谌得道

裴谌、王敬伯、梁芳约为方外之友。隋大业中，相与入白鹿山学道，谓黄白可成[1]，不死之药可致，云飞羽化，无非积学，辛勤采炼，手足胼胝[2]，十数年间。无何，梁芳死，敬伯谓谌曰："吾所以去国忘家，耳绝丝竹，口厌肥豢[3]，目弃奇色，去华屋而乐茅斋，贱欢娱而贵寂寞者，岂非觊乘云驾鹤，游戏蓬壶？纵其不成，亦望长生，寿毕天地耳。今仙海无涯，长生未致，辛勤于云山之外，不免就死。敬伯所乐，将下山乘肥衣轻，听歌玩色，游于京洛[4]，意足然后求达，垂功立事，以荣耀人寰，纵不能憩三山，饮瑶池，骖龙衣霞，歌鸾

原篇名《裴谌》

[1] 黄白：修炼仙丹变换成金银的道家法术。

[2] 胼胝（pián zhī）：手足等长期劳作、摩擦而导致的皮肤角质层增厚，又称为老茧。

[3] 肥豢（huàn）：豢，喂养。在这里指精美的食物。

[4] 游于京洛：到都城长安、东都洛阳游历。

飞凤，与仙翁为侣，且腰金拖紫，图影凌烟[1]，厕卿大夫之间，何如哉？子盍归乎？无空死深山。”谌曰：“吾乃梦醒者，不复低迷。”敬伯遂归，谌留之不得。时唐贞观初，以旧籍调授左武卫骑曹参军，大将军赵朏妻之以女。

数年间，迁大理廷评，衣绯[2]，奉使淮南，舟行过高邮。制使之行，呵叱风生，行船不敢动。时天微雨，忽有一渔舟突过，中有老人，衣蓑戴笠，鼓棹而去，其疾如风。敬伯以为吾乃制使，威振远近，此渔父敢突过我。试视之，乃谌也。遽令追之，因请维舟，延之坐内，握手慰之曰：“兄久居深山，抛掷名宦而无成，到此极也。夫风不可系，影不可捕，古人倦夜长，尚秉烛游，况少年白昼而掷之乎？敬伯自出山数年，今廷尉评事矣。昨者推狱平允，乃天锡命服。淮南疑狱，今谳于有司[3]，上择详明吏覆讯之，敬伯预其选，故有是行。虽未可言官达，比之山叟，自谓差胜。兄甘劳苦，竟如曩日[4]，奇哉！奇哉！今何所须，当以奉给。”谌曰：“吾侪野人，心近云

[1] 图影凌烟：凌烟阁为表彰朝廷功臣而建造的阁楼，上悬其画像。
[2] 绯：朱红色，唐代四品、五品官员官服的用色。
[3] 谳（yàn）：议罪；有司：官员。
[4] 曩（nǎng）日：往昔。

鹤，未可以腐鼠吓也。吾沉子浮，鱼鸟各适，何必矜炫也。夫人世之所须者，吾当给尔，子何以赠我？吾与山中之友，或市药于广陵，亦有息肩之地[1]。青园桥东，有数里樱桃园，园北车门，即吾宅也。子公事少隙，当寻我于此。”遂倏然而去。

敬伯到广陵十余日，事少闲，思谌言，因出寻之。果有车门，试问之，乃裴宅也。人引以入，初尚荒凉，移步愈佳。行数百步，方及大门，楼阁重复，花木鲜秀，似非人境。烟翠葱茏，景色妍媚，不可形状。香风飒来，神清气爽，飘飘然有凌云之意，不复以使车为重，视其身若腐鼠，视其徒若蝼蚁。既而稍闻剑佩之声，二青衣出曰："阿郎来。"俄有一人，衣冠伟然，仪貌奇丽，敬伯前拜，视之乃谌也。裴慰之曰："尘界仕官，久食腥膻，愁欲之火焰于心中，负之而行，固甚劳困。"遂揖以入，坐于中堂，窗户栋梁，饰以异宝，屏帐皆画云鹤。有顷，四青衣捧碧玉台盘而至，器物珍异，皆非人世所有，香醪嘉馔，目所未窥。既而日将暮，命其仆促席，燃九光之灯，光华满座。女乐二十人，皆绝代之色，列坐其前。

裴顾小黄头曰[2]："王评事昔吾山中之友，道情不固，弃

[1] 息肩：休息。
[2] 黄头：童仆。

吾下山，别近十年，才为廷尉属。今俗心已就，须俗妓以乐之。顾伶家女无足召者，当召士大夫之女已适人者。如近无姝丽，五千里内皆可择之。”小黄头唯唯而去。诸妓调碧玉筝，调未谐而黄头已复命，引一妓自西阶登，拜裴席前。裴指曰：“参评事。”敬伯答拜，细视之，乃敬伯妻赵氏也。敬伯惊讶不敢言，妻亦甚骇，目之不已。遂令坐玉阶下，一青衣捧玳瑁筝授之，赵素所善也，因令与妓合曲以送酒。敬伯坐间取一殷色朱李投之，赵顾敬伯，潜系于衣带。妓奏之曲，赵皆不能逐。裴乃令随赵所奏，时时停之，以呈其曲。其歌舞虽非云韶九奏之乐[1]，而清亮宛转，酬献极欢。

天将晓，裴召前黄头曰：“送赵氏夫人。”且谓曰：“此堂乃九天画堂[2]，常人不到。吾昔与王为方外之交，怜其为俗所迷，自投汤火，以智自烧，以明自贼，将浮沉于生死海中，求岸不得，故命于此，一以醒之。今日之会，诚难再得，亦夫人之宿命，乃得暂游，云山万重，往复劳苦，无辞也。”赵拜而去。

裴谓敬伯曰：“评公使车留此一宿，得无惊群将乎？宜且就

[1] 云韶九奏：尽善尽美，恢宏庄严的宫廷音乐。
[2] 画堂：华丽的房屋。

馆，未赴阙闲时，访我可也。尘路遐远，万愁攻人，努力自爱。”敬伯拜谢而去。后五日，将还，潜诣取别，其门不复有宅，乃荒凉之地，烟草极目，惆怅而返。

及京奏事毕，得归私第，诸赵竞怒曰：“女子诚陋拙，不足以奉事君子。然已辱厚礼，亦宜敬之。夫上以承祖先，下以继后嗣，岂苟而已哉。奈何以妖术致之万里而娱人之视听乎？朱李尚在，其言足徵，何讳乎？”敬伯尽言之，且曰：“当此之时，敬伯亦自不测。此盖裴之道成矣，以此相炫也。”其妻亦记得裴言，遂不复责。

吁！神仙之变化，诚如此乎？将幻者鬻术以致惑乎？固非常智之所及。且夫雀为蛤，雉为蜃[1]，人为虎，腐草为萤，蜣螂为蝉[2]，鲲为鹏，万物之变化，书传之记者，不可以智达，况耳目之外乎！

【译文】

裴谌、王敬伯、梁芳三人结为修道求仙的好友。隋炀帝大业年间，三人一齐到白鹿山修仙。他们一心以为可以修炼出点

[1] 蜃（shèn）：大蛤蜊，生活在海底的软体动物。
[2] 蜣螂：屎壳郎的学名。

石成金的法术，能得到长生不老的药方，自身通过努力的修行一定可以乘云驾雾、羽化登仙。为此苦苦修行了十余年，手脚都长出了茧子。很快梁芳去世了，王敬伯深为触动，神情悲戚地对裴谌说道："我之所以离开繁华的都城，抛弃自己的家庭，不再听迷人心弦的音乐，不再追求口腹之欲，不再流连美色，离开华宅而身居茅屋陋室，睥睨俗世的欢愉享乐而追求清修的孤寂，这样的苦行，难道不是为了乘云驾鹤，在仙山之上游乐？即便达不到此神仙境界，也期盼可以长生不老，寿与天齐。可是你也见到了，和我们一同修仙的芳兄死了，吾生也有涯，而仙海却无边无际，长生实在难求，在荒山野外苦苦修行也难以逃脱死亡的宿命。现在我想要做的，是下山乘坐膘肥体壮的骏马，穿着华丽轻暖的皮袍，醉心于音乐和美色，在长安和洛阳游历，肆意玩乐之后再追求事功的飞黄腾达，建功立业，享受人世的荣耀。放弃修仙追求俗世的功名欢愉，纵使不能有游乐仙山，饮酒瑶池，以龙为骑，以云霞为衣，与鸾凤相歌舞，与仙翁为友朋的快乐逍遥，但却有望腰缠金印，身居高位，在凌烟阁留下画像，置身于公卿大夫之列！裴兄意下如何？为何不一同返回俗世，不要白白地丧命于深山之中。"裴谌说："我已梦醒，不再留恋于俗世了"。裴谌挽留无用，王敬伯孤身一人离开了白鹿山。此时正当贞观初年，王敬伯因为往日的为官履历而被任命为左武卫骑曹参军，迎娶了大将军赵朏的女儿。

数年间，王敬伯升任大理寺廷评，身穿朱色官服，奉旨出使淮南，乘舟过高邮。王敬伯此行身负皇帝之命，气势汹汹，在官船上耀武扬威，厉声斥责，官威凛然，旁边船只皆不敢造次。此时天空正阴沉下着小雨，忽有一只渔船从官船边呼啸而过，驾驶渔船的是一名老人，身着蓑衣，头戴斗笠，划桨前行，其疾如风。王敬伯挟皇命自重，认为自己是钦差使臣，威振四方，此小小渔父岂敢从我的船头驶过，再定睛一看，船上的老翁竟然是往日一同修仙的裴谌。于是连忙下令追赶上去，请裴谌系船岸边，到自己的船舱中叙旧。

待老友相见，王敬伯握着裴谌的手打着官腔道："兄长久居深山，抛却了追求功名、浮游宦海的机会而毫无所成，现在又做了渔翁，真是悲惨到了极点。修仙虚无缥缈，正如风系不住，影子抓不住，古人尚且厌倦长夜漫漫，无所事事，会手执灯烛外出游玩，少年更岂能虚掷光阴浪费白昼呢？小弟出山已有数年，现在已经任职廷尉评事了。前日因为判案公正，得天子隆恩，受赏了这身官服。现今淮南地方有疑案，报有司审议，吾皇下令选派廉正清明的官员前往重审，小弟蒙受天恩被选派前往，故有此水上之行。小弟虽然尚不能说官运通达，但是比之山野村夫，还是自诩胜过他们一些的。兄长甘于勤苦，如此用功清修，却依然和往日一样贫苦，真是奇怪！奇怪！兄长现在有什么需要的，尽管开口，小弟一定慨然相赠。"

裴谌微微一笑说："我辈山野村夫，心如云鹤般缥缈，用不着拿近似腐鼠的俗世官衔来吓我。我沉你浮，鸟击长空，鱼沉水底，各有其归处，何必拿俗世的功名利禄来炫耀。人世间你想要的，我都可以赠予你，你又拿什么回赠于我呢？我山中结交的朋友中，有在广陵卖药的，在那里也有我的一处居所。青园桥东，有占地数里的樱桃园，樱桃园北门，常有车马出入，此即是我的住宅。等你公事忙完了，可以到此处来找我。”说完后（驾渔船）很快离开了。

王敬伯在广陵办公，留居了十余日，一日偶有空闲，想起裴谌的话，于是前往寻找其住处。到了青园桥东樱桃园，果然有供车马出入的门，前往询问进出之人，果然是裴谌的宅院。王敬伯跟随其跨门入内，最初景象荒凉，随后所见的景致则愈来愈美，行到数百步，方才到了宅院大门。透过宅院大门，楼阁重叠，花草树木繁茂秀丽，好像不是人间境界。杨柳翠绿茂盛，美景娇艳，不可名状。香风飘然而至，令人神清气爽，飘飘然有凌云之慨。眼见老友宅院如此秀美，王敬伯不再以皇帝使者自重，觉得自己就像腐鼠一样肮脏鄙陋，再看自己的侍从，也如蝼蚁一般低贱。

随后王敬伯听到了行走时腰悬的长剑与玉佩撞击发出的声音，两名婢女走出来说道：“主公到了。”顷刻间，见一名男子走来，衣冠伟岸，仪容秀丽不凡，王敬伯往前参拜，发现走来的正是裴谌。裴谌对王敬伯说：“贤弟在俗世为官，吃的都是污浊的食物，加之心中满是愁怨和欲念之火，有了这些俗物的困扰，委实让贤弟劳累困乏。”随后裴谌向王敬伯作揖回礼请其入屋，在中堂就坐。

王敬伯环顾四周，窗户栋梁上皆饰满了奇珍异宝，帷帐上皆画有浮云和仙鹤。不一会儿，四名婢女手捧碧玉材质的托盘而至，托盘上摆放的宴饮器物珍异非常，不是人间所能得见的。进奉的美酒佳肴，王敬伯也从未见过。天色将暮，裴谌让仆从将客人的坐席摆得靠近一些，点上有九只蜡烛合围而成的灯盘，照得殿堂十分明亮。演奏的二十名女乐师，皆为天姿国色，列坐于席前。

裴谌对童仆说："王评事是我昔日的山中道友，可惜修道之志不坚，弃我而去，相别近十载，尚只谋得一个廷尉属吏的官职。现在他已经是个俗世之人，需要有俗世的乐妓为他奏乐玩乐。乐妓之类的庸脂俗粉不值得招来，应当招公卿大夫家已为人妇的女子。如果近处找不到美貌的世族女子，可从附近五千里内再加选择。"童仆诺诺而去。列席在前的女乐师为碧玉筝调弦准备奏乐，曲调尚未调节完好而童仆已回来复命，引导一名乐妓从西阶拾级而上，参拜裴谌。裴谌让她参拜评事，乐妓参拜后，王敬伯回礼，凝视这名乐妓，乃是自己的妻子赵氏。王敬伯惊讶得说不出话，其妻也甚为惊骇，不断地看着丈夫。

裴谌命赵氏坐在玉阶下，一名婢女手捧玳瑁筝交给赵氏，赵氏素来擅长弹奏古筝，因此让她与众女乐师合奏以助酒兴。王敬伯从座位间拿了一个红黑色的李子投给赵氏，赵氏看着王敬伯，暗中将李子系在衣袋上。女乐师们演奏的曲调很快，赵氏的古筝演奏始终不能跟上。裴谌遂命女乐师们的演奏配合赵氏的曲调，时常停下来，以凸显赵氏的演奏。所奏的歌曲虽然不是《云门》《大韶》这样的宫廷乐曲，但也清亮婉转。主客之间觥筹交错，颇为尽兴。

天色将晚，裴谌招童仆上前吩咐道：“送赵氏妇人归家。”对赵氏说：“这座房屋是九天上的画堂，俗世凡人是到不了的。我昔日与王敬伯贤弟为修道的挚友，怜惜他为俗世的名利欢愉所迷醉，自投尘世的艰难险境之中，用自己的聪颖智慧燃烧自己，用自己的见识伤害自己，如此下去，余生将浮沉于生死欲海之中，希求登岸而不得，所以我设法引他到此，希望能点醒他。今日的欢宴聚会，实在很难再有了，这也是夫人您的宿命，于是有此次短暂的游历。此行迢迢，云山万重，来往十分辛苦，万望海涵，莫辞辛劳。”赵氏拜谢而去。

裴谌对王敬伯道：“贤弟在此留宿了一夜，恐怕会惊动郡守，还是回馆驿休息去吧。完成差事回京复命之前，如有空闲，可来此处找我。贤弟身处尘世，以后的路途更为漫长，欲海浮沉，愁绪万端折磨人心，努力保重吧！”王敬伯拜谢而去。又过了五日，王敬伯将要返京，悄悄地前往樱桃园向裴谌拜别，发现车门后不再有宅院，乃是一片荒凉之地，满目烟草，惆怅满怀地回京了。

回到京城交代完公事之后，王敬伯返归自己的住宅，遇到赵家人怒气满怀地指责说：“我们家的小姐确实很丑陋笨拙，不配嫁给你，然而既然已经承蒙你的厚礼嫁了过来，也应敬之爱之。我们家小姐向上祭祀、承奉你的先祖，向下为你生育子女以延续子嗣，岂是可以戏弄的？为何用妖术将她送到万里之外为他人奏乐供其玩乐？你投掷的李子尚在，我们家小姐所言有凭为据，还有什么可以隐瞒的？”王敬伯将这件事的始末交代后叹息道：“当时我也没有预想到。这一定是裴谌修道已成，以此来向我炫耀。”夫人赵氏也记得裴谌和她说的话，也不再责备赵敬伯。

唉！神仙变化莫测，真的如此神奇吗？还是会幻术的江湖小人卖弄其法术以迷惑人心？这些都不是常人智力所能及的。况且雀鸟变为小蛤蜊，野鸡变化大蛤蜊，人变成老虎，腐草内生出萤火虫，蜣螂变为蝉，鲲变为鹏，万物的诸般变化，书上有所记载的，都不是以常人的智力所能去理解的，更何况那些见闻以外的事情呢？

长寿老人

前进士张左，尝为叔父言：少年南次鄠杜[1]，郊行，见有老父乘青驴，四足白，腰背鹿革囊，颜甚悦怿，旨趣非凡。叟自斜径合路，左甚异之，试问所从来，叟但笑而不答。至于再三，叟忽怒叱曰：“年少子，乃敢相逼！吾岂盗贼椎埋者耶[2]？何必问所从来。”左逊谢曰：“向慕先生高躅[3]，愿从事左右耳，何赐深责？”叟曰：“吾无术教子，但寿永者。子当嗤我潦倒，欲噱吾释志耳[4]。”遂鞭乘促走，左亦扑马趋，俱至逆旅。叟枕鹿囊，寝未熟，左方疲倦，贳取酒将饮[5]，就请曰：“单醪期先生共之[6]。”叟跳起曰：“此正吾所好，何子解

原篇名《张左》

[1] 鄠（hù）杜：鄠县（现陕西西安）与杜陵。

[2] 椎埋：劫杀人而埋之，泛指杀人。

[3] 高躅（zhú）：崇高的品行，指有崇高品行的人。

[4] 噱（jué）：大笑。

[5] 贳（shì）：买。

[6] 单醪：尊酒，单，通“箪”。

吾意?”饮讫，左觇其色悦，徐请曰:“小生寡昧，愿先生赐言以广闻见，然非所敢望。”叟曰:“吾所见梁陈隋唐耳，贤愚治乱，国史已具。然请以身所异者语子。

吾宇文周时居岐，扶风人也，姓申名宗，慕齐神武[1]，因改为欢。十八，从燕公于谨征梁元帝于荆州，州陷，大军将旋，梦青衣二人谓余曰:“吕走天年，人向主寿。”既觉，吾乃诣占梦者于江陵市，占梦者谓余曰:“吕走，回字也。人向主，住字也。岂子住乃寿也。”时留兵于江陵，吾遂陈情于校尉拓跋烈，许之。因却诣占梦者曰:“住即合矣，寿有术乎?”占者曰:“汝生前梓潼薛君胄也，好服木蕊散，多寻异书，日诵黄老一百纸，徙居鹤鸣山下，草堂三间，户外骈植花竹，泉石萦绕。八月十五日，长啸独饮，因酒酣畅，大言曰:‘薛君胄疏澹若此，何无异人降止?’忽觉两耳中有车马声，因颓然思寝，才至席，遂有小车，朱轮青盖，驾赤犊出耳中，各高二三寸，亦不知出耳之难。车有二童，绿帻青帔[2]，亦长二三寸，凭轼呼御者，踏轮扶下，而谓君胄曰:‘吾自兜玄国来，向闻长啸月下，韵甚清激，私心奉慕，愿接清论。’君胄大骇曰:‘君适

[1] 齐神武：高欢（496—547），东魏权臣，北齐王朝奠基人。
[2] 帻（zé）：巾帻，古代汉族男子包裹鬓发、遮掩发髻的巾帕。

出吾耳，何谓兜玄国来?’二童子曰:‘兜玄国在吾耳中，君耳安能处我?’君胄曰:‘君长二三寸，岂复耳有国土！倘若有之，国人当尽焦螟耳[1]。’二童曰:‘胡为其然！吾国与汝国无异，不信，盍从吾游。或能便留，则君亡生死苦矣。’一童因倾耳示君胄，君胄觇之，乃别有天地，花卉繁茂，甍栋连接[2]，清泉翠竹，萦绕香甸[3]。因扪耳投之，已至一都会，城池楼堞[4]，穷极瑰丽。君胄彷徨，未知所之，顾见向之二童已在侧，谓君胄曰:‘此国大小于君国，既至此，盍从吾谒蒙玄真伯。’蒙玄真伯居大殿，墙垣阶陛，尽饰以金碧，垂翡翠帘帷。中间独坐真伯，身衣云霞日月衣，冠通天冠，垂旒皆与身等[5]。玉童四人，立侍左右，一执白拂，一执犀如意。二人皆拱手拜伏，不敢仰视。有高冠长鬣绛纱衣人，宣青纸制曰:‘肇分太素，国既百亿，尔沦下土，贱卑万品，聿臻于此，实由冥合，况尔清乃躬诚，叶于真宰[6]，大官厚爵，俾宜享之。

[1] 焦螟：传说中一种极小的虫。
[2] 甍（méng）栋：屋梁。
[3] 甸：田野。
[4] 堞（dié）：城墙上齿形的矮墙。
[5] 旒（liú）：古代帝王礼帽前后垂着的玉串。
[6] 叶（xié）：和洽，和谐。

可为主簿大夫。’君胄拜舞出门，即有黄帔三四人，引至一曹署。其中文薄，多所不识，每月亦无请受，但意有所念，左右必先知，当便供给。因暇登楼远望，忽有归思，赋诗曰：‘风软景和丽，异花馥林塘。登高一怅望，信美非吾乡。’因以诗示二童子，童子怒曰：‘吾以君质性冲寂，引至吾国，鄙俗余态，果乃未去，卿有何自忆耶！’遂疾逐君胄，如陷落地，仰视乃自童子耳中落，已在旧居处，随视童子亦不见，因问诸邻人，邻人云：‘失君已七八年矣。’君胄在彼如数月。未几而君胄卒，遂生于申家，即今身也。”占者又云：“吾前生乃出耳中童子。以汝前生好道，以得到兜玄国，然俗想未尽，不可长生。然汝由此寿千岁矣。吾授汝符，即归。”因吐朱绢尺余，令吞之。占者遂复童子形而灭。自是不复有疾，周行天下名山，迨兹向二百余岁。然吾所见异事甚多，并记鹿革中。

因启囊，出二轴书甚大，字颇细。左不能读，请叟自宣，略述十余事，其半昭然可纪。此卷八事，无非叟之所说。其夕将明，左略寝，及觉已失叟。后数日，有人于炭谷湫见之[1]，叟曰：“为我致意于张君。”左遽寻之，已复不见。时贞元中。

[1] 湫（qiū）：洞穴。

【译文】

前科进士张左曾经对叔父讲过一件事：他年少时曾经旅居鄠县和杜陵等地，有一天行走在郊外，看见一位老人骑着一头青驴，驴的四个蹄子是白色的，老人腰上背着一个鹿皮囊，很高兴的样子，一看就不是一般人。老人从小路走过来与张左同行，张左感觉很奇怪，就问老人是从哪里来的，老人只笑了笑没回答。张左再三询问，老人忽然大怒，斥骂他：“年轻人，你怎么处处逼问呢，我又不是强盗杀人犯，你问我从哪里来干什么？”张左赶紧赔礼道歉：“我看先生器宇不凡，心里不禁仰慕，所以打听得多了点，我想跟着您做事，请先生不要责备我。”老人说：“我没有什么能耐教给你，只是岁数比你年长些，你怕不是在讥笑我潦倒，没有志向吧。”说完便鞭驴快步行走，张左也骑马紧紧跟着，一同到了旅店。老人头枕鹿皮囊休息，半睡半醒，张左不一会儿也觉有些疲倦，向店家买了酒来喝，试着邀请老人：“我已备酒，不知先生是否愿意与我对酌一番。”老人立马跳了起来：“我十分喜爱喝酒，没想到你真了解我的心意。”喝完酒，张左看老人很高兴，又对老人说：“小生见识短浅，愿意听听尊长的教导让我长长见识，别的事暂时不敢冒昧多想。”老人说：“我看见的，无非就是些梁、陈、隋、唐年间的事，是贤是愚，是乱世是治世，史书上已经写了，那么我就讲些人们不太知道的事吧。

我在宇文周时居住在岐山，原是扶风人，姓申名宗，因为敬慕齐神武帝，所以改名叫申欢，十八岁时跟着燕国公于谨征讨梁元帝，在荆州打了一仗，攻陷荆州后，大军将要凯旋，在一天夜里我梦见两个青衣女子对我说：“吕走天年，人向主寿。”说完我就醒了，便到江陵的市镇上解梦，解梦的人对我说：“吕走就是回字，人向主是住字，这是说你住在这里就会长寿。”那时我们的兵马驻扎在江陵，我就把此事说给校尉拓跋烈听，表示想要留下来，拓跋烈答应了。于是我又回去问解梦的人说：“我已经住下了，还有什么别的方法能让我长寿吗？”占卜的人说：“你前世是梓潼的薛君胄，喜欢服食木蕊散，找了很多奇书，每天读一百页黄帝、老子的著作，你把家安在鹤鸣山下，盖了三间草房，在门外种了些花草竹子，有泉水石头环绕房屋周围。八月十五那天，你独自吹笛饮酒，喝醉了，就开始大声说话：‘我薛君胄如此的超尘脱俗，怎么没有奇人来这儿与我同乐呢？’刚说完就听见两只耳朵里有车马之声，你就特别累想睡觉了，才卧在席子上就看见了一个小车，红车轮，青色篷盖子，两只赤色牛犊拉着车从你耳朵中出来，各有二三寸高，也没感觉到从耳中出来有多困难。车上有两个童子，戴着绿色头巾，身穿青色披风，也都是两三寸高，扶着车前面的横木呼唤车夫，踏着轮子下来，对你说：‘我们是从兜玄国来的，刚才听见你在月下长啸，声韵清澈悠扬，很欣赏你，想与你对坐闲聊一番。’你大吃一惊，说：‘你们刚才是从我耳中出来的，怎么说是从兜玄国来的呢？’两童子说：‘兜玄国在我们耳中，你耳朵里怎么能住下我们呢？’你又说：‘你们只有二三寸高，耳朵里哪还有地方安放一个国家！即使有国家，你们国人肯定也都是些小虫子。’两个童子说：‘胡说！我们国家与你的国家没什么区别，不信你可以跟我去游览一番。你要是愿意留在我们国中，以后你就不会有生死轮回之苦。’一个童子过来歪着头让你看耳朵，你往里一看，果然别有洞天，耳朵里花草树木茂盛，房屋很多，雕梁画栋，清泉翠竹，萦绕在开满鲜花的草坪周围。于是摸着耳朵跳了进去，进去就到了一个大都市，城池楼阁都高大雄伟。你徘徊不前，不知该往哪儿去，只见刚才的两个小童已在身边，他们对你说：‘这个国家与你的国家一样大，既然来了，何不与我们去见见蒙玄真伯。’那蒙玄真伯住在大殿里，墙壁和台阶等都用金玉装饰，垂着翡翠做的门帘，门帘里面坐着的就是蒙玄真伯，他身穿云霞日月衣，头戴通天冠，冠上垂下的玉串和他人一样高。有四个玉童站在他左右，一个拿着白色拂尘，一个拿着犀角如意。二人进去后拱手跪拜，不敢抬头看蒙玄真伯。又有一个头戴高帽子，身穿长毛绛纱袍的人出来宣读青纸文书说：‘自从开天辟地以来，这世上建立了很多国家，你沦落到下等的国家，很是贱卑，现在到了这里，也是天意，何况你很正直诚实，品行是天下大道所要求的，够格到我们这儿来做个大官，可以做主箓大夫。’你拜谢后下了殿。这时又有三四个黄衣人领你到了一座官署做官，官署中文书上的字你大多不认识，每月也没有俸禄，但只要心里一想什么，左右侍从一定会事先知道，派人来供应。一日你趁着闲暇，登楼远望，忽然想念起了家乡，开始作诗：‘风软景和丽，异花馥林塘。登高一怅望，信美非吾乡。’作完把诗拿给两个童子看，童子大怒说：‘我认为你生性寂寥清高，把你领到我们国家里，可是没想到你鄙俗的性格还没完全革除，你那下等俗国有什么可怀念的呢?’于是很快赶走你，你好像从什么地方突然掉在了地上，抬头一看，自己从童子的耳朵中掉了下来，等清醒过来，发现自己已经站在原来的房子前面，环顾周围，童子也不见了，你跑去问邻居们，邻居们说：‘你失踪已经七八年了。’你却觉得自己在那里好像只过了几个月。不久你就死了，后来就托生在申家，就是现在的你申欢。”占卜的人又说：“我前生就是从童子耳中出来的，因为你前生喜好修道，所以能有幸到兜玄国一游，可是你俗根没有清净，不能在那里留下来，所以不能长生不死，但也可以活一千多年，我给你一张符，马上回去吧。”于是吐出一块一尺多长的红绢，让我吞了。占卜的人变成童子之后就消失了。从此以后我再也没生过病，周游名山，今天已经二百多岁了。我这辈子见过的奇闻异事很多，都记在这鹿皮囊里。

张左于是打开皮囊，拿出二本很大的书，上面的字很小，无法辨识，请老人自己读，老人只大略拣选十多件事告诉了张左，张左多半都记下了，这卷书记载的八件事都是老人所说。天快亮时，张左稍微睡了一会儿，醒来时发现老人已经不见了。过了很多天，有人说在炭谷洞穴见过这老人，老者说：“代我向张左问好。”张左急忙去炭谷洞穴寻找老人，但老人已经不复踪迹。张左遇到这件事的时间大概是唐德宗贞元年间。

卷之
可爱精怪
荒诞奇遇

元无有

宝应中[1]，有元无有，尝以仲春末独行维扬郊野[2]。值日晚，风雨大至。时兵荒后，人户逃窜，入路旁空庄。须臾霁止[3]，斜月自出。无有憩北轩，忽闻西廊有人行声，未几至堂中，有四人，衣冠皆异，相与谈谐，吟咏甚畅，乃云："今夕如秋，风月如此，吾党岂不为文，以展平生之事？"其文即曰口号联句也。吟咏既朗，无有听之甚悉。其一衣冠长人曰："齐纨鲁缟如霜雪[4]，寥亮高声为予发。"其二黑衣冠短陋人曰："嘉宾长夜清会时，辉煌灯烛我能持。"其三故弊黄衣冠人，亦短陋，诗曰："清泠之泉俟朝汲，桑绠相牵常出入[5]。"其四

原篇名《元无有》

[1] 宝应：唐肃宗李亨的年号（762—763）。

[2] 维扬：即扬州。

[3] 霁止：雨过天晴。

[4] 齐纨鲁缟（gǎo）：古代齐国和鲁国出产的白色绢，后亦泛指名贵的丝织品。

[5] 绠（gěng）：汲水用的绳子。

黑衣冠，身亦短陋，诗曰："爨薪贮水常煎熬[1]，充他口腹我为劳。"无有亦不以四人为异，四人亦不虞无有之在堂隍也，递相褒赏，虽阮嗣宗《咏怀》亦不能加耳[2]。四人迟明方归旧所，无有就寻之，堂中惟有故杵、烛台、水桶、破铛[3]，乃知四人即此物所为也。

【译文】

宝应年间，有个人叫元无有，曾在仲春时节一个人到维扬郊野游玩。天色将晚的时候忽然风雨大作，当年战乱刚刚平息，百姓流离失所，景色十分破败，元无有跑进路边的一座空庄里避雨，不一会儿，雨过天晴，一轮明月斜挂天边。元无有在庄院北边休息，忽然听见西边走廊里有人走来，不一会儿已走到堂屋，一共四个人，穿戴各异，谈笑吟诗，很是高兴的样子，其中一人说："今天夜晚就像秋天一样，凉风习习，月色皎洁，这样的良辰美景，我们应当吟诗作赋，以文明志。"于是便作起联句来，吟诵声越来越大，元无有听清楚了，其中一个身材修长的吟道："齐纨鲁缟如霜雪，寥亮高声为予发。"其

[1] 爨（cuàn）：烧火煮饭；薪：柴火。

[2] 阮嗣宗：阮籍（210—263），三国时期魏国诗人、竹林七贤之一。

[3] 杵（chǔ）：一头粗一头细的圆木棒，用来在臼里捣粮食等或洗衣服时捶衣服；铛（chēng）：烙饼用的平底锅。

中一个穿黑衣戴黑帽子的矮个子吟道："嘉宾长夜清会时，辉煌灯烛我能持。"第三个人身穿破旧的黄色长衫和黄色帽子，他的诗说："清泠之泉俟朝汲，桑绠相牵常出入。"第四个人身着黑衣戴黑帽，开始吟诗："爨薪贮水常煎熬，充他口腹我为劳。"元无有没察觉四人的与众不同，四人也没有想到元无有在屋中。四人互相品评各自的诗说："即使是阮籍的《咏怀》也不过如此。"四个人一直聊到天都亮了才回去。元无有等他们走后，到刚才他们在的地方查看，只见旧杵、烛台、水桶、破铛这些东西，元无有这才知道原来四人就是这四个物件变化而来的。

蚯蚓主人

隋炀帝征辽，十二军尽没，总管来护坐法受戮[1]，炀帝尽欲诛其诸子。君绰忧惧连诛，因与秀才罗巡、罗逖、李万进结为奔走之友，共亡命至海州。

夜黑迷路，路旁有灯火，因与共投之。扣门数下，有一苍头迎拜君绰[2]，君绰因问:“此是谁家?”答曰:“科斗郎君，姓威，即当府秀才也。”遂启门，又自闭，敲中门，曰：“蜗儿，外有四五个客。”蜗儿即又一苍头也。遂开门，秉烛引客就馆客位，床榻茵褥甚备。俄有二小童持烛自中门出，曰:“大郎子出来。”君绰等降阶见主人[3]。主人辞彩朗然，文辩纷错，自

原篇名《来君绰》

[1] 来护：来护儿（？—618），隋朝名将，大业十四年（618 年）江都兵变，隋炀帝遇弑，来护儿一同遇害。

[2] 苍头：奴仆。

[3] 降阶：古代宾主相见，以西为尊。主人迎客在东阶，客人登从西阶。客如表示谦逊，则登主人之阶，称为“降阶”，也称降等。走下台阶以示恭敬。

通姓名曰“威污蠖”[1]。叙寒温讫，揖客由阼阶[2]，坐曰：“污蠖忝以本州乡赋[3]，得与足下同声，清宵良会，殊是所愿。”即命酒合坐。渐至酣畅，谈谑交至，众所不能对。君绰颇不能平，欲以理挫之，无计，因举觞曰：“君绰请起一令，以坐中姓名双声者，犯罚如律。”君绰曰：“威污蠖。”实讥其姓。众皆抚手大笑，以为得言。及至污蠖，改令曰：“以坐中人姓为歌声，自二字至五字。”令曰：“罗李，罗来李，罗李罗来，罗李罗李来。”众皆惭其辩捷。罗巡又问：“君风雅之士，足得自比云龙，何玉名之自贬子耶[4]？”污蠖曰：“仆久从宾贡，多为主司见屈。以仆后于群士，何异尺蠖于污池乎？”巡又问：“公华宗，氏族何为不载？”污蠖曰：“我本田氏，出于齐威王[5]，

---

[1] 蠖（huò）：昆虫名，尺蠖蛾的幼虫。

[2] 阼（zuò）阶：大堂前东面的台阶，主人迎接宾客的地方。

[3] 忝（tiǎn）：谦辞，表示辱没他人，自己有愧。

[4] 玉：敬辞，多用来尊称对方的身体、言行等。

[5] 齐威王：战国时齐国君主，田氏。任用邹忌为相，田忌为将，孙膑为军师，改革政治，国力渐强。

亦犹桓丁之类[1]，何足下之不学耶?”既而蜗儿举方丈盘至[2]，珍羞水陆，充溢其间。君绰及仆者无不饱饫。夜阑彻烛，连榻而寝。迟明叙别，恨恨俱不自胜。

君绰等行数里，犹念污蠖，复来，见昨所会之处，了无人居，唯污池。池边有大螾[3]，长数尺。又有蜗、螺、丁子，皆大常者数倍，方知污蠖及二竖皆此物也。遂共恶昨宵所食，各吐出青泥及污水数升。

【译文】

隋炀帝派兵征讨辽国，全军覆没，总管来护儿也因此被处斩，隋炀帝还要把他的几个儿子一同杀掉。来护儿的一个儿子来君绰害怕受到株连，于是同秀才罗巡、罗逖、李万进等结伴出逃，一同逃到了海州。

夜里，几人迷了路，忽然看见路旁隐约有灯光，就一起向亮灯的地方走去，原来是一户人家，敲了几下门，门里面走出

[1] 桓：指齐桓公（? —前 643)，春秋时齐国君主。姜姓，名小白。即君位后，选贤任能，求功务实，九合诸侯，一匡天下，成春秋首霸。

[2] 方丈：指方丈之食，极言佳肴之丰盛，吃得阔气。

[3] 大螾（yǐn)：蚯蚓。

来一个仆人样子的人，拱手作揖，很有礼节。来君绰问："这是谁家?"仆人答道："我家主人名叫科斗郎君，姓威，是个秀才。"仆人给他们开门，进去后门自己关上了，走进去发现还有一道门，于是又敲门，仆人一边敲一边喊："蜗儿，外面有四五个客人拜访。"看样子蜗儿是另一个仆人，门开后蜗儿走出来，举着蜡烛领他们住进客房，房间里床褥被子都已经铺好。不一会儿，有两个小童子拿着蜡烛走出来说："大郎子来了。"君绰等人就走下台阶迎接主人。这主人器宇轩昂，声音洪亮，热情而恭敬，自报家门说名叫"威污蠖"。寒暄了几句，一边对客人行礼，一边走上东边的台阶，请众人坐下。这主人说："我是本州乡贡，今天能与大家一起相聚，让诸位相公见笑了。我也一直盼望能有这么一个机会与读书人一起畅谈良宵。"随即命令仆人们准备饭菜酒席，大家边吃饭边聊天，威污蠖雄辞驳辩，文思敏捷，大家都说不过他。来君绰尤其不服，想以摆大道理来胜过他，但又无计可施，因此举起酒杯说："我现在起一个行酒令，以在坐诸位中姓名是双声的为令，如果说错了就得接受惩罚。"来君绰说了一个行酒令："威污蠖。"实际上是在暗自讥讽威污蠖的姓名奇怪，众人听了都哈哈大笑，拍手叫好。到了威污蠖行令，他说："我以在坐诸位的姓氏为令编一首歌，从两个字说到五个字。"接着说："罗李，罗来李，罗李罗来，罗李罗李来。"众人都惊叹于他才思敏捷。罗巡又问威污蠖："您这般风雅，可以媲美英才，为什么取这么个奇奇怪怪、不伦不类的名字呢?"威污蠖说："我很早就参加考试，但总是不得志，主考官总是把我排在最后几名，这境遇跟尺蠖身处于污池中有什么两样呢?”罗巡又问：“看您的风雅谈吐，想必也是显赫之家，为什么书上没有记载呢?”威污蠖说：“我原来姓田，是齐威王之后，就像齐桓公的后代不一定姓姜，名字并不是判断一个人的标准，你们的学识还是不够渊博啊。”这时蜗儿端了一个很大的盘子上来，只见里面全是山珍海味，美食佳肴，来君绰和仆人们都酒足饭饱。夜深了，仆人吹熄了灯，大家同床而眠。天快亮的时候，众人辞别威污蠖，很是不舍。

来君绰等人本来已经走出几里地，但一直十分想念威污蠖，于是折返回来，准备再多逗留几天。回来后只见昨天投宿的地方荒无人烟，只有一个污水池，池边有一只大蚯蚓，有几尺长，又有蜗牛、田螺、蛤蟆等生物，都比一般常见的大好几倍。大家立即反应过来，威污蠖和两个仆人就是这些虫豸变化而来的，顿时觉得昨晚所吃东西肮脏无比，开始呕吐起来，吐出来的东西是几升的绿色污泥和污水。

木偶姑娘

国初，有曹惠者，制授江州参军[1]。官舍有佛堂，堂中有二木偶人，长尺余，雕饰甚巧，丹青剥落。惠因持归与稚儿，方食饼，木偶即引手请之。儿惊报惠，惠笑曰："取木偶来。"即言曰："轻红、轻素自有名，何呼木偶！"于是转盼驰走，悉无异人。

惠问曰："汝何时物，颇能作怪？"轻素曰："某与轻红是宣城太守谢家俑偶[2]，当时天下工巧，总不及沈隐侯家老苍头孝忠也[3]。轻素、轻红即孝忠所造。隐侯哀宣城无常，葬日故有此赠。时轻素圹中[4]，方持汤与乐家娘子濯足，闻外有

原篇名《曹惠》

[1] 制授：唐宋时皇帝任命三品以下、五品以上的官职称为"制授"。

[2] 宣城太守：指谢朓（464—499），南齐山水诗人，出身陈郡谢氏，与"大谢"谢灵运同族，世称"小谢"。

[3] 沈隐侯：指沈约（441—513），南朝梁开国功臣，政治家、文学家、史学家。

[4] 圹（kuàng）：墓穴、坟墓。

持兵称敕声，娘子畏惧，跣足化为白蝼。少顷，二贼执炬至，尽掠财物，谢郎时颔瑟瑟环，亦为贼敲颐脱之。贼人照见轻红等，曰：‘二冥器不恶，可与小儿为戏具。’遂持出，时天正二年也。自尔流落数家，陈末麦铁杖犹子咬头将至此[1]，以到今日。”惠又问曰：“曾闻谢宣城婚王敬则女[2]，尔何遽云乐家娘子？”轻素曰：“王氏乃生前之妻，乐家乃冥婚耳。王氏本屠酤种[3]，性粗率多力，至冥中犹与宣城琴瑟不睦，伺宣城颜严，则磔石抵关以为威胁。宣城自密启于天帝，帝许逐之。二女一男，悉随母归矣。遂再娶乐彦辅第八娘子[4]，美资质，善书，好弹琴，尤与殷东阳仲文、谢荆州晦夫人相得[5]，日恣追寻。宣城尝云：‘我才方古词人，唯不及东阿耳[6]。其余文士，皆吾机中之肉，可以宰割矣。’见为南曹典铨郎，

[1] 麦铁杖（574—612）：隋朝大将军，勇武有力；犹子：侄子。

[2] 王敬则（425—498）：南朝宋、齐时政治家。

[3] 屠酤（gū）：宰牲和卖酒，古代亦泛指职业微贱的人。

[4] 乐彦辅：乐广（？—407），西晋时期名士。

[5] 殷仲文：（？—407）东晋大臣、诗人，曾任东阳太守，因此被称为“殷东阳仲文”；谢晦：（390—426）南朝宋初年宰相、南朝宋开国功臣，曾任荆州刺史，故称之为“谢荆州晦”。

[6] 东阿：指曹植（192—232），字子建，是曹操第三子，三国时期著名文学家，建安文学的代表人物之一与集大成者。

与潘黄门同列[1]，乘肥衣轻，贵于生前百倍。然十日一朝晋、宋、齐、梁，可以为劳，近闻亦已停矣。”

惠又问曰：“汝二人灵异若此，吾欲舍汝，何如?”即皆喜曰:“以轻素等变化，虽无不可，君意如不放，终不能逃。庐山山神欲娶轻素作舞姬久矣，今此奉辞，便当受彼荣富。然君能终恩，请命画工，便赐粉黛。”即令工人为图之，使被锦绣。轻素喜笑曰:“此度非论舞姬，亦当彼夫人。无以奉酬，请以微言留别。百代之中，但有他人会者，无不为忠臣居大位矣。言曰:‘鸡角入骨，紫鹤吃黄鼠，甲不害，五通泉室，为六代吉昌。’”言讫而灭。

后有人祷庐山神，女巫云：“神君新纳一夫人，要翠花钗簪，汝宜求之，当降大福。”祷者求荐之，遂如愿焉。惠亦不能知其微言，访之时贤皆不识，或云：中书令岑文本识其三句[2]，亦不为人说云。

[1] 潘黄门：潘岳（247—300），西晋时期文学家。

[2] 岑文本（595—645）：唐朝宰相、文学家。

【译文】

唐朝初年，曹惠被任命为江州参军，他任职的官府内有一间佛堂，堂中有两个木偶人，长一尺多，精雕细琢过，只是上面的油漆彩画有些剥落。曹惠把这两个木偶人拿回家给儿子玩耍，儿子正在吃饼，木偶就伸手向他要饼吃。曹惠的儿子非常惊异，把这件事告诉了曹惠。曹惠笑笑："把木偶拿来给我看一看。"小孩子搬来了木偶，这时木偶人开始说话："我们俩有名字，一个叫轻红，一个叫轻素，请不要叫我们木偶！"说完便下地行走，转动眼珠子看人，简直就跟真人一样。

曹惠问她们说："你们是哪里来的，倒挺能作怪？"轻素说："我与轻红是宣城太守谢朓家陪葬的木偶，当时天下的能工巧匠，要属沈隐侯家的老仆孝忠最厉害，我们俩就是孝忠雕刻制作的。沈隐侯为谢宣城之死惋惜不平，于是把我们俩赠与谢宣城陪葬。有一天我在坟墓里，正端热水给乐家娘子洗脚，忽听外面有人手执兵器说要下御诏，乐家娘子很害怕，还来不及擦干脚，连忙变做一只白色的蝼蛄躲起来。不一会儿，有两个贼人拿着灯笼火把过来，把值钱的东西掳掠一空，谢郎的嘴里当时咬着一个瑟瑟环，也被贼人敲掉取走了。接着这些盗墓贼发现了我们，说：'这两个陪葬的物件不错，拿去给孩子们玩。'于是就把我们拿了出来。当时是南朝梁天正二年，从那时起我们流落到很多人家过，南朝陈末年，是麦铁杖的侄子把我们带到这里，就一直在这住到了今天。"曹惠又问："我听说谢宣城的妻子是王敬则的女儿，你怎么刚才说是乐家娘子？"

轻素说："王氏是谢宣城生前的妻子，乐家娘子与谢宣城配的是冥婚。王氏她爹是一介屠夫，性格粗野力气大，在冥间仍与谢宣城不和，每每惹得谢宣城生气，她就以用石头堵住家门不让谢朓回家。谢朓一气之下将此事密奏天帝，天帝应准他休掉王氏，两个女儿一个儿子，都跟着母亲走了。于是谢朓又娶了乐彦辅第八个女儿为妻，乐家娘子生得漂亮，喜欢琴棋书画，与殷仲文、谢晦的夫人们关系很要好，每天都要聚会。谢宣城曾说：'我的才能和古人相比，只是不及曹植而已，其余那些文士都像是在我几案上的肉一样任我宰割。'与潘岳一样，谢宣城如今做了阴曹的典铨郎，成天骑大马穿华袍，比生前富贵显赫百倍。可是每隔十天就要朝见晋、宋、齐、梁已死的皇帝一次，也十分辛劳，最近听说也已经停止朝拜了。"

曹惠又问："你二人是灵物，不该困在这里，我想放了你们，二位意下如何？"两人都很欢喜地说："我们能够变化、自由活动，想逃跑虽然也不是难事，但如果您不想放我们走，我们还是会被您追回来。庐山山神很久之前就想娶轻素去做舞姬，如今辞别了您，我们就可以到庐山山神那里去享荣华富贵了，如果您真的愿意放了我们，您就找个画工给我们涂上颜色。"曹惠于是找来画工重新修饰了她们的身体，还给她们穿上了锦绣衣服，轻素高兴地笑着说："这回不要说偏房舞姬，就是做山神夫人都可以。我没有什么东西可以报答您，给您留一段赠言作为纪念吧，我见过的人，百代之中，能明白这几句话的，无一不是忠臣大官。'鸡角入骨，紫鹤吃黄鼠，甲不害，五通泉室，为六代吉昌。’”说完就消失了。

后来有人祭祀庐山神，祭祀的女巫说：“庐山神最近娶了一位夫人，想要翠钗花簪，你应当为她找来，会有大福降临的。”祭祀的人找到了这么一只簪子并进献给了庐山神，所许之愿都得以实现。曹惠弄不懂木偶人的留言，遍访当时的贤才能士，也都没人知道。有人说：中书令岑文本懂得其中三句，可他不愿意告诉外人。

张宠奴之墓

长庆元年，田令公弘正之失律镇阳也[1]。进士王泰客焉，闻兵起，乃出城南走。时兵交于野，乃昼伏宵行。入信都五六里[2]，忽有一犬黄色随来。俄而犬顾泰曰："此路绝险，何故夜行？"泰默然久之，以诚告之曰："镇阳之难矣。"犬曰："然得逢捷飞，亦郎之福也。许捷飞为仆，乃可无患。"泰私谓："夫人行爽于显明之中者[3]，有人责；行爽于幽冥之中者，有鬼诛。今吾行无爽，于吾何诛？神祇尚不惧，况妖犬乎！固可以正制之耳。"乃许焉。犬忽化为人，拜曰："幸得奉事，然捷飞钝于行，请元从暂为驴，借捷飞乘之，乃可从行。"泰惊不对，

原篇名《张宠奴》

[1] 田弘正（764—821）：唐朝中期藩镇，魏博节度使田承嗣堂侄。长庆元年（821）七月，成德都知兵马使王廷凑集结牙兵作乱，田弘正全家及其部属、将吏等三百人一同被杀。失律：军队无纪律，指战事失利。

[2] 信都：古县名，在今河北冀州。

[3] 行爽：行为过错。

乃驱其仆下路，未数步，不觉已为驴矣。犬乃乘之。泰甚惧，然无计御之，但仗正心而已。

偕行十里，道左有物，身长数尺，头面倍之，赤目而髯者，扬眉而笑曰："捷飞安得事人？"犬曰："吾乃委质于人。"乃曰："郎幸无怖。"大头者低面而走。又数里，逢大面多眼者，赤光闪闪，呼曰："捷飞安得事人？"又对如前，多眼者亦遁去。捷飞喜曰："此二物者，以人为上味，得人则戏投而争食之，困然后食。今既去矣，余不足畏。更三五里有居人刘老者，其家不贫，可以小憩。"

俄而到焉，乃华居大第也。犬扣其门，有应而出者，则七十余老人，行步甚健，启门，喜曰："捷飞安得与上客来？"犬曰："吾游冀州不遇，回次山口，偶事王郎，郎以违镇阳之难，不敢昼行，故夜至。今极困，愿得稍休。"老人曰："何事不可？"因揖以入，馆泰于厅中，盘馔品味，果粟之属，有顷而至。又有草粟筐贮饲马，化驴亦饱焉。当食而捷飞预坐，曰："倦行之人，夜蒙嘉馔，若更有酒，主人之分尽矣。"老人曰："不待启言，已令涤器。"俄有小童陈酒器，亦甚精洁。老人令捷飞酌焉，遂与同饮。数巡，捷飞曰："酒非默饮之物，大凡人之家乐，有上客而不见，复谁见乎？"老人曰："但以山中妓女不足恃为惧，安感惜焉!”遽召宠奴。有顷，闻宠奴至，乃美妓也，貌称三十余，拜泰而坐其南，辞色颇不平。泰请歌，即唱；老人请，即必辞拒。犬曰:“宠奴之不肯歌者，当以无侣为恨耳。侧近有花眼者，亦善歌，盍召乎?”主人遽令邀之。少顷，呼入，乃十七八女子也，其服半故，不甚鲜华，坐宠奴之下。巡及老人，请花眼即唱，请宠奴即不唱。其意愈不平，似有所诉。巡又至老人，执杯固请不得，老人颇愧，乃笑曰:“常日请歌，宠奴未省相拒，今有少客，遂弃老夫耶！然以旧情当未全替，终请一曲。”宠奴拂衣起曰:“刘琨被段匹磾杀却[1]，张宠奴乃与老野狐唱歌来!”灯火俱灭，满厅暗然。徐窥户外似明，遂匍匐而出。顾其厅，即大墓也。马系长松下，旧仆立于门前，月轮正午。

泰问其仆曰:“汝向者何为?”曰:“梦化为驴，为人所乘，而与马偕食草焉。”泰乃寻前路而去。行十余里，天曙，逢耕人，问之曰:“近有何墓?”对曰:“此十里内，有晋朝并州刺史刘琨歌姬张宠奴墓。”乃知是昨夜所止也。又三数里，路隅有朽骷髅，傍有穿穴，草生其中，近视之，若四眼，盖所召花眼

[1] 刘琨（270—318）：西晋时期杰出的政治家、军事家，与幽州刺史段匹磾约为兄弟，后惨遭杀害。

也。而思大头、多眼者，杳不可知也。

吾尝以儒视世界，人死固有鬼；以释观之，轮回之义，理亦昭然。奈何此妓华落千载，犹歌于冥冥之中，则信乎视听之表，圣贤有不言者也。

【译文】

长庆元年，田弘正在镇阳兵败，有个叫王泰的进士当时正在镇阳客居，听说兵乱，急忙出城向南逃跑。这时有军队在郊区打仗，王泰只能昼伏夜出。进入信都地界五六里，忽然有一只黄狗跟了过来，对王泰说："这条路很危险陡峭，你怎么夜里走呢？"王泰思索一会儿，告诉它："镇阳发生兵乱，我出来避难来了。"狗说："现在你遇到捷飞我，也是你的福气，你只要收我做仆人，就不会遇上什么祸患了。"王泰心里想："人要是在阳间做错事，就会被人谴责；要是在阴间犯下罪过，就会有鬼来诛杀。如今我行得正坐得端，应该不是有谁来惩罚我，就是神灵来我也不怕，何况是一只妖犬呢？我只要一身正气，自然不用怕它。"于是答应了黄狗，这时狗忽然变作人形，向王泰行礼说："有幸侍奉您，不过我行动不便，请让我将您另一位仆人变作驴，借我骑一骑，我就可以跟您同行了。"王泰心里惊讶，嘴上默不作声，黄狗便推赶仆人向前走，没走几步，那仆人就变成驴了，黄狗顺势骑到驴背上。王泰看到这妖术后很害怕，可是又没有办法对付它，只好壮着胆子与黄狗同行。

一同走了十几里地，看见路旁有个东西，身高好几尺，头比身体大一倍，眼睛是红的，胡须飘飘，对着他们喜笑颜开："捷飞怎么服侍起人来了？"黄狗说："我本来就是服侍人的。"又对王泰说："公子不要害怕。"大头低头走开。又走了几里地，遇到一个脸很大，脸上长着很多只眼睛的东西，这东西发着红光，也大声叫道："捷飞怎么服侍起人来了？"黄狗像刚才一样回答，这多眼怪也走开了。捷飞欢喜地说："这两个怪物，把人当成上等的美味，捉到人就将之抛来抛去，争着玩着吃，等人疲惫不堪了才把他吃掉，如今他们都走了，剩下的路程你就不必担心了。再走三五里就到刘老头家了，他家还算殷实，可以暂且借住。"

不久就到了刘老头家，是一座豪华大宅。黄狗敲他家的门，有一个七十多岁的老人出来开门，步履矫健，他开了门，高兴地说："捷飞怎么与贵客深夜到此？"黄狗说："我到冀州找朋友游玩却没遇见他，回到山口的时候偶然遇到这位王郎，就侍奉他，王公子因为镇阳兵乱，不敢在白天赶路，所以我们才深夜到此。我们很累了，想在你家稍事休息。"老人说："这有何难？"就拱手作揖请他们进来，让王泰在厅堂里小坐，并端上美食佳肴，水果干果。又用筐装上草料喂马，仆人变的驴也吃饱了。吃饭时，捷飞正要坐下，看见桌上无酒，就对老人说："我们奔波劳累，深夜多蒙你招待我们美味佳肴，要是再有点酒就更好了。”老人说：“这还用你说，我已经让侍者在洗酒器了。”不一会儿就有小童拿上了酒杯，老人让捷飞倒酒，大家同饮。喝了几个来回，捷飞说：“光这样喝闷酒有什么意思呢？你是富裕之家，家中的歌伎乐工，有贵客时不出来相见，要等着见谁呢？”老人说：“我是想着，我们家里这些山野村妇没什么特殊才艺，害怕贵客不高兴，怎么敢吝惜呢？”于是叫张宠奴出来。一会儿，就听见张宠奴来了，抬头看去，此女容色美丽，年纪大概三十左右，向王泰下拜并坐在他南侧，看起来不是很高兴。王泰请她唱首歌，她就唱了一曲。老者也请她唱，遂不再开口。捷飞说：“宠奴不肯唱歌，是因为没有伴儿吧？附近有一个花眼也擅长唱歌，何不让她来陪你？”老者于是立刻叫人去召那花眼来。不一会儿花眼来了，是一个十七八岁的女孩子，身穿破旧的衣服，坐在宠奴旁边。轮到老人喝酒，老人请花眼唱，花眼唱了一曲，老人再请宠奴唱，宠奴仍不唱，而且脸色愈发难看，欲言又止的样子。喝了一轮酒又轮到老人，他执意请宠奴唱，宠奴仍固执不唱，老人没有面子，笑了笑：“平常请她唱歌，她从不拒绝我，今天有年轻的客人，就看不起老夫了，总归还有一丁点旧情吧，最后替我唱一曲可否？”宠奴整了整衣服，站起来说：“要不是刘琨被段匹磾杀害，我才不会为你这老野狐唱歌呢！”说完灯火顿时都灭了，厅堂中一片漆黑。向窗外望去，天色微明，王泰摸黑爬出来，发现原来大厅是一个墓穴，马系在松树上，仆人站在门前，月亮正高挂天空中。

王泰问仆人："你刚才干什么去了？"仆人说："刚才我梦见自己变成了驴被人骑着，与马一同吃草料。"王泰找寻之前来时的路，向前走了十几里，天都亮了，遇到一个种地的人，王泰问他："这附近有谁的墓吗？"种地的人说："方圆十里内，好像有晋朝并州刺史刘琨歌姬张宠奴的墓。"这才知昨夜住的地方就是这座墓。又走了三里多路，路边有一具已经朽掉的骷髅，旁边有个洞，里面杂草丛生。王泰凑近一看，有个东西有四只眼，想来这就是昨天叫来的花眼。王泰又想起那大头、多眼的怪物，没有头绪，不知道是什么变的。

我曾经笃信儒家，儒家认为人死后会变成鬼，佛家也认为生死自有轮回，可是这宠奴已经死了千年，却仍然在阴间为人唱歌，这件事才使我醒悟，眼睛看到的，耳朵听到的，大多是表象，有的事圣贤是不会说出来的。

龙王家书

洛阳刘贯词，大历中求丐于苏州，逢蔡霞秀才者，精彩俊爽之极。一相见意颇殷勤，以兄见呼贯词。既而携羊酒来宴，酒阑[1]，曰："兄今泛浮江湖间，何为乎？"曰："求丐耳。"霞曰："有所抵耶？泛行郡国耶？"曰："蓬行耳[2]。"霞曰："然则几获而止？"曰："十万。"霞曰："蓬行而望十万，乃无翼而思飞者也。设令必得，亦废数年。霞居洛中，左右亦不贫，以他故避地，音问久绝。意有所托，祈兄为回。途中之费，蓬游之望，不掷日月而得[3]，如何？"曰："固所愿耳。"霞于是遗钱十万，授书一缄，白曰："逆旅中遽蒙周念[4]，既无形迹，辄露心诚。霞家长鳞虫[5]，宅渭桥下，合眼叩桥柱，当有应者，

原篇名《苏州客》

[1] 酒阑（lán）：饮酒将要结束。

[2] 蓬行：像蓬草一样随风飘扬，喻指居无定所。

[3] 掷：耗费；日月：时光。

[4] 遽（jù）：很快。

[5] 鳞虫：有鳞甲的爬行动物。长鳞虫在此指龙。

必邀入宅。娘奉见时，必请与霞小妹相见。既为兄弟，情不合疏，书中亦令渠出拜。渠虽年幼，性颇慧聪，使渠助为掌人，百缗之赠，渠当必诺。”贯词遂归。

到渭桥下，一潭泓澄，何计自达。久之，以为龙神不当我欺，试合眼叩之，忽有一人应。因视之，则失桥及潭矣。有朱门甲第，楼阁参差。有紫衣仆拱立于前，而问其意。贯词曰：“来自吴郡，郎君有书。”问者执书以入。顷而复出，曰：“太夫人奉屈。”遂入厅中。见太夫人者，年四十余，衣服皆紫，容貌可爱。贯词拜之，太夫人答拜，且谢曰：“儿子远游，久绝音耗，劳君惠顾，数千里达书。渠少失意上官，其恨未减，一从遁去，三岁寂然。非君特来，愁绪犹积。”言讫，命坐。贯词曰：“郎君约为兄弟，小娘子即贯词妹也，亦当相见。”夫人曰：“儿子书中亦言。渠略梳头，即出奉见。”俄有青衣曰：“小娘子来。”年可十五六，容色绝代，辩慧过人。

既拜，坐于母下，遂命饮馔，亦甚精洁。方对食，太夫人忽眼赤，直视贯词，女急曰：“哥哥凭来，宜且礼待，况令消患，不可动摇。”因曰：“书中以兄处分，令以百缗奉赠。既难独举，须使轻赍。今奉一器，其价相当，可乎？”贯词曰：“已为兄弟，寄一书札，岂宜受其赐？”太夫人曰：“郎君贫游，儿子备述。今副其诺，不可推辞。”贯词谢之。因命取镇国碗来。又进食，未几，太夫人复瞪视，眼赤，口两角涎下。女急掩其口，曰：“哥哥深诚托人，不宜如此。”乃曰：“娘年高，风疾发动，祗对不得，兄宜且出。”女若惧者，遣青衣持碗，自随而授贯词，曰：“此罽宾国碗[1]，其国以镇灾疠。唐人得之，固无所用。得钱十万即货之，其下勿鬻。某缘娘疾，须侍左右，不遂从容。”再拜而入。

贯词持碗而行，数步，回顾碧溜危桥，宛似初到，而身若适下。视手中器，乃一黄色铜碗也，其价只三五镮耳，大以为龙妹之妄也。执鬻于市，有酬七百八百者，亦有酬五百者。念龙神贵信，不当欺人，日日持行于市。及岁余，西市店忽有胡客周视之，大喜，问其价。贯词曰：“二百缗。”客曰：“物宜所直，何止二百缗？尚非中国之宝，有之何益？百缗可乎？”贯词以初约只尔，不复广求，遂许之。交受，客曰：“此乃罽宾国镇国碗也。在其国大穰[2]，人民忠孝；此碗失来，其国大荒，兵戈乱起。吾闻为龙子所窃，已近四年，其君方以国中半年之赋召赎。君何以致之？”贯词具告其实。客曰：“罽宾守龙上诉，

[1] 罽（jì）宾国：西域国名。
[2] 穰（ráng）：在此意为庄家丰收。

当追寻次，此霞所以避地也。阴冥吏严，不得陈首[1]，藉君为邮送之耳。殷勤见妹者，非固亲也，虑老龙之馋，或欲相啖，以其妹卫君耳。此碗既出，渠亦当来，亦销患之道也。五十日后，漕洛波腾，瀺灂竟日，是霞归之候也。”曰：“何以五十日然后归？”客曰：“吾携过岭，方敢来复。”贯词记之，及期往视，诚然矣。

【译文】

洛阳人刘贯词，大历年间在苏州乞讨，遇到了秀才蔡霞。蔡秀才俊美潇洒，对刘贯词却很殷勤，尊称其为兄。不久又带着羊肉和美酒来设宴招待刘贯词，在酒醉饭饱之后，蔡霞问刘贯词：“兄长您在江湖漂泊浮沉，是为了什么？”刘贯词答道：“为了乞讨而已。”蔡霞又问：“您四处乞讨。有目的地吗？还是周游天下随遇而安？”刘贯词说：“如蓬草一样，风吹向哪里，就飘到哪里。”蔡霞又问：“准备乞讨到多少钱而后停止呢？”刘贯词说：“十万钱。”蔡霞笑道：“如蓬草一样随处漂泊乞讨而希望筹集到十万钱，这好比没有翅膀而想高飞一样。即便一定要达到这一目的，也需要花费数年光阴。我家本在洛阳，身边的人都不贫穷，我因为其他的原因躲避到了此地，和

[1] 陈首：自首认罪。

家里已经很久没有联系了。我有件事情想托付给兄长，希望兄长替我回一次洛阳家中。如若您能应允，一路上的花费，和四方乞讨希望得到的十万钱，不用多久就能得到，如何?”刘贯词说道：“这当然是我乐意做的事情。”蔡霞交给他一封信，说：“在旅途中忽然得到您的关怀帮助，我们既然不拘形迹，我就向兄台表露心迹。我们家是龙族，住在渭桥下，您闭上眼睛敲击桥柱，会有人来应答，一定会邀请您进屋。当我娘和您相见时，请一定要求与我小妹一见。我们既然是兄弟，您和我小妹的关系也不应当疏远。我在信中也让她出来参拜。她虽然年幼，但是很聪慧。如若请她相助，小妹作为主人，定会赠您百缗之钱，她一定会替我信守诺言。”刘贯词随后便返回洛阳。

刘贯词到了洛阳后，即赶赴渭桥下，潭水清澈，深不见底，不知道用什么办法能到里面去。过了很久，认为神龙是不会欺骗自己的，于是试着闭眼敲击桥柱，果然传来了一个人的回应声。再睁开眼睛时，已经看不到桥梁和潭水了。眼前是富贵家族的府第，楼阁高低错落。有一名身穿紫衣的仆人拱手侍立在前，问刘贯词的来意。刘贯词说道：“我来自吴郡，贵府公子有一封信让我送来。”仆人拿着这封信进去了，片刻又出来，说：“太夫人请您屈尊进屋说话。”刘贯词便进了客厅。刘贯词看太夫人年龄在四十余岁，全身穿紫色华服，容貌可爱。刘贯词向前参拜，太夫人答礼后谢道：“我儿子远游，很久没有他的音讯，烦劳您到我这儿，行走数千里给我们送来家书。我儿子年轻时候与上官发生了矛盾，怨气难消，于是就突然离家出走，三年来渺无音讯。如果不是您专程前来送信，我的愁绪还会继续累积。”说罢，请刘贯词坐下。刘贯词说道：“我和贵家公子约为兄弟，您家的小娘子也就是我的妹妹，应当相见。”太夫人说道：“犬子在信中有说到此事。她略事梳妆，就出来拜见您。”过了一会儿一名婢女禀报说：“小娘子来了。”刘贯词见小娘子年方十五六岁，容貌绝美，巧言善辩，智慧过人。

相互行礼后，二人都坐在太夫人的下方，随后命人布置宴席，食物酒水都很精致洁净。正在一起用餐，太夫人忽然眼睛发红，怒目盯着刘贯词。小娘子急忙说道：“哥哥托他送信前来，应该以礼相待，况且还需要他来替我们消除灾祸，母亲不可二意。”又对刘贯词说：“信中哥哥吩咐我以兄长之礼侍奉您。并让我赠送您一百缗钱。一百缗钱很重，您一个人带着不方便行走，需要换成一个轻便的东西，价格与一百缗钱相当，您看可以吗？”刘贯词说：“我和您的哥哥既然是兄弟，帮他寄送家书，哪里有收受礼物的道理。”太夫人说：“公子四处漂泊，艰辛穷苦，犬子在信中已经详细地说了。敬奉您礼物也是遵守他的诺言，请您不必推辞。”刘贯词拜谢。于是令人取出镇国碗。又一起进食，过了一会儿，太夫人又直瞪瞪盯着刘贯词，眼睛发红，两个口角流出口水。小娘子急忙掩住她的嘴巴，说：“哥哥真诚托他前来，不可如此。”又对刘贯词说：“我娘上了年纪，常常风疾发作，不能再奉陪您用膳了，兄长可以先到屋外休息。”小娘子仿若很害怕的样子，派婢女拿着镇国碗，自己也随着一起出屋门送给刘贯词，对他说："这是产自罽宾国的碗，他们国家用这个碗来镇压灾害厉鬼。唐朝人得到这个碗，就没有什么用了。如果这个碗别人出价十万钱，就可以卖了，如果不到十万钱，就不要卖出去。因为母亲生病，需要侍奉左右，不能再款待您了。"说罢向刘贯词行了礼而入房门。

刘贯词拿着这只镇国碗往前走，走了几步，再回头看，碧绿的潭水，陡峭的高桥，和刚到此地时的景象一样，觉得自己的身体如同刚从桥梁上下来一样。再看看手里拿的镇国碗，是一个黄色的铜碗，看其成色，售价也只有三五镮罢了，认为龙妹太妄语了。他拿着这个碗到市场上售卖，有出七八百钱的，也有出五百钱的。刘贯词认为龙神定会重信用，不会欺骗自己，于是没有低价售卖，坚持每日在市场上叫卖。

过了一年多，西市店忽然来了一个胡商，仔细地看了这个碗，大喜，问刘贯词卖多少钱，刘贯词说："二百缗。"客人回道："这个碗的价值，何止二百缗。但是它不是中土的宝贝，就算拥有它又有什么好处？一百缗能卖给我吗？"刘贯词因为最初龙神和他约定的酬劳就是一百缗，也不再多要价，卖给了胡商。买卖完成后，胡商说："这是罽宾国的镇国碗，这个碗在罽宾国时，就会粮食丰收，人民忠孝。自从失去了这个碗，罽宾国就发生大饥荒，战乱纷起。我听说这个碗是被龙子盗走了，距今已有四年，罽宾国的国王正以国家半年的赋税收入购买它，您是怎么得到这个碗的？"刘贯词把前因后果都据实告诉了胡商，胡商说：“我听说罽宾国的守龙向天庭起诉，天庭应该正在追查这件事，因此蔡霞会远避苏州。阴间的官吏执法严格，蔡霞不敢自首，由此借助您把这个碗送回去。他所以殷切地让您和他妹妹相见，并不是把您当做亲人，而是担心龙母嘴馋，可能会把您吞食掉，所以让妹妹出来护卫您。这个碗既然已经送走了，龙子蔡霞也该回来了，他安排的这一连串的事情，也是消除祸患的一条明道。五十日后，漯河会波涛汹涌，整日水声大作，这就是龙子蔡霞归来时的景象了。”刘贯词问：“为什么要等五十日再归来呢？”胡商说：“我带着碗越过山岭，到了罽宾国境内，国家得以太平，天庭不再追究，它才敢回来。”刘贯词把胡商的话记着，到了那一天去河边看，波涛连天的场景确实和他说的一模一样。

房杜二相国

房相国玄龄、杜相国如晦微时[1]，尝自周偕之秦，宿敷水店。适有酒肉，夜深对食。忽见两黑毛手出于灯下，若有所请，乃各以一炙置手中[2]。有顷，复出若掬，又各斟酒与之，遂不复见。食讫，背灯就寝。至二更，闻街中有高声呼王文聂者，连呼不已。忽闻一人应于灯下，呼者乃曰：“正东二十里村人有筵神者[3]，酒食甚丰，汝能去否？”对曰：“吾已醉饱于酒肉，有公事去不得，劳君相召。”呼者曰：“汝终日饥困，何有酒肉？本非吏人，安得公事，何妄语也！”对曰：“吾被界吏差直二相[4]，蒙赐酒肉，故不得去。若常时闻命，即子行吾走耳。”呼者谢而去。二君共喜，识之，竟同入凤城，诏为名

原篇名《房杜二相国》

[1] 房玄龄、杜如晦：唐太宗时的丞相，房玄龄善于谋略，杜如晦处事果断，并称“房谋杜断”；微时：身份寒微的时候。

[2] 炙：烤肉。

[3] 筵（yán）神：举行宴席祭拜神灵。

[4] 直：值班，当值。

相焉。

【译文】

相国房玄龄、杜如晦身份寒微的时候，曾一起从周地前往秦地，晚上在敷水的旅店居住，正好有酒肉，深夜对坐饮酒吃肉。忽然两只长满黑毛的手从灯下伸出，好像在乞求什么，二人各自拿一块烤肉放在手里。过了一会儿，两只长满黑毛的手又伸了出来，二人各斟了一杯酒放在手中，随后两只手就不再出现了。饮食完毕，二人背着灯火就寝。到了二更天，听到街上有人高声呼唤叫王文戢的这个人，叫了好几次，也没有人答应，忽然听到灯下有人回答，呼唤的人就说道：“正东二十里有村子举办祭神的典礼宴会，酒食丰盛，你要不要一起去享用？”灯下人说：“我已经酒足饭饱，而且身负公事去不了，劳烦您招呼我了。”呼唤的人又说道：“你终日饥困，怎么会有酒肉享受？你不是官府的小吏，怎么会有公务在身？不要说谎了。”灯下人回答道：“我被阴间的官吏差遣给二位相国值班，承蒙他们赐给了我酒肉，所以今晚去不了。如果是平常时节听到您的呼唤，一定随您同行的。”招呼的人遂辞谢而去。房玄龄、杜如晦听到了这番对话后暗喜，把这件事放在了心上，此后果真同入京城为官，成为一代名相。

定婚店

杜陵韦固，少孤。思早娶妇，多歧求婚[1]，必无成而罢。元和二年，将游清河，旅次宋城南店。客有以前清河司马潘昉女见议者，来日先明，期于店西龙兴寺门。固以求之意切，旦往焉。斜月尚明，有老人倚布囊坐于阶上，向月检书。固步觇之，不识其字，既非虫篆八分科斗之势[2]，又非梵书[3]，固问曰："老父所寻者何书？固少小苦学，世间之字，自谓无不识者，西国梵字，亦能读之。唯此书目所未觌[4]，如何？"老人笑曰："此非世间书，君因何得见？"固曰："然则何出也？"曰："幽冥之书。"

固曰："幽冥之人，何以到此？"曰："君行自早，非某不当

原篇名《定婚店》

[1] 多歧：多岔道，在此指常规手段以外的其他方式。

[2] 虫篆、八分、科斗：均为汉字书体名。

[3] 梵书：印度的古典文字，主要用于抄写佛经。

[4] 觌（dí）：见。

来也。凡幽吏皆掌人生之事，掌人可不行冥中乎？今道途之行，人鬼各半，自不辨耳。”固曰：“然则君何掌？”曰：“天下之婚牍耳。”固喜曰：“固少孤，常愿早娶以广后嗣。迩来十年，多方求之，竟不遂意。今者，人有期此，与议潘司马女，可以成乎？”曰：“未也，命苟未合，虽降衣缨而求屠博，尚不可得，况郡佐乎？君妇适三岁耳。年十七，当入君门。”固问：“囊中何物？”曰：“赤绳子耳，以系夫妇之足，及其生则潜用相系，虽仇敌之家，贵贱悬隔，天涯从宦，吴楚异乡，此绳一系，终不可逭[1]。君之脚已系于彼矣，他求何益！”曰：“固妻安在，其家何为？”曰：“此店北卖菜家妪女耳。”固曰：“可见乎？”曰：“妪陈姓，常抱之来鬻菜于市。能随我行，当示君。”

及明，所期不至。老人卷书揭囊而行，固逐之入菜市。有眇妪抱三岁女来[2]，敝陋亦甚。老人指曰：“此君之妻也。”固怒曰：“杀之可乎？”老人曰：“此人命当食天禄，因子而食邑，庸可杀乎？”老人遂隐。固骂曰：“老鬼妖妄如此！吾士大夫之家，娶妻必敌。苟不能娶，即声妓之美者，或援立之，奈何婚眇妪之陋女。”固磨一小刀，付其奴曰：“汝素干事，能为我杀

[1] 逭（huàn）：逃避。
[2] 眇（miǎo）：一只眼睛失明。

彼女，赐汝万钱。”奴曰：“诺。”明日，袖刀入菜市中，于众中刺之而走。一市纷扰，固与奴奔走获免。问奴曰：“所刺中否？”曰：“初刺其心，不幸才中眉间耳。”后固屡求婚，终无所遂。

又十四年，以父荫参相州军，刺史王泰俾摄司户掾，专鞫词狱[1]。以为能，因妻以女，可年十六七，容色华丽。固称惬之极。然其眉间常贴一花钿，虽沐浴间处，未尝暂去。岁余，固讶之，忽忆昔日奴刀中眉间之说，因逼问之，妻潸然曰：“妾郡守之犹子也，非其女也。畴昔父曾宰宋城，终其官时，妾在襁褓，母兄次殁。唯一庄在宋城南，与乳母陈氏居。去店近，鬻蔬以给朝夕。陈氏怜小，不忍暂弃。三岁时，抱行市中，为狂贼所刺，刀痕尚在，故以花钿覆之。七八年前，叔从事卢龙，遂得在左右，仁念以为女嫁君耳。”固曰：“陈氏眇乎？”曰：“然。何以知之？”固曰：“所刺者固也。”乃曰：“奇也！命也！”因尽言之，相敬愈极。后生男鲲，为雁门太守，封太原郡太夫人。知阴骘之定，不可变也。宋城宰闻之，题其店曰“定婚店”。

---

[1] 鞫（jū）：审问。

【译文】

杜陵的韦固，从小便是孤儿，希望能早一点结婚，多方设法求亲，最终都没有成功。元和二年，韦固去清河游历，在宋城县城南的旅馆借宿，店内有旅客为他提亲，提亲对象是清河司马潘昉的女儿，约定明日早晨在旅馆西边的龙兴寺门前相见。

韦固求亲心切，第二天大早就前往寺庙等候，此时天空未晓，斜月尚明，韦固看到有一位老人倚着布囊坐在寺庙前的阶梯上，对着月光看书。韦固走上前去偷看，不认识书上所写的字，这些字的形貌既不像虫篆书、八分字、科斗文，也不是梵文，于是问老者："老人家您在查阅的是什么书？我从小苦读，自谓世间的文字都认识，即便是西域外国的梵文也能诵读，唯有这本书上的字却未曾见过，这是什么书呢？"老人笑着回道："这不是人世间的书，你又怎么能看得懂？"韦固说："这不是人世间的书，那又是什么书呢？"老人答道："这是幽冥世界的书。"

韦固奇道："您既然是幽冥世界的人，怎么会到这里来？"老者说："您来得太早，所以在阴气尚重的时分见到我，并不是我不该出现在此地，凡是阴间的官员都掌管着阳间的人事，掌管的人怎么能不在夜间行走呢？这会儿道路上行走的，人鬼各占一半，只是阳间的人不能分辨出我们罢了。"韦固又问老者："请问老丈您掌管的是阳间的什么事？"老人回道："掌管天下的婚姻文书。"韦固听后大喜，说："我从小就是孤儿，一直希望早一点结婚以广育子嗣。十多年来，我多方求亲，都不顺意，今天有人给我提亲，提亲的对象是清河司马潘昉的女儿，您知道我这一次能成吗?”老人回道：“这一次也不行。命定二者不合，即便求亲对象的标准从王公贵族之女降低到屠夫、赌徒家的小女，也不能成功，何况是司马家的女儿呢？您命中的妻子现在只有三岁，十七岁时会和您成亲。”韦固又问：“您的布囊里装的什么东西?”老人回道：“装的红色的绳子，用这个将命中注定的夫妻二人双足系在一起。等他们一出生，就悄悄地用红绳子系在他们脚上，从此以后，即便出生所在的两家是仇敌，或者身份贵贱相差悬殊，或者相隔千山万水，一旦二人系上了同一根绳子，就定会结为夫妻而不可更改。您的脚已经和这位年仅三岁的女孩子系在了一起，再去向其他人求亲又有何用呢?”韦固好奇地问：“那我命定的这位妻子现在在哪里？她的家是做什么的?”老人说：“她就是您所住旅店以北在市场卖菜的陈婆的女儿。”韦固更为好奇，问：“我可以去看看她们吗?”老人说：“陈婆经常抱着她在市场上卖菜，您要是愿意随我同行，我就指给您看。”

到了天亮，相约见面提亲的司马家始终没有人来，老人卷起书，背着布囊就走了，韦固也随着他到了菜市，看到一位瞎了一只眼的老妪抱着三岁的女孩儿走了过来，女孩儿也长得很粗鄙丑陋。老人指着这名女孩儿对韦固说：“这就是你未来的妻子。”韦固怒道：“我可以把她杀了吗?”老人说：“这个女子命中注定能享受朝廷的俸禄，因为自己的儿子而得授封号，怎么可以把她杀了？”说罢就消失了。韦固忿忿地骂道：“这个老鬼竟如此妄言，我乃是士大夫之家出身，娶妻定当登对。即便迎娶不到官宦人家的小姐，美貌的歌妓乐女，也是马上就能得到，怎么会和瞎眼的老妇的丑陋女儿结婚。”韦固磨了一把小刀，交给自己的奴仆：“你素来做事很能干，要是能为我杀了那名三岁女子，我赐你万钱。”奴仆答道：“诺！”第二天，仆人将小刀藏在自己的袖间进了菜市场，在熙熙攘攘的人群中谋刺了女孩。刺杀事件发生后，整个市场都纷扰了起来，韦固与奴仆趁乱逃跑得以脱逃刑责。韦固问奴仆：“是否刺中了？”奴仆答道：“最开始是准备刺向她的心脏，但是无奈出了偏差，只中了眉间。”韦固此后屡次求婚，都没有结果。

又过了十四年，韦固以父荫任相州参军，刺史王泰让他代理司户掾的工作，专掌审问犯人。刺史赞赏他的才能，将女儿许配给他，年龄约可十六七岁，雍容秀丽，韦固为此感到极为惬意。但是妻子眉心常常贴着花钿，即便是沐浴独处时，也不拿掉。如此持续了一年有余，韦固很惊讶，忽然想起了昔日命令仆人刺杀幼女，刺中了其眉心的事，于是逼问妻子一直贴着花钿的缘由。妻子潸然泪下说道：“我是郡守的侄女，并不是他的女儿。我的父亲曾任宋城县令，死在了任上，当时我尚在襁褓之中，母亲和哥哥也相继去世，家里就剩下一处庄园在宋城南边，我和乳母陈氏住在一起，距离菜市场很近，乳母靠卖菜来维持我们的生计。乳母陈氏怜惜我太小，不忍心一刻与我分离。三岁时，乳母抱着我在菜市中行走，遇到狂徒向我行刺，刺中了眉心，刀痕尚在，所以用花钿遮盖。七八年前，叔父到卢龙任职，我便在叔父身边生活，叔父宅心仁厚视我为女，嫁给了夫君。”韦固连忙问道：“陈氏是不是瞎了一只眼睛?”妻子说：“确实如此，夫君怎么会知道?”韦固回道：“下令刺杀娘子的正是我啊!”又叹息道：“真是奇怪！都是命啊!”于是把这件事的前因后果都向妻子说明，此后二人更加恩爱互敬。后来韦固的妻子生了一个男孩名鲲，后任职雁门太守，母亲也因此受封为太原郡夫人。后来宋城的县令听闻了这件事，就将韦固住过的那家旅社题名为“定婚店”。

扫帚老人

文明元年，毗陵掾滕庭俊[1]，患热病积年，每发身如烧，热数日方定。召医，医不能治。后之洛调选，行至荥阳西十四五里[2]，天向暮，未达前所。遂投一道旁庄家，主人暂出未至，庭俊心无聊赖，自叹吟曰："为客多苦辛，日暮无主人。"即有老父，须发甚秃，衣服亦弊，自堂西出而曰："老父虽无所解，然性好文章，适不知郎君来，正与和且耶联句次，闻郎君吟'为客多苦辛，日暮无主人'，虽曹丕'客子常畏人'不能过也！老父与和且耶同作浑家门客[3]，门客虽贫，亦有斗酒接郎君清话耳。"庭俊甚异之，问："老父居止何所？"老父曰："仆忝浑家扫门之客，姓麻，名束禾，第大，君何不呼为麻大。"

原篇名《滕庭俊》

[1] 毗陵（pí líng）：毗陵县，今江苏省常州市。

[2] 荥阳：郡名，今河南郑州。

[3] 浑：大的，盛大的。浑家这里指豪门之家。

庭俊即谢不敏[1]，与之偕行，绕堂西隅，遂见一门，门启，华堂复阁甚绮秀，馆中有樽酒盘杓。麻大揖庭俊同坐。良久，门中一客出，麻大曰："和至矣。"庭俊即降阶揖让，还坐，且耶谓麻大曰："适与君联句，诗题成未？"麻大自书题目曰："《同在浑平原门》联句一首。予已为四句矣。"麻大诗曰："自与浑家邻，馨香遂满身。无关好清净，又用去灰尘。"且耶良久乃曰："仆是七言，韵又不同，如何？"麻大曰："但自为一章，亦不恶。"于是且耶即吟曰："冬日每去依烟火，春至还归养子孙。曾向苻王笔端坐，迩来求食浑家门。"庭俊犹未悟，见其馆华盛，因有淹留歇马之计，乃书四言云："田文称好客[2]，凡养几多人？如使冯驩在[3]，今希厕下宾[4]。"且耶、麻大皆笑曰："何得相讥！向使君得在浑家，一日自当足矣。"于是餐膳者馔，引满数十巡，主人至，觅庭俊不见，家人叫唤之，庭俊

[1] 不敏：不聪明，没有才能，谦辞。

[2] 田文：即孟尝君，齐国人，广罗宾客，名声闻于诸侯，食客数千人。

[3] 冯驩（xuān）：战国齐人。孟尝君门下食客，曾以食无鱼、出无车，弹铗而歌，孟尝君闻而特加礼遇。后为孟尝君收债于薛城，召债主焚其券，使薛民皆感孟尝君之德。

[4] 厕：夹杂在里面，参与。

应曰:“唯。”而馆宇并麻大二人一时不见，身在厕屋下，傍有大苍蝇、秃帚而已。庭俊先有热疾，自此后顿愈，不复更发矣。

【译文】

文明元年，毗陵县属员滕庭俊患热病好几年了，每次发病身体就像火烧一样，要发热几天才能好。找医生来诊治，医生也束手无策。后来滕庭俊被调到洛阳，行到离荥阳西面还有十四五里的地方，天快要黑了，还未走到可以住店的地方，于是走进路旁一户人家，这家主人出门了还没回来，滕庭俊百无聊赖，只得吟诗为乐，唱道：“为客多苦辛，日暮无主人。”说话间忽然就有一位老头，头发胡须很稀少，衣服也很破烂，从厅堂西边走出来，说：“我虽然听不太懂，可也喜好做诗，刚才不知道郎君来到，正与和且耶联句作诗，刚才听见郎君吟诵‘为客多苦辛，日暮无主人’，即使是曹丕的‘客子常畏人’也不过如此。我与和且耶同为这家门客，我们虽然没有多余的钱财，但备些酒菜，与郎君闲话一番总还是能办到的。”滕庭俊很惊异，问：“老人家住在何处?”老者说：“我是这人家的扫门之客，姓麻，叫麻束禾，家中排行老大，你就称呼我为麻大吧!”滕庭俊毕恭毕敬，说自己不敢如此称呼，于是与老者一同绕过西屋墙角，就看见一道门，门一开，里面富丽堂皇，屋里摆了一桌盛宴。麻大请滕庭俊一同落座。

过了好一会儿，门外又来了一个人，麻大说：“这就是和兄。”滕庭俊于是走下台阶来迎接，三人相对而坐，和且耶对麻大说：“刚才与郎君联句，您的诗作出来了吗?”麻大将自己的题目写下来，说：“《同在浑平原门》联句，我已经得了四句。”麻大念起了自己的诗：“自与浑家邻，馨香遂满身。无关好清静，又用去灰尘。”和且耶半天才说：“我的是七言诗，韵也不同，怎么办?”麻大说：“只要自成一体就是好诗。”于是和且耶吟道：“冬日每去依烟火，春至还归养子孙。曾向苻王笔端坐，迩来求食浑家门。”滕庭俊听不明白他们的诗，但见到这人家屋室众多，装潢华丽，就想在这里暂时歇脚也无妨，于是吟唱四句诗：“田文称好客，凡养几多人？如使冯驩在，今希厕下宾。”和且耶、麻大听完哈哈大笑，说：“你这郎君居然讥笑我们，有幸邀请你来家里与我们相聚，即使只有一天我们也满足了。”这时三人正好喝了十个来回的酒，这家主人回来了，知道家里有人进来却没看见是谁，于是开始呼喊，滕庭俊答应了一声“在”，麻大、和且耶二人顿时不见了，滕庭俊发现自己身在厕所里，旁边只有一只大苍蝇和一把秃扫帚。滕庭俊原先有热病，从此以后就痊愈了，再没有犯过。

群鬼论嫁

文明年，竟陵掾刘讽，夜投夷陵空馆，月明下憩。忽有四女郎西轩至，仪质温丽，缓歌闲步，徐徐至中轩，回命青衣曰："紫绥，取西堂花茵来[1]，兼屈刘家六姨姨[2]、十四舅母、南邻翘翘小娘子，并将溢奴来，传语道此间好风月，足得游乐，弹琴咏诗，大是好事。虽有竟陵判司，此人已睡明月下，不足回避也。"未几而三女郎至，一孩儿，色皆绝国。于是紫绥铺花茵于庭中，揖让班坐。坐中设犀角酒樽，象牙杓，绿罽花觯[3]，白琉璃盏，醪醴馨香，远闻空际。女郎谈谑歌咏，音词清婉。一女郎为明府，一女郎为录事[4]，明府女郎举觞浇酒曰："愿三姨婆寿等祇果山，六姨姨与三姨婆寿等，刘

原篇名《刘讽》

［1］ 茵：古代车子上的垫子。泛指铺垫的东西。

［2］ 屈：邀请。

［3］ 觯（zhì）：古时饮酒用的器具。

［4］ 录事：宴饮时执掌酒令的人。

姨夫得太山府君纠判官，翘翘小娘子嫁得诸余国太子，溢奴便作诸余国宰相，某三四女伴总嫁得地府司文舍人，不然，嫁得平等王郎君六郎子、七郎子，则平生素望足矣。”一时皆笑曰：“须与蔡家娘子赏口。”翘翘录事独下一筹，罚蔡家娘子曰：“刘姨夫才貌温茂，何故不与他五道主使，空称纠判官，怕六姨姨不欢，深吃一盏。”蔡家娘子即持杯曰：“诚知被罚，直缘刘姨夫年老眼暗，恐看五道黄纸文书不得[1]，误大神伯公事。饮亦何伤。”于是众女郎皆笑倒。又一女郎起，传口令，仍抽一翠簪，急说，须传翠簪，翠簪过令不通即罚。令曰：“鸾老，头脑好，好头脑鸾老。”传说数巡，因令紫绥下坐，使说令，紫绥素吃讷[2]，令至，但称“鸾鸾”。女郎皆笑，曰：“昔贺若弼弄长孙鸾侍郎[3]，以其年老口吃，又无发，故造此令。”

三更后，皆弹琴击筑，齐唱迭和。歌曰：“明月清风，良宵会同。星河易翻，欢娱不终。绿樽翠杓，为君斟酌。今夕不饮，何时欢乐？”又歌曰：“杨柳杨柳，袅袅随风急。西楼美人

[1] 五道：佛教谓天、人、畜生、饿鬼、地狱五处轮回之所；黄纸：古代铨选、考绩官吏，登记姓名，上报朝廷时使用的黄色纸张。佛教道教做仪式的时候也多用黄纸。

[2] 吃讷（nè）：说话迟钝结巴。

[3] 贺若弼（544—607）：北周隋朝时期名将。

春梦中，翠帘斜卷千条入。”又歌曰：“玉户金釭，愿陪君王。邯郸宫中，金石丝簧。卫女秦娥，左右成行。纨缟缤纷，翠眉红妆。王欢转盼，为王歌舞。愿得君欢，常无灾苦。”

歌竟，已是四更。即有一黄衫人，头有角，仪貌甚伟，走入拜曰：“婆提王屈娘子，便请娘子速来！”女郎等皆起而受命，却传曰：“不知王见召，适相与望月至此。既蒙王呼唤，敢不奔赴。”因命青衣收拾盘筵。讽因大声嚏咳，视庭中无复一物。明旦，谛视之，拾得翠钗数个，将出示人，更不知是何物也。

【译文】

文明年间，竟陵县属员刘讽夜间于夷陵投宿，住在一家没有人的旅舍。皓月当空，刘讽正准备下榻休息，忽然有四个女子从西边房中走来，个个美丽温婉，还轻哼着小曲，慢慢在庭中闲逛，走到了堂屋。有一女子转身对婢女说：“紫绥，把西房中的花毯子取来，再请刘家六姨姨、十四舅母，靠南的邻居翘翘小娘子和溢奴他们过来，你就说这里月色如水，值得一赏，来弹琴咏诗，想必很是美妙。虽然有竟陵判司刘讽在这里夜宿，不过他已睡下，不用刻意回避了。”过了一会儿，来了三个女子和一个小孩子，都是绝色相貌。紫绥这时把花毯子铺在庭院当中，大家恭敬地坐下。毯子中间摆放着犀牛角酒杯，象牙勺，彩色酒杯和绿色毯子等各种东西。白色琉璃酒杯中的美酒香气四溢，飘香万里。众女子有的在相互玩笑，有的在吟咏诗歌，声音清脆悦耳，婉转动听。一个女子为明府，一个女子做录事，明府女子举杯倒酒说：“祝愿三姨婆寿比祇果山，六姨姨与三姨婆一样长命百岁，刘姨父能高升太山府纠判官，翘翘小娘子能嫁给诸余国太子，溢奴做诸余国宰相，我这三四个女伴都能嫁给地府司文舍人，不能如此，也要嫁给平等王的六郎子、七郎子，这就是我平生所愿。”大家听了，都大笑着说：“蔡家娘子说得这样好，应自饮三杯！”录事翘翘自喝了一杯，就端起酒杯罚蔡家娘子喝酒：“刘姨夫才貌双全，你怎么不让他做五道主使，只做一个纠判官，难道不怕六姨姨不高兴，你应该自罚一杯。”蔡家娘子接过酒杯说：“我知道自己该罚，只是刘姨夫年老眼花，看五道黄纸文书恐怕有点困难，会误了大神伯的公事。饮下这杯酒倒是小事。”众女子听了她这一番话，都笑弯了腰。又有一个女子站起来行酒令，抽出一只翠玉簪说要将这玉簪传下去，传到谁手里酒令不通者就处罚。酒令说的是：“鸾老，头脑好，好头脑鸾老。”传着说了几遍都没人说错，于是命紫绥下座位来说行酒令。紫绥平时说话结巴，行令时，只是念叨：“鸾鸾。”女郎们都笑着说：“以前贺若弼捉弄长孙鸾侍郎，嘲笑他年老口吃又秃顶，所以才造出如此滑稽的行酒令。”

三更过后，众女子有的弹琴，有的击筑，齐声歌唱，和声优美，那歌词唱道：“明月清风，良宵会同。星河易翻，欢娱不终。绿樽翠杓，为君斟酌。今夕不饮，何时欢乐？”又唱道：

“杨柳杨柳，袅袅随风急。西楼美人春梦中，翠帘斜卷千条入。”又唱：“玉户金缸，愿陪君王。邯郸宫中，金石丝簧。卫女秦娥，左右成行。纨缟缤纷，翠眉红妆。王欢转盼，为王歌舞。愿得君欢，常无灾苦。”

唱完歌已是四更时分，这时有一个身穿黄袍的侍者，头上长角，身材魁梧，走进来拜见说：“婆提王请诸位娘子快快去到那里。”众女子都赶紧领命，说：“不知大王今夜要召唤，所以才在这赏月嬉戏到刚才，现在大王呼我们去，我们要赶紧回去了。”于是命婢女收拾杯盘。刘讽这时不知为何连声咳嗽起来，咳完再看向院中时，已经没有一个人影。第二天到院中察看，只捡到几支翠玉簪，拿出来给别人看，没有人知道这簪子有什么来历。

狐诵通天经

裴仲元家鄠北，因逐兔入大冢，有狐凭棺读书。仲元搏之不中[1]，取书以归，字不可认识。忽有胡秀才请见，曰行周，乃凭棺读书者。裴曰："何书也？"曰："《通天经》，非人间所习。足下诚无所用，愿奉百金赎之。"裴不应。又曰："千镒。"又不应。客怒，拂衣而起。裴内兄韦端士，已死，忽逢之，曰："闻逐兔得书，吾识其字。"乃出示之。韦云："为胡秀才取尔。"遂失不见。裴亦寻卒[2]。

【译文】

裴仲元家在鄠北，因追逐兔子进入了一座大的坟墓里，发现一只狐狸靠着棺材正在读书。裴仲元击打这只狐狸，没有命中，把狐狸看的这本书带了回家翻看，对书上的文字全然不

原篇名《狐诵通天经》

[1] 搏（bó）：击打。

[2] 寻：很快。

识。忽然有一名胡秀才请见，名字叫行周，正是当天靠着棺材读书的那只狐狸。裴仲元问胡秀才："看的是本什么书?"胡秀才说："此书乃《通天经》，不是人世间学习使用的书，对您确实没有什么用处，我愿意出百金将这本书赎回。"裴仲元不答应，胡秀才又说："愿奉一千镒钱。"裴仲元仍不答允，胡秀才发怒了，拂袖而走。裴仲元妻子的哥哥韦端士已经死了，忽然有一天来到裴仲元家中，对裴仲元说道："听说贤弟追逐兔子得到了一本天书，我认识这本书上的字。"裴仲元不顾面前的妻兄是人是鬼，连忙将这本书拿给他看，韦端士拿到书后对裴仲元说："我是为胡秀才取书来的。"说罢就消失了，裴仲元不久就暴亡了。

卷三

冥界游历

鬼怪秘闻

掠剩使

杜陵韦元方外兄裴璞，任邠州新平县尉[1]，元和五年卒于官。长庆初，元方下第，将客于陇右，出开远门数十里抵偏店，将憩，逢武吏跃马而来，骑从数十，而貌似璞。见元方若识，而急下马避之，入茶坊，垂帘于小室中，其徒御散坐帘外。元方疑之，亦造其邸，及褰帘入见，实裴璞也，惊喜拜之，曰："兄去人间，复效武职，何从吏之赳赳焉？"裴曰："吾为阴官，职辖武士，故武饰耳。"元方曰："何官？""陇右三川掠剩使耳。"曰："何为典耶？"曰："吾职司人剩财而掠之。"韦曰："何谓剩财？"裴曰："人之转货求丐也，命当即叶，忽遇物之简稀[2]，或主人深顾，所得乃逾数外之财，即谓之剩，故掠之焉。"曰："安知其剩而掠之？"裴曰："生人一饮一啄，无非前

原篇名《掠剩使》

[1] 县尉：职官名，与县丞同为县令的辅佐官员，掌管治安捕盗之事。

[2] 简稀：稀少的事物，所以珍贵。

定，况财宝乎？阴司所籍[1]，其获有限，获而逾籍，阴吏状来，乃掠之也。”韦曰：“所谓掠者，夺之于囊耶，窃之于怀耶？”裴曰：“非也。当数而得，一一有成，数外之财，为吾所运，或令虚耗，或累横事，或买卖不及常价，殊不关身尔。始吾之生也，常谓商勤得财，农勤得谷，士勤得禄，只叹其不勤而不得也。夫覆舟之商，旱岁之农，屡空之士，岂不勤乎？而今乃知勤者德之基，学者善之本。德之为善，乃理身之道耳，亦未足以邀财而求禄也。子之逢吾，亦是前定，合得白金二斤[2]，过此遗子，又当复掠，故不厚矣。子之是行也，岐甚厚而邠甚薄，于泾殊无所得，诸镇平平耳。人生有命，时不参差，以道静观，无复躁竞，勉之哉！璞以公事，须入城中，阴冥限数，不可违越。”遂以白金二斤授之，揖而上马。元方固请曰：“阔别多年，忽此集会，款言未几，又隔晦明，何遽如此？”璞曰：“本司廨署，置在汧陇间[3]，吐蕃将来，虑其侵轶，当与阴道京尹，共议会盟。虽非远图，聊亦纾患，亦粗安边之计也。戎马已驾，来期不遥，事非早谋，不可为备，且

[1] 籍：登记。
[2] 白金：银子。
[3] 汧陇（qiān lǒng）：汧水和陇山地带，在今陕西甘肃一带。

去！且去！”上马数里，遂不复见。顾其所遗，乃真白金也。怅然而西，所历之获，无差其说。彼乐天知命者，盖知事皆前定矣。

俄而蕃浑骚动[1]，朝廷知之，又虑其叛，思援臣以为谋，宰相莅盟[2]，相国崔公不欲临境，遂为城下之盟[3]，卒如其说也。

【译文】

杜陵人韦元方有一表兄叫裴璞，曾任邠州新平县尉，元和五年在官任上去世。长庆初年，韦元方考试落第，准备去陇右散心游历。走出开远门，行了几十里路有一处偏僻小客店，韦元方准备夜宿该店，正当想要休息睡觉时，有一武将骑马而来，带着几十名随从。韦元方看那武官相貌真像是表兄裴璞，那武将见了元方也大吃一惊，急忙下马躲避元方，走进了一处小茶馆，并将雅间的帘子垂放下来，他的随从则坐在门帘外。元方怀疑这个人就是表兄裴璞，于是追至茶馆，掀开帘子闯进茶馆雅间，发现果然是他。元方又惊又喜，赶紧问候作揖：“表兄您离开人世怎么会做了武将，现在您的跟班都有十多人，

[1] 蕃浑（yù）：指吐蕃和吐谷浑，唐朝时西部边境存在的独立政权。
[2] 莅（lì）：到；走到近处查看。
[3] 城下之盟：指在敌军兵临城下时被迫签订的屈辱性盟约。

好生威武啊!”裴璞见没办法躲避，只得向元方陈述实情：“我在阴间做了官，管这些武职小吏们，所以才一身武将打扮。”元方继续问：“表兄任何官职?”裴璞回答：“陇右三川掠剩使。”元方问：“此官主管什么事呢?”裴璞说：“掠剩史主要是将阳间人多余的钱财掠走。”元方问：“什么是‘多余的钱财’?”裴璞说：“一个人这一生是去做买卖还是去乞讨，其实命中都已注定，有的人会忽然得到意外之财或稀缺之物，有的人精于计算，斤斤计较，他们这都是在算计命中之外的钱财，所以我要将之拿走的。”元方问：“兄台又如何知道他有剩财呢?”裴璞说：“世间人吃的每一口饭，喝的每一口水都是生前已定，更何况财宝呢?阴司簿籍记录得非常清楚，每人能够获得的是有限的，获得的财物超过了薄记的数目，阴间小吏就会上报，我就去掠走他多余的财产。”元方问：“如何掠走?是从他们口袋里拿走，还是从他的怀里偷走呢?”裴璞说：“非也，命里确定数目的财物，他都会一一获得，而超过定数之财，被我们拿走，是通过叫他白白耗费掉，或者遇到意外花费掉，或做买卖亏本这些方式来达成的，我不用亲自出马。我活着的时候，认为商人勤劳就得钱财，农民勤劳就收获粮食，做官的勤劳就获得俸禄，只会感叹不勤快的人毫无所获。如今想想，遭遇翻船的商人，遇到旱年的农民，考试屡屡落第的士子，他们难道不勤勉吗?我现在才知道勤勉是一个人最基本的德性，学习是善良的根源。有善良的德行，是修身之道，但也不足以升官发财。你这次遇到我，也是命中注定了的，该得白金二斤，不能送你超过这个数额，超过确定数额的话之后也会被我掠走，所以不能过多馈赠。你这次出行，在岐地收获多，而在邠州收获很少，在泾地甚至一无所获，在其他地方也是一般般。这正说明人生都是命中注定，时运不一，各有波澜起伏，恪守善道，静观其变，不要过多纠结搅扰，与君共勉，我还有公事，要立马进城去，阴间的时间都是定好的，不可逾迟。”于是拿出二斤白金给了元方，随后拜别上马。

元方说：“表兄，你我分别数年，好不容易有缘在这里相遇，还没说上几句，况且你我还是阴阳两隔，请不要这么着急走。”裴璞说：“我的官署在汧水、陇山一带，我忧虑将来吐蕃会侵扰犯此地，需赶回去阻击吐蕃，要会同阴间的司道、京兆尹等人商议会盟之事。我所说的都不是长久打算，而是迫在眉睫之事，暂时解除祸患是当务之急，不过我回去也只能求得短暂安定的办法。他们的戎马已经备好，战争想必不远了，不早做防备恐怕会来不及，走了！走了！”说着就上马飞驰，不几里就看不见了。元方验了验，表兄所送皆是真金白银。元方往西走，脑子还模模糊糊的，不过其一路上的收获，都与裴璞说的一样。那些乐天知命的人，他们大概都与裴璞和元方一样，知道世事都是生前注定的吧。

不久吐蕃和吐谷浑在边关骚动，朝廷知道此事，担心两国叛乱，想找个大臣来出谋划策，就派宰相前去会盟议和，但这位崔相国不想亲临边境，所以失去了主动权，导致后来签订了城下之盟，这些都与裴璞说的一样。

崔环游冥

安平崔环者，司戎郎宣之子。元和五年夏五月，遇疾于荥阳别业。忽见黄衫吏二人，执帖来追，遂行数百步，入城。

城中有街两畔，官林相对，绝无人家，直北数里到门，题曰“判官院”。见二吏迤逦向北[1]，亦有林木，袴靴秣头[2]，佩刀头，执弓矢者，散立者，各数百人。同到之人数千，或杻，或系，或缚，或囊盛耳头，或连其项，或衣服俨然，或簪裾济济，各有惧色，或泣或叹。

其黄衫人，一留伴环，一入告。俄闻决人四下声，既而告者出曰：“判官传语：‘何故不抚幼小，不务成家，广破庄园，但恣酒色！又虑尔小累无掌，且为宽恕，轻杖放归，宜即洗心，勿复贰过。若踵前非，固无容舍。’”

原篇名《崔环》

[1] 迤逦（yǐ lǐ）：曲折连绵之意。

[2] 袴（kù）：无裆的套裤；秣（mò）：谷物收割最后余下的部分，常用以喂养牲畜。这里是喂牲口的意思。

乃敕伴者令送同归。环曰："判官谓谁?"曰："司戎郎也。"环泣曰："弃背多年，号天莫及。幸蒙追到，慈颜不遥，乞一拜见，死且无恨。"二吏曰："明晦各殊，去留有隔，不合见也。"环曰："向者传语云已见责。此身不入，何以受刑?"吏曰："入则不得归矣。凡人有三魂，一魂在家，一魂受杖耳。不信，看郎胫合有杖痕。"遂褰衣自视[1]，其两胫各有杖痕四，痛苦不济，匍匐而行，举足甚艰。同到之人，叹羡之声，喧于歧路。

南行百余步，街东有大林。二吏前曰："某等日夜事判官，为日虽久，幽冥小吏，例不免贫。各有许惠资财，竟无暇取，不因送郎阴路，无因得往求之。请即暂止林下，某等偕去，俄顷即来。诸处皆是恶鬼曹司，不合往，乞郎不移足相待。"

言讫各去，久而不来。环闷，试诣街西行，一署门题曰"人矿院"，门亦甚净。环素有胆，且恃其父为判官，身又蒙放，遂入其中。过屏障，见一大石，周回数里。有一军将坐于石北厅上，据案而坐，铺人各绕石及石上，有数千大鬼，形貌不同，以大铁椎椎人为矿石。东有杻械枷锁者数千人，悲啼恐惧，不可名状。点名拽来，投来石上，遂椎之，既碎，唱其

[1] 褰（qiān）：撩开，揭起。

名。军将判之，一吏于案后读之云："付某狱讫。"鬼卒捧去。其中有付硙狱者[1]，付火狱者，付汤狱者。环直逼石前看之，军将指之云："曹司法严，不合妄入，彼是何人，敢来闲看!"人吏竟来传问，环恃不对。军将怒曰："看既无端，问又不对，傍观岂如身试之审乎?"敕一吏拽来锻之。环一魂尚立，见其石上别有一身，被拽扑卧石上，大椎椎之，痛苦之极，实不可忍。须臾，骨肉皆碎，仅欲成泥。

二吏者走来，槌胸曰："郎君，再三乞不闲行，何故来此?"遂告军将曰："此是判官郎君，阳禄未终，追来却放，暂来入者。无间地狱，入不须臾。遂道如斯。何计得令复旧?"军将者亦惧曰："初问不言，忿而处置，如何?"因问诸鬼曰："何计得令复旧?"皆曰："唯濮阳霞一人耳。"曰："远近?"曰："去此万里。昨者北海王与化形出游，为海人所惯。其王请出，今亦未回。"

乃令一鬼召之。有顷而到，乃一鬇眇目翁也[2]，应急而来，喘犹未定。军将指环曰："何计?"霞曰："易耳。"遂解衣缠

[1] 硙（wèi）：石磨。也可作动词，磨碎。
[2] 眇目：眼睛看不见。

腰，取怀中药末，糁于矿上团扑[1]，一翻一糁，糁扁槎其矿为头顶及身手足，剜刻五脏，通为肠胃，雕为九窍，逡巡成形，以手承其项曰："起！"遂起来，与立合为一，遂能行。大为二吏所责。相与复南行。将去，濮阳霞抚肩曰："措大，人矿中搜得活，然而去不许一钱。"环许钱三十万。霞笑曰："老吏身忙，当使小鬼枭儿往取，见即分付。"遂行。

行及城门，见一吏南走，曰："黄河欲分一枝，前者天令三丁取一，计功不集，今请二丁取一。"二吏以私行有矿环之过，恐宣之怒环而召也，谓环曰："彼见若问，但言欲观地狱之法，以为儆戒，故在此耳。"吏见果问，环答之如言。遂别去复行。

须臾，至荥阳，二吏曰："还生必矣。某将有所取，能一观乎？"环曰："固所愿也。"共入县郭，到一人家中堂，一吏以怀中绳系床上女人头，尽力拽之，一吏以豹皮囊徐收其气，气尽乃拽下，皆缚之。同送环家，入门，二吏大呼曰："崔环！"误筑门扇，遂寤。其家泣候之，已七日矣。后数日，有枭鸣于庭，环曰："濮阳翁之子来矣。"遂令家人刻纸钱焚之，乃去。

[1] 糁（sǎn）：本意为以米和羹，以米掺和其他食物制成食品。这里指用矿粉掺和药粉捏出崔环的人形。

疾平，潜寻所见妇人家，乃县纠郭霈妻也。其时尚未有分河之议，后数日，河中节度使司徒薛公平议奏分河一枝，冀减冲城之势。初奏三丁取一，既虑不足，复奏二丁役一，竟如环阴司所见也。

【译文】

安平人崔环，是司戎郎崔宣的儿子。元和五年夏五月，由于生病，在荥阳赋闲居住。有一天，忽然有两个黄衣小吏手执文书追捕，崔环被他们捉拿，跟随其走了数百步，到了一座城里。

城中街道宽阔，街两旁全是官家的参天林木，没有一户人家，一直向北走了数里，看见一扇门，门上题着“判官院”几个字。捉拿崔环的两个小吏继续沿着道路曲折向北，路旁仍有高大的林木，除了这两个黄衣小吏，判官院里还有管靴裤衣物的、管喂马的、管佩刀的、管弓箭的、闲散站着的诸多头目，少说也有数百人。然而更多的是被捉拿之人，大约上千，有的被铐着，有的被绳子捆着，有的被五花大绑，有的被布袋蒙住头，有的蒙住了整个上半身，男人们穿着整齐，身着簪裙的女人们也不少，他们都面有惧色，有的在哭，有的叹气。

两个黄衣小吏一人留下看管崔环，一人进入判官院禀告，不一会儿崔环朦胧听见四声判决之音，接着，进去禀告的那个小吏就出来了，对崔环说："判官传话，问你在阳世为什么不成家生子，也不打理庄园家产，只沉湎酒色。但又虑及你过错不大，暂且宽恕，受杖责后回去，你应洗心革面，不可重蹈覆辙，如若再犯，定不轻饶。"

说完就让另一小吏把崔环送回家，崔环好奇："这位判官是谁？如此了解我的事。"小吏说："判官在阳世时原是司戎郎崔宣。"崔环听后大为震惊，哭着说："父亲去世多年，已经阴阳两隔太久，如今近在咫尺，没成想老父亲就在判官院里，就请二位让我看看父亲，我死也无憾了。"两个小吏说："阴阳殊途，去留有别，不可相见。"崔环又疑惑："方才说要责罚我，我不进去又如何用刑呢。"两个小吏向他解释："这你有所不知，你一进去就回不了阳世了，普通人有三个魂魄，你一魂在家，一魂刚受了杖责。不信，可以看看腿上是否有杖痕。"崔环撩开衣服一看，两条腿上果然有四条杖痕，瞬间就感受到了疼痛，只能匍匐而走，难以站立。虽然崔环痛苦不堪，但相比于那些再也回不了阳世的人来说，他是幸运的，周围的人也无一不羡慕崔环，地府一遭后还能返回阳世。

两个小吏同崔环继续往南返回，街道的东边是高大的树林。两个小吏走到前边停住，对崔环说："我们日夜侍奉判官，日子虽久，但我们幽冥小吏，也不免时常无钱使用。通过给别人一些好处来收取钱财是很正常的事，但无奈我们公务繁忙，一直都没时间去取，如果不是送你回去，我们实在不知道哪天才能取，请郎君在此林下等候片刻，我们去取钱，去去就回。

此处是恶鬼的衙署附近，不能随便走动，请就在此处等我们。”两小吏说完就走了。

崔环在原地等了很久，久候不来，实在是无聊烦闷，就慢慢顺着街路西行，看见一衙署门上题着“人矿院”几个字，门外很是清净。崔环向来是个胆子大的人，现在又得知父亲在地府里做了判官，如今自己地府一游还能被放回，恃着这几点，崔环大步走进。一进门就是一扇屏风，越过屏风，映入眼帘的是一块巨石，方圆有几里地这么大，一位军将坐在石北的厅堂上。军将坐在桌子后，石头周围和石头上都铺满了人。有数千大鬼，形貌不同，用大铁锤将这些人锤成矿石。石头东边还有被枷锁杻铐的数千个人，都悲痛恸哭，恐惧不堪。军将点到谁的名字，谁就被抓起来扔到石头上，被锤成矿石，锤碎后，再报一遍他的名字。然后军将判决，一个小吏在桌子后面念：“去某个地狱。”大鬼也捧着判决宣读一遍。其中有去碓磨地狱的，有去火坑铜柱地狱的，有去油锅镬汤地狱的。崔环好奇，走到石头边上观看。军将看见崔环，指着他说到：“本阴曹衙署鬼法森严，哪能随便进入，你是何人，胆敢进来闲看！”小吏也过来问话，崔环见他趾高气昂，想着自己的父亲如今是判官，难道还怕你们不成，故意默不作答。军将当即大怒：“看就已经犯忌了，问你还不答应，既然你如此好奇，在一旁观看不如自己亲自来试试。”于是命一小吏将崔环拖到石上锤碎，崔环还剩一魂，见到石头上也趴着一个自己，正在被大槌捶打，立刻感到痛苦不堪，难以忍耐。不一会儿，骨和肉都被锤碎，几乎成了一滩肉泥。

最初捉拿崔环的两个小吏取了钱回来，看到这一情景，捶着胸口惊呼："郎君，我们再三叮嘱你不要随便走动，你怎么到这里来了？"两小吏赶紧对军将说："你们锤的这个人是判官大人的儿子，阳寿未尽，只是暂时来阴间走一遭，正要放他回去，所以经过您的府衙。现在成这个样子了，怎么才能恢复原貌呢？无间地狱，一去就不是短期能回得来的啊！"军将听闻崔环的来历之后也害怕了起来，说："我一开始问他，他不回答，我一气之下就将他处置，现在可如何是好？"于是问周围诸鬼："怎么才能让他恢复原貌？"众鬼答曰："只有濮阳霞能办到。"军将又问："他在哪儿？离这里近吗？"众鬼答曰："离这里一万多里地，昨日北海王幻化成鱼形出游，被捕鱼人所伤。他们把濮阳霞请去，今天还没回来呢。"

军将赶紧命一小鬼去找濮阳霞，不久，小鬼领着一位胡须飘飘却盲眼的老人回来，由于赶路着急，老人喘息未定，军将就赶紧拉着他去看崔环。军将指着崔环说："您有什么方法使这人复原吗？"濮阳霞说："这事不难。"于是解开衣服，从怀中拿出一包药粉，掺在崔环那堆矿粉上揉捏，把矿粉捏出头、颈、身和手脚来，又用刀具剜刻出五脏六腑、肠胃、眼耳鼻舌等器官，不一会儿就完成了。濮阳霞用手捏住泥偶的脖子，说："起！"泥偶就站了起来，与站着的魂魄合为一体，立马就能行走。崔环醒来，被两个小吏狠狠数落了一番，然后继续赶路。三人正要继续向南去，濮阳霞拍了拍崔环的肩膀，说：

"读书人，我从人矿中将你救活，就这样走了，不许老朽我一点饭钱吗?"崔环连连致歉，答应给濮阳霞三十万钱，濮阳霞笑着说："我现在很忙，不久后再派小鬼枭儿去取，你见到给他就是了。"

于是三人始行，快到城门的时候，看到一个小吏也从北向南行，说着："黄河要分出一个支流，开始下令说要三人中取一人服劳役，计算过后，发现人手不够，现奏请两人中取一人。"两个小吏由于私下离开去取钱，使崔环遭受矿刑，心中害怕，以为是判官知道此事后发怒，派这小吏来召他们回去的，赶紧对崔环说："那人见到你，如果问话，你就说是你想要看看地狱是什么样子，来警戒自己在阳间要行善积德，死后勿要入地狱，所以才进入人矿院的。"小吏走过来，果然询问崔环为何来此，崔环照着刚才说的回答，小吏没说什么就继续向前走了。

不一会儿，三人到了荥阳，两个小吏说："崔环算是还阳了，但我们俩还有点东西要取，崔环你想看看吗?"崔环说："我很想看。"于是三人一起走进县城，到了一个人家里，一小吏拿出绳索系住床上女人的头，使劲拉，另一小吏拿着豹皮囊收她的气，气收没了，就将她绑起来。两个小吏由于要送崔环回家，就扛着这个女人，一同来到崔环家。进了门，两个小吏大喊一声："崔环!"崔环一下子撞在门上，就醒了，醒来后才发现家人们已经守了他七天。过了几天，有枭在崔环家的院子里叫唤，崔环听见，说："这是濮阳霞老人的孩子来了。"于是令家人们刻纸钱烧，枭才飞走。

病好后，崔环好奇，就暗地里寻找当时看见的那妇人家，不久才知道她是县纠郭霈的妻子。当时社会上还没有因水患而将黄河分出一支来的舆论，后来过了几天，河中节度使司徒薛公就开始奏议分河一事，希望能在水患时减少河水冲城的力度。开始时向皇帝奏请，家里有三个男丁的就派一个去修筑河工，后来害怕人力不够，又启奏家中有两个男丁的派出一个应役。这些事都与崔环在阴间所见所闻一模一样。

马震老母

扶风马震，居长安平康坊。正昼，闻扣门。往看，见一赁驴小儿云："适有一夫人，自东市赁某驴，至此入宅，未还赁价。"其家实无人来，且付钱遣之。经数日，又闻扣门，亦又如此。前后数四[1]，疑其有异，乃置人于门左右，日日候之。是日，果有一妇人，从东乘驴来，渐近识之，乃是震母，亡十一年矣，葬于南山，其衣服尚是葬时者。震惊号奔出，已见下驴，被人觉，不暇隐灭。震逐之，环屏而走。既而穷迫，入马厩中，匿身后墙而立。马生连呼，竟不动，遂牵其裾，卒然而倒，乃白骨耳。衣服俨然，而体骨具足。细视之，有赤脉如红线[2]，贯穿骨间。马生号哭，举扶易之。往南山，验其坟域如故。发视，棺中已空矣。马生遂别卜迁窆之，而竟不究其理。

原篇名《马震》

[1] 数四：屡次，多次。

[2] 赤脉：血管。

【译文】

扶风人马震，居住在长安的平康坊。一天白日，听到有人在敲门，开门一看，是经营驴子租赁家的小儿，小儿说到："刚才有一名夫人，在东市租了我们家的驴，从此门进入了您的房子里，还没有给租赁驴子的钱。"马震家确实没有人进来过，为免搅扰，马震付了钱将小孩打发走了。过了几天，小孩儿又来敲门要租赁的钱，前后多次。马震为此觉得定有蹊跷，于是派人在大门外左右张望，天天如此。有一天，果然有一名妇女，骑着驴从东边过来，驴子越走越近，守望的人发现骑着毛驴的竟然是马震的母亲，而马震的母亲已经去世十一年，早就葬在了南山，眼前驴上马震母亲的衣服正是下葬时候穿戴好的。马震看到后，震惊嚎哭向着母亲奔去，此时马震的母亲已经下了驴，知道被人发觉了，没有来得及隐身遁迹。马震追逐她，她就绕着屏风而逃，被马震追得无路可走后，就进到了马厩里，藏身到后墙站立。马震连连呼唤母亲，而妇人则一动不动。马震拉她的衣服，就猝然倒地，只有一堆白骨。衣服完好，尸骨也完整。细看尸骨，有一条血管如同红线贯穿于骨骼之间。马震嚎啕痛哭，将尸骨抬起来收拾好。到了南山，发现坟墓所在和往常一样，打开墓穴，发现棺材里面是空的。马震于是又占卜吉地将母亲的尸骨迁藏于此，最终也不知道母亲白骨化生人间的奥秘。

尼妙寂复仇

尼妙寂，姓叶氏，江州浔阳人也。初嫁任华，浔阳大贾也。父升与华往覆长沙广陵间。贞元十一年春，之潭州，不复。过期数月，妙寂忽梦父披发裸形，流血满身，泣曰："吾与汝夫湖中遇盗，皆已死矣。以汝心似有志者，天许复仇，但幽冥之意，不欲显言，故吾隐语报汝，诚能思而复之，吾亦何恨。"妙寂曰："隐语云何？"曰："杀我者，车中猴，门东草。"俄而见其夫，形状若父，泣曰："杀我者，禾中走，一日夫。"妙寂抚膺而哭[1]，遂为女弟所呼觉[2]，泣告其母，阖门大骇。念其隐语，杳不可知。访于邻叟及乡闾之有知者，皆不能解。乃曰："上元县，舟楫之所交者，四方士大夫多憩焉。而邑有瓦棺寺，寺上有阁，倚山瞰江，万里在目，亦江湖之极境。

原篇名《尼妙寂》

[1] 抚膺：抚胸，捶胸顿足。

[2] 女弟：妹妹。

游人弭棹[1]，莫不登眺。吾将缁服其间[2]，伺可问者，必有省吾惑矣。”于是褐衣之上元[3]，舍力瓦棺寺，日持箕帚，洒扫阁下。闲则徙倚栏槛，以伺识者。见高冠博带吟啸而来者，必拜而问。居数年，无能辩者。

十七年，岁在辛巳，有李公佐者，罢岭南从事而来，揽衣登阁，神采俊逸，颇异常伦。妙寂前拜泣，且以前事问之，公佐曰：“吾平生好为人解疑，况子之冤恳，而神告如此，当为汝思之。”默行数步，喜招妙寂曰：“吾得之矣，杀汝父者申兰，杀汝夫者申春耳。”妙寂悲喜呜咽，拜问其说。公佐曰：“夫‘猴’申生也，‘车’去两头而言猴，故‘申’字耳。‘草’而‘门’，‘车’而‘东’，非‘兰’字耶？‘禾中走’者，穿田过也，此亦‘申’字也。‘一日’又加‘夫’，盖‘春’字耳[4]。鬼神欲惑人。故交错其言。”妙寂悲喜若不自胜，久而掩涕拜谢曰：“贼名既彰，雪冤有路。苟获释憾，誓报深恩。妇人无他，唯洁诚奉佛，祈增福海耳。”乃再拜而去。

---

[1] 弭棹（mǐ zhào）：停止划桨。

[2] 缁（zī）服：僧尼之服。

[3] 褐衣：粗布衣服，下层贫贱者穿的衣服。

[4] 此一段的猜字指的都是繁体。

元和初，泗州普光王寺有梵氏戒坛[1]，人之为僧者必由之。四方辐辏，僧尼繁会，观者如市焉。公佐自楚之秦，维舟而往观之。有一尼，眉目朗秀，若旧识者，每过必凝视公佐，若有意而未言者久之。公佐将去，其尼遽呼曰："侍御贞元中不为南海从事乎[2]？"公佐曰："然。""然则记小师乎[3]？"公佐曰："不记也。"妙寂曰："昔瓦棺寺阁求解'车中猴'者也。"公佐悟曰："竟获贼否？"对曰："自悟梦言，乃男服，易名士寂，泛佣于江湖之间。数年，闻蕲、黄之间有申村，因往焉。流转周星[4]，乃闻其村西北隅有申兰者，默往求佣，辄贱其价，兰喜召之。俄又闻其从弟有名春者，于是勤恭执事，昼夜不离，凡其可为者，不顾轻重而为之。未尝待命，兰家器之，昼与群佣共作，夜寝他席，无知其非丈夫者。逾年，益自勤干，兰愈敬念，视士寂即自视其子不若也。兰或农或商，或畜货于武昌，关锁启闭悉委焉。因验其柜中，半是己物，亦见其父及

[1] 梵氏：佛门；戒坛：僧侣传徒之地。
[2] 侍御：帝王的贴身侍从。
[3] 小师：僧人对自己的谦称。
[4] 周星：木星每年经过黄道十二宫（即十二次）的一宫，约十二年运行一周天，故称周星。

夫常所服者，垂涕而记之。而兰、春叔出季处[1]，未尝偕在，虑其擒一而惊逸也，衔之数年[2]。

“永贞年重阳，二盗饮既醉，士寂奔告于州，乘醉而获，一问而辞伏就法。得其所丧以归，尽奉母而请从释教[3]。师洪州之天宫寺尼洞微，即昔时授教者也。妙寂，一女子也，血诚复仇，天亦不夺，遂以梦寐之言，获悟于君子，与其仇者得不同天。碎此微躯，岂酬明哲[4]。梵宇无他，唯虔诚法像以报效耳。”公佐大异之，遂为作传。

大和庚戌岁，陇西李复言游巴南[5]，与进士沈田会于蓬州。田因话奇事，持以相示，一览而复之。录怪之日，遂纂于此焉。

【译文】

有一个名叫妙寂的尼姑原本姓叶，是江州浔阳人。起初她

---

[1] 叔出季处：兄外出则弟在家，言兄弟二人依次在家。古时以伯仲叔季表示家中男丁的长幼次序。

[2] 衔：怀，放在心里不说出来。

[3] 释教：佛教。

[4] 明哲：明智，洞察事理，也指明智睿哲的人。

[5] 陇西，今甘肃省东南部；巴南，今重庆。

嫁给任华，任华是浔阳的一个大商人，妙寂的父亲叶升和任华在长沙与广陵这两个地方往返做生意。贞元十一年春天，他俩到潭州，一直没回来。过了几个月，妙寂忽然梦见父亲披散着头发，赤裸着身体，满身都是血，流着眼泪跟她说："我和你丈夫在湖中遇到强盗，都已经死了。你是一个意志坚强的人，老天爷同意你来报仇，但是幽冥阴间的旨意，不能清楚说出，所以我用隐语来告诉你，如果你能思考明白并替我们报了仇，我就死而无憾。"妙寂问："隐语是怎么说的？"叶升说："杀我的那个人，叫作车中猴，门东草。"不一会，妙寂又看到她的丈夫，跟父亲一样落魄凄惨，流着眼泪对妙寂说："杀我的那个人，叫作禾中走，一日夫。"妙寂抚着胸口大哭，被妹妹听见，喊醒了她，妙寂哭着把梦见的事告诉了母亲，全家人都惊骇不已。思索妙寂所说的"隐语"，没人能解答出来。向邻居老翁和乡间有学问的人询问，也都解答不了。妙寂就说："上元县是水路要道，船只集散交汇处，四面八方来往的士大夫很多都在那里休息。境内有瓦棺寺，寺上有一楼阁，依山而建，可在上面俯看江景，极目远眺，也是观赏江河景色极好的胜地，游览的人下船停泊，没有一个不登阁游览的。我准备去瓦棺寺出家，等候可以询问的人，一定有能够为我答疑解惑的人。"

于是她换上粗布衣服去到了上元县，在瓦棺寺做苦力，每日拿着簸箕和扫帚，在楼阁下洒水打扫。闲时就在楼阁的栏杆旁来回走，等待能参破隐语的人。妙寂见到那些儒生装扮，吟诗作赋的人，一定会拜见求问。妙寂一连在瓦棺寺住了几年，都没能遇见一个能为她答疑解惑的人。

贞元十七年，是辛巳年，有个叫李公佐的，从岭南道辞官来到上元，披着衣服登上瓦棺寺的楼阁。这人神采奕奕，样貌英俊，超尘脱俗。妙寂走上前去拜见他，流着泪将之前的事告诉他。李公佐说："我平生最喜欢给别人解答疑难，何况你如此冤屈，报仇之心恳切，我会好好想想那隐语。"他思忖着，默默走了很多步，突然高兴地招呼妙寂说："我知道了，杀死你父亲的人名叫申兰，杀死你丈夫的名叫申春。"妙寂听了悲喜交加，呜咽着一面拜谢，一面询问李公佐何出此言。李公佐说："申年出生的人属猴。车字去掉两头而说车中猴，就是申字。一个草一个门，门里一个东，不就是兰字吗？禾中走的意思是穿田而过，也是申字。一个日再加上个一个夫字，是一个春字啊。鬼神想迷惑人，所以把话说得隐秘复杂。"妙寂悲喜交加，情不自禁，掩面流泪很久拜谢道："强盗的姓名既然已经探明，沉冤昭雪就有了门径。如果我能洗刷冤屈，弥补遗憾，我发誓要报答您的深厚恩情。妇道人家没有什么可以奉献的，唯有诚心诚意地为您祈福罢了。"于是向李公佐拜了两拜就离开了。

元和初年，泗州普光王寺设有僧尼戒坛，出家为僧的人必须去那里受戒，因此各处的和尚、尼姑都聚集在这里，和尚、尼姑很多，来观看的人也很多，像赶集一样。李公佐从楚地到秦地去，路过普光寺，也停下船进去参拜。李公佐进寺，看见一名尼姑眉清目秀，像是以前在哪里见过，每次走过李公佐身旁，此尼姑就盯着他看，欲言又止的样子。李公佐快要离开的时候，那尼姑急忙喊着："官人贞元年间是不是担任过岭南道从事？"李公佐说："是的。"尼姑又说："那您还记得我吗？"李公佐说："记不得了。"妙寂说："我是之前曾在瓦棺寺的楼阁上向您求教'车中猴'是什么意思那个人。"李公佐记了起来，问道："你最后抓到贼人没有？"

妙寂回答说："自从您将梦中的隐语破解给我听，我便女扮男装，改名士寂，在长江一带做帮工。过了几年，听说蕲州、黄州之间有一个申村，便到那里去探听，我在那附近辗转流浪了十二年，才打听到申村的西北方向有个叫作申兰的人，我便不声不响地去他家要求当长工，故意把工钱降得很低，申兰当然很高兴地雇了我。不久，又听说他有个堂弟名叫申春的。就这样，我勤劳恭敬，日夜不离开他家，凡是我能干的活，不管是轻活、重活都去干，从来都是不等主人吩咐就做完了，因此得到了申兰的重用。白天我同其他的长工一起干活，夜里独自睡一张床，谁也不知道我女扮男装。过了一年，我更加勤快，申兰也更加看重我，对我简直比对待他自己的儿子还好。申兰农商兼营，有时在武昌囤积货物，关锁开门全都交给我来办。于是我查验了他的柜子，里面有一半是我们家的东西，也看见了我父亲和丈夫常穿的衣服，我流着泪记了下来。申兰和申春经常是交替着一人出门，一人留在家中，两人同时在家的情况很少见。我只怕捉了一个，打草惊蛇，另一个逃走，所以苦苦等待好几年。

“永贞年间的一个重阳节，申兰、申春这两强盗都喝醉了，我跑到州衙去报案，终于乘醉将他俩活捉，官府一审讯他们就自行招供，认罪伏法。我把父亲、丈夫被抢去的财物带回家，全用来奉养母亲，自己出家做了佛门弟子。拜到洪州天宫寺的尼姑洞微门下做弟子，她也是以前曾教导过我的人。妙寂我只是一区区小女子，但我血性刚直，替家人报仇的心志坚定，老天爷也保佑成全我，于是梦中的隐语有您替我解答，才能报了不共戴天之仇，即使粉身碎骨也报答不了您的智慧与深恩。佛门弟子没有什么别的来报答，只有虔诚地礼拜佛像来报答罢了。”李公佐听了，大为惊异，于是为妙寂作了传。

大和庚戌年，陇西人李复言游历巴南，在蓬州遇见沈田进士，沈田喜欢说一些奇闻异事，就将李公佐写的那篇传拿给他看，李复言看过后就还给了沈田。写这本书时，李复言将此文收入。

吴全素还阳

吴全素，苏州人，举孝廉，五上不第。元和十二年，寓居长安永兴里。十二月十三日夜既卧，见二人白衣执简，若贡院引榜来召者，全素曰："礼闱引试，分甲有期，何烦夜引？"使者固邀，不得已而下床随行，不觉过子城，出开远门二百步，正北行，有路阔二尺已来，此外尽目深泥。见丈夫妇人，捽之者[1]、拽倒者、枷杻者、锁身者、连裾者[2]、僧者、道者、囊盛其头者、面缚者[3]、散驱行者，数百辈皆行泥中，独全素行平路。约数里。入城郭见官府，同列者千余人，军吏佩刀者分部其人，率五十人为一引，引过，全素在第三引中。

其正衙有大殿，当中设床几，一人衣绯而坐，左右立吏数十人，衙吏点名，便判付司狱者、付硙狱者、付矿狱者、付汤

原篇名《吴全素》

[1] 捽（zuó）：抓、揪。

[2] 裾（jū）：衣服的大襟，衣服的前后部分。

[3] 面缚：双手被反绑在背后而面向前。

狱者、付火狱者、付案者。闻其付狱者，方悟身死。见四十九人皆点付讫，独全素在，因问其人曰："当衙者何官?"曰："判官也。"遂诉曰："全素忝履儒道，年禄未终，不合死。"判官曰："冥司案牍，一一分明。据籍帖追，岂合妄诉!"全素曰："审知年命未尽，今请对验命籍。"乃命取吴郡户籍到，检得吴全素，元和十三年明经出身[1]，其后三年卒，亦无官禄。判官曰："人世三年，才同瞬息，且无荣禄，何必却回！既去即来，徒烦案牍。"全素曰："辞亲五载，得归即荣，何况成名尚余三载，伏乞哀察。"判官曰："任归。"仍诫引者曰："此人命薄，宜令速去。稍以延迟，即天明矣。"引者受命，即与同行。

出门外，羡而泣者不可胜纪。既出其城，不复见泥矣。复至开远门，二吏谓全素曰："君命甚薄，天明即归不得，不见判官之命乎？我皆贫，各惠钱五十万，即无虑矣。"全素曰："远客又贫，如何可致?"吏曰："从母之夫，居宣阳为户部吏者甚富，一言可致也。"既同诣其家，二吏不肯上阶，全素入告，其家方食煎饼，全素至灯前拱曰："阿姨万福!"不应。又曰：

[1] 明经：科举制度考试的科目分为常科与制科两类。常科每年举行，科目有秀才、明经、进士、俊士、明法、明字、明算等50多种。应试者以明经、进士二科最多，明经主要以经义取士。

“姨夫安和！”又不应。乃以手笼灯，满堂皆暗。姨夫曰：“何不抛少物？夜食香物，鬼神便合恼人。”全素既憾其不应，又目为鬼神，意颇忿之。青衣有执食者，其面正当，因以手掌之，应手而倒，家人竞来拔发喷水，呼唤良久方悟。全素既言情不得，下阶问二吏，吏曰：“固然，君未还生，非鬼而何。鬼语而人不闻，笼灯行掌，诚足以骇之。”曰：“然则何以言事？”曰：“以吾唾涂人大门，一家睡；涂人中门，门内人睡；涂堂门，满堂人睡。可以手承吾唾而涂之。”全素掬手，二吏交唾。逡巡掬手以涂堂门。才毕，满堂欠伸，促去食器，遂入寝。

二吏曰：“君入，去床三尺立言之。慎勿近床，以手摇动，则魇不寤矣。”全素依其言言之，其姨惊起，泣谓夫曰：“全素晚来归宿，何忽致死。今者见梦求钱，言有所遗，如何？”其夫曰：“忧念外甥，偶为热梦，何足遽信！”又寝，又梦，惊起而泣，求纸于柜，适有二百幅，乃令遽剪焚之，火绝，则千缗宛在地矣。二吏曰：“钱数多，某固不能胜。而君之力，生人之力也。可以尽举，请负以致寄之。”全素初以为难，试以两手上承，自肩挑之，巍巍然极高，其实甚轻，乃引行寄介公庙[1]，主人者紫衣腰金，敕吏受之。

寄毕，二吏曰："君之还生必矣，且思便归，为亦有所见耶？今欲取一人送之受生，能略观否？"全素曰："固所愿也。"乃相引入西市绢行南人家，灯火荧煌，呜呜而泣，数僧当门诵经，香烟满户。二吏不敢近，乃从堂后檐上，计当寝床，有抽瓦折椽，开一大穴。穴中下视，一老人气息奄然，相向而泣者周其床。一吏出怀中绳，大如指，长二丈余，令全素安坐执之，一头垂于穴中，诫全素曰："吾寻取彼人，人来，当掣绳。"遂出绳下之，而以右手捽老人，左手掣绳，全素遽掣出之，拽于堂前，以绳囚缚。二吏更荷而出[2]，相顾曰："何处有屠案最大？"其一曰："布政坊十字街南王家案最大。"乃相与往焉。既到，投老人于案上，脱衣缠身，更上推扑。老人曰："苦！"其声感人，全素曰："有罪当刑，此亦非法，若无罪责，何以苦之？"二吏曰："讶君之问何迟也。凡人有善功清德，合生天堂

[1] 介公：介之推，春秋晋国人，曾随晋文公重耳流亡，晋文公后来登基大赏陪自己流亡的从属，介之推并不主动请赏并隐居绵山。晋文公为了请他出山就放火烧山，但介之推仍没有出山，烧死火中。

[2] 更荷：轮换着背。

者，仙乐、彩云、霓旌、鹤驾来迎也，某何以见之？若有重罪及秽恶，合堕地狱者，牛头、奇鬼、铁叉、枷杻来取，某又何以见之？此老人无生天之福，又无入地狱之罪，虽能修身，未离尘俗，但洁其身，净无瑕秽，既舍此身，只合更受男子之身。当其上计之时，其母已孕，此命既尽，彼命合生，今若不团扑，令彼妇人，何以能产？”又尽力揉扑，实觉渐小，须臾，其形才如拳大，百骸九窍，莫不依然。

于是依依提行，逾子城大胜业坊西南下东回第二曲北壁，入第一家，其家复有灯火荧煌，言语切切，沙门二人，当窗读《八阳经》。此因吉来，不敢逼僧，直上阶，见堂门斜掩，一吏执老人于堂中，才似到床，新子已啼矣。二吏曰：“事毕矣，送君去。”又偕入永兴里旅舍，到寝房，房内尚黑，略无所见。二吏随自后，乃推全素大呼曰：“吴全素！”若失足而坠，既苏，头眩苦，良久方定。而街鼓方动，姨夫者自宣阳走马来，则已苏矣，其仆不知觉也。乘肩舆憩于宣阳，数日复故，再由子城入胜业生男之家，历历在眼。自以明经中第，不足为荣，思速侍亲。卜得行日，或头眩不果去，或驴来脚损，或雨雪连日，或亲故往来，因循之间，遂逼试日，入场而过，不复以旧日之望为意。俄而成名，笑别长安而去。乃知命当有成，弃之不可；时苟未会，躁亦何为。举此一端，足可以诫其知进而不知退者。

【译文】

吴全素，苏州人，因为孝顺远近闻名而被推举参加科考，但他连着五次都没有考中。元和十二年，吴全素寓居长安永兴里，十二月十三日夜里，吴全素本来已经睡着，看见两个穿白衣的人拿着文书，像是贡院拿着引牌来叫人去考试的。吴全素说："会试已经举行，确定名次也自有期限，怎么会劳烦你们夜里来传引？"但使者既已邀请，吴全素也不好多说，就下床跟他们走，很快就走出了内城，走出开远门二百步，向正北走，有条大约两尺宽的路，路边是深深的泥地。路上有各色各样的男人和女人，有被揪着的、有被拽倒在地的、有披枷戴铐的、有被全身锁住的、有衣服互相捆住的、有和尚道士、有用袋子套住头的、两手被反绑在身后的、被随意驱赶着走的。这几百人都在烂泥地里前行，只有吴全素一人走在这条平路上。走了好几里，吴全素三人进了城，城里有一座官府，吴全素在官府门前站着，周围全都是人，大约有千余人。有佩刀的军将小吏分批押解这些人，大致五十个人一批，分批走进官府，全素被分在第三批中。

一进官府，只见正衙当中有座大殿，当中摆着坐榻，坐榻上是一个穿着红袍的人，左右有几十个小吏站着。当中有一名小吏负责点名，接着这红袍官便将点到的人判处交付狱卒，有被送到碓磨地狱的，有被送去人矿院的，还有被送去油锅镬汤地狱、火坑铜柱地狱的，还有正在审理的。吴全素听到这些人被送去地狱，才知道自己已经死了。同一批的五十人，四十九个人已经点名判处完毕，只剩吴全素一人，于是问身旁的小吏："衙上的是哪位官老爷?"小吏回答："他是判官。"吴全素便向判官上诉："我奉行儒家大道，本分做人，修身读书，年寿未尽，不应该这么早就死吧。"判官回答："阴间生死文书，一件件都写就分明，我们依据簿籍书帖追拿，哪能由得你随便上诉!"吴全素说："我确实知道自己阳寿未尽，不信请您现在查对我的生死簿。"判官将信将疑，叫人拿来苏州府的户籍名册，上面写着吴全素："元和十三年考中明经科，此后还能在人间享三年衣食之福，但不会做官拿俸禄。"判官有些难为情，对吴全素说："阳世三年，只是一眨眼的功夫，况且你又无俸禄可享，何必再回去呢。你回到人间，过不了几年又得回来，只是白白烦劳我们再办案一次。"吴全素说："判官大人，我辞别双亲五年了，能回去就好，何况取得功名后还有三年的阳寿呢，求您哀怜体察我的苦衷。"判官理亏，只得说："那随便你，想回去就回去。"顺便告诫带领小吏："吴全素这个人命薄，让他赶紧还阳。赶紧动身，不要稍有拖延，不然天亮就得再等夜晚了。"带领小吏得令，就立即与吴全素一起动身。

二人走出殿门外，很多人看到吴全素得以还阳复归，无不羡慕泪流。他们出了城，来时的烂泥地已经不见了。走回到开远门，两小吏对吴全素说：“郎君阳寿本来就短，不可在阴间过久耽搁，你也听见判官说的话了，天一亮便回不成了。我俩小吏虽在判官身边做事，也没什么油水，费劲拿你来又送你回去，白白耽搁我们。不如吴郎君各送我们五十万钱，就不必担心还阳的事了。”吴全素发愁：“我客居他乡，这些年一直都在读书考试，哪里有这么多钱呀?”小吏们说：“我们知道你姨母的丈夫住在宣阳坊，他在户部做官，家里是富户，你只要向他说一声，还怕钱弄不到手吗?”吴全素没有办法，只得在两个小吏的陪同下一同走到姨父家，小吏不肯走上院子的台阶，吴全素进屋去禀告。只见姨父家正在吃煎饼，吴全素走到灯前拱手行礼：“阿姨万福!”姨母并不理睬他。“姨父安和!”姨父也不答应。吴全素纳闷，就试着用手把灯罩起来，整间屋暗了下来。姨父说：“丢点煎饼吧?我们夜里吃香的东西，把鬼神引来搅扰了。”吴全素既对他们不理不睬感到不满，又被姨父当作鬼，心中有些愤恨。这时一个婢女正面对着吴全素拿着饼吃，吴全素没处发泄，动手便打了她一个耳光，那婢女顺着手掌就倒地昏迷不省了，周围的人拉扯她的头发，向她脸上喷水，喊了好久，她才醒过来。吴全素没法向他们要钱，便走下台阶，问两个小吏如何是好，小吏们说：“不要大惊小怪，本就是这样，你现在没有复活，不是鬼是什么?鬼说话，人是听不见的，你用手罩灯，又打了奴婢耳光，足以使他们惊讶了。”吴全素说：“这样的话我又如何要钱呢?”小吏们回答说：“把我们的唾沫涂在他家大门上，全家人都会睡着；涂在里面的小门上，小门里的人会睡着；涂在堂屋的门上，整个堂屋的人会睡着。用手接住我们的唾沫去涂门吧。”吴全素捧起双手，两个小吏都吐了唾沫。吴全素用这唾沫去涂了堂屋的门。刚涂完，满屋的人都打起了哈欠，伸起了懒腰，姨夫姨母们催奴仆收拾碗筷，便进去睡觉了。

两小吏对吴全素说：“郎君您进屋去，站在离床三尺远的地方说话，不要太靠近床，你如果用手摇动床榻，人就会做恶梦醒不来了。”吴全素依照他们说的去讲要钱的事，讲着讲着只见姨母突然惊醒，流着泪对丈夫说：“全素那晚正睡觉，怎么忽然就死了。现在他托梦向我要钱，说是要送给别人，该怎么办?”丈夫说：“你心里悲伤，惦念外甥，偶尔做个热梦，不必这么相信。”姨母听完睡下，又做起梦来，惊骇而起，姨母边流泪边在柜子里找冥纸，恰巧有二百张，便叫人立刻剪成纸钱烧了。吴全素三人只见火刚熄灭，一千贯钱就突然出现在地上。两小吏说：“钱太多了郎君，我们拿不动的，您是活人有力气，能够全部拿起来，还劳烦您替我们背起钱串送到某处。”吴全素起初不信，试着用手提，又用肩扛，扛得很高很高，但实际确实很轻。两小吏领着吴全素，把钱寄存在介公庙，庙里介之推身着紫袍金腰带，命令手下把钱收了下来。寄完钱，两小吏说：“郎君您还阳没有问题了，您是想马上回去，还是看看什么别的呢？现在我们要去捉拿一人，送他去投胎，您愿意看看就跟我们去。”吴全素说：“我很想看看的。”

于是两小吏领着吴全素到了西市绢行南边的一户人家，这家灯火辉煌，屋子里的人在呜呜哭泣，几个和尚对着门念经，香烟笼罩了整个堂屋，两小吏不敢上前，只能从堂屋后檐登上屋，估计此处正对着床，就抽去瓦片，拆开木椽，从屋顶开了个大洞。从洞中向下看去，一位老人气息奄奄，周围全是人，面对着老人哭泣。其中一小吏从怀里拿出绳索，有手指那么粗，二丈多长，叫吴全素坐好，拿着绳索的一头，又把另一头从屋顶的洞中放下去，并告诉吴全素："我马上去捉拿那个人，一捉住，你就使劲儿拉绳，把他拉上来。"说话间那小吏就下到房里，用右手揪住老人，用左手拉动绳索将老人捆住，吴全素见状急忙把老人拉了上来。然后，三人又将老人拖到堂前，用绳索把他五花大绑。两个小吏轮换着把他背了出去，互相看着："哪里的屠宰桌最大？"其中的一个说："布政坊十字街南边王家的屠宰桌子最大。"于是三人一齐走到那里，两小吏把老人丢在屠宰案桌上，就脱下衣衫缠在身上，赤膊上阵，轮换着扑打老人。这老人叫苦不迭，声音凄惨。吴全素赶紧上去解围："他有何罪过，为什么要这么折磨他？退一步说即使他有罪也应当依法受刑，你们这样做是不合法的。"两小吏说："郎君这问题问得太晚了，令人惊讶。告诉你吧，凡是积德行善、往生极乐的人，自有仙乐祥云、彩旗白鹤来迎他西去，这种人我们这种地狱走卒怎么能见到呢？如果是那些有重罪和行事肮脏的人，他们该打入地狱，就会有牛头奇鬼带着铁叉枷锈来捉拿他，这种人我们也是见不到的。这个老人没有升天的福份，又不至有下地狱的罪行，虽然他总体上洁身自好，但没有离开俗世，只是保持清白，没有污点。这个身子他在这一世既然已经舍去了，就该立马投胎更换一个身体，去变成另一个男人。这人上了生死薄，他母亲这时已经怀孕，这个生命已经结束，另一个生命就该出生了。现在如果不把他揉搓扑打，让那妇人怎么能生他呢？”说完，又用力揉搓扑打，吴全素确实感觉老人的身体在逐渐缩小，不一会儿，这身体就只有拳头那么大了，形骸眼耳口鼻却都还是老样子。

于是小吏们慢慢地提着老人行走，他们走过内城大胜业坊，沿着西南方直走再向东，在第二条小巷的北面墙壁，走进第一户人家。这家也是灯火辉煌，人们在小声说话。这家也有两个和尚，正对窗念《八阳经》。两小吏不敢走近和尚，直接越上台阶，只见堂屋的门斜掩着，一小吏提着老人，向堂里屋丢去，老人刚落到床上，婴儿就出生，开始啼哭了。小吏对吴全素说：“我们的公事办完了，这就送郎君回去。”

于是三人又一起走进永兴里的旅舍，走进吴全素的卧房，房里一片漆黑，什么也看不见。两小吏跟在吴全素的后面，突然推了他一把，大叫一声：“吴全素！”吴全素好像失足跌落一样就醒了，醒来后头晕不止，很久才清醒过来。这时街巷鼓声正起，吴全素的姨父从宣阳坊里骑马赶来，吴全素已经苏醒了，他的书僮对吴全素发生的事一点也不知情。吴全素坐着轿子去宣阳坊姨父家休养，几天之后就完全康复。第二次从内城经过胜业坊那户生男孩的人家，前几天看到的情形还历历在目。此后吴全素再也不以科举中第为荣，只是想着要赶紧回家侍奉双亲。选定了动身的日期，吴全素准备出发回乡，但因为头晕没有立刻出发。后来又因为雇来的驴有腿疾，有时连日雨雪，有时又走亲访友，于是行期一再拖延耽搁，就逼近了考试的日期。吴全素也索性进入试场转了一圈，但不再像以前那样用心了。不久他果真考中成名，但吴全素却大笑着辞别了长安。由此可知，命里该得到的，你想要丢掉都办不到；同理，正确的时机如果没来，急躁又有什么用呢？举这个例子，足以告诫那些只知道前进，却忘了适时退让的人。

党氏女讨债

党氏女，同州韩城县芝川南村人也。先是，有蔺如宾者，舍于芝川。元和初，客有王兰者，以钱数百万鬻茗，止其家积数年，无亲友之来者。一旦卧疾，如宾以其无后患也，杀之。服馔车与仆使之盛，拟于公侯。其年生一男，美而慧，虽孔融、卫玠之为奇[1]，犹未可为比。其家念之，谓骊珠、赵璧未敌[2]，名曰玉童。衣食之用，日可数金。其或不豫[3]，舞神拜佛之费，一日而罄，不顾也。既而渐大，轻裘肥马，恣

原篇名《党氏女》

[1] 孔融（153—208），东汉末年名士、文学家，为孔子的二十世孙；卫玠（286—312），是魏晋之际著名美男子，清谈名士和玄学家。

[2] 骊珠：骊龙颔下的宝珠，比喻珍贵的人或物；赵璧：和氏璧的别称，中国历史上著名的美玉。春秋时，楚国人卞和发现此玉，战国时为赵惠文王所得，这件事情让秦昭王知道了，派使者对赵王说自己愿意用十五座城池来换"和氏璧"，蔺相如带璧出使，最终识破秦王奸计，使完璧归赵。

[3] 不豫：身体不舒服，生病。

其出入。于是交游少年，歌楼洒肆，悦音恣博，日不暂息，虽狂徒皆伏其豪。然而孳产稍衰[1]，稼或不登[2]，即乞贷望岁[3]。元和十年，玉童暴卒，父母之哀，哭玠之不若也[4]。号哭之声，感动行路，恨不得自身代之。如宾极困成瘵[5]。其所饰终之具[6]，洎舍财梵侣[7]、佛画莲宫、致席命乐之费，若不以家为者。虽丧毕，每忌日，饭僧施财而追泣焉。自是稍稍致贫，如旧日矣。

太和三年秋，有僧玄照，求食于党氏家。有女子年十三四，映门曰[8]："母兄皆出，不得具馔。此北数里芝川店，有蔺氏者，亡子忌日，方当饭僧。师到必喜，盍往焉[9]。"僧曰："女非出入村市之人，何以知此而绐我也[10]？"女笑曰："其

---

[1] 孳产：增长的财产；孳，滋生，增长。

[2] 不登：歉收；登，指谷物成熟。

[3] 乞贷：向别人乞求、借贷；望岁：盼望年谷的丰收。

[4] 哭玠：指卫玠死后谢鲲哭卫玠。谢鲲（281—324），卫玠好友，晋朝时期名士、官员，"江左八达"之一。

[5] 瘵：病，多指痨病。

[6] 饰终之具：办丧事所用的东西。

[7] 洎（jì）：及，到达。

[8] 映门：隐蔽在门后。

[9] 盍：何不。

[10] 绐：欺诈、欺骗。

亡子即我之前身耳。”照大异之，问其所以，不对而入。照于是造蔺氏门，入巷而见其广幕崇筵，及门，人者喜照之来，揖之而入。既卒食，如宾哀不自胜，照曰：“掌人念亡子若此[1]，要见其今身乎？”如宾大惊，乃问之，照具以告。如宾遽适党氏，请见之。父母以告，女不肯出。如宾益耸跃[2]，独念不以其母来，且无藉手，此所以不出也。遂归。

明日，与其妻偕，携蜀红二十匹为请见之资。女纳红，复不肯出。如宾求其父母万辞，父母以如宾之恳也，入谓女曰：“汝既不欲见，不当言之。既言而蔺叟若此之请，安得不强见？”女不复语。父母曰：“必不见，则何辞？”女曰：“第告之，何必相见。但云：‘其子身存及没，多歧所费，王兰之财尽未？’闻此，必不求矣。”父母出，以告，如宾顾其妻，无言而退。既出，父母问其故，女曰：“儿前身茗客王兰也，有钱数百万，客其家。元和初，头眩而卧，遂为如宾所杀而取其财，因而巨富。某既死而诉于上帝，上帝召问欲何以报，兰言愿为子以耗之，故委蜕焉。耗之且尽而死。近与之计，唯十镮未足[3]，

[1] 掌人：主人。
[2] 耸跃：踊跃，这里指心理活动加剧，不能平静。
[3] 十镮：通“环”，圆形有孔可以贯穿的东西，这里指铜钱。

故有蜀红之赠。而今而后，如宾不复念其子而斋亦罢尔。韩城有赵子良者，尝贳茗五束[1]，未酬而兰死。今当以其直求为妇，币足而某去耳，亦不为妇也。”俄而媒氏言，子良之子纳币焉[2]。亲迎之期，约在岁首。既毕纳而失女，父母惧子良之责也，伪哭而徙葬焉。其夕，遇女曰：“天帝以天下人愚，率皆欺暗枉道，诈心万端，谓人可以言排，神可以诈惑。以诈惑人者，人亦诈焉；以妄欺人者，人亦妄焉；以嫉诬人者，人亦诬焉。虽虚矫之俗，交报或阙，而冥寞间良不可罔[3]。知己之所为而不咎人者鲜矣，故遣某托身近地，而警群妄耳。顷者未言，得侍昏旦；此心既启，难复淹留。抚育之恩，亦偿旧德，乍辞顾盼，能不怅怀。各勉令图，无惑多恨。”言讫而去。此非天之劝戒耶？太和壬子岁，通王府功曹赵遵约言之，故录之耳。

---

[1] 贳（shì）：赊账、赊欠。

[2] 纳币：古代婚礼六礼之一。纳吉之后，择日具书，送聘礼至女家，女家受物复书，婚姻乃定。

[3] 冥寞：阴间，冥间。

【译文】

党氏女，是同州韩城县芝川南村人。之前，有一个叫蔺如宾的人在芝川居住。元和初年，有个叫王兰的人在蔺如宾家客居，做的是茶生意，赚了几百万，只是连着很多年都没有一个亲友来看望过王兰。有一天王兰突然病倒卧床，蔺如宾就趁机将他杀死，觉得也不会有人发现，从而霸占了王兰的钱财。从此，他吃上了肥美的食物，穿上了华丽的衣服，坐上了高级的车子，仆从也很多，生活不比王公大臣差。当年，蔺如宾的妻子还生了一个男孩，相貌好看而且聪明，即使是孔融、卫玠见到他也得惊叹一番，甚至都比不上他。家里人觉得宝珠美玉都比不上自己的儿子，因此取名玉童。吃穿用度，一天要花很多钱。身体稍有不适，就求神拜佛，毫不顾惜开销。玉童渐渐长大，穿裘衣，骑骏马，父母就这样放任他恣意游玩，玉童结交了很多轻佻少年，整日出入于歌楼酒馆，不是听音乐就是赌博，没有一天不这样的，流氓地痞也怕他三分。然而这时家产渐渐减少，加上地里的庄稼也有欠收的时候，玉童一家就只能向人借贷，盼望来年五谷丰登。元和十年，玉童不知为何暴毙，蔺如宾和妻子悲痛至极，放声恸哭，听到的人没有不深受感动的，玉童父母的悲切哭声好像恨不得自己代替儿子死去。蔺如宾悲痛过度得了重病，玉童办丧事所用的一切东西，包括施舍众僧、购置佛画、摆席奏乐，都是靠着家产。丧事办完以后，每逢玉童忌日，都要斋僧、施舍，来追荐亡子，于是家中渐渐贫穷，又变得和当年一样了。

太和三年秋天，有一位法号玄照的僧人，来党氏家里化缘，一个十三四岁的女孩子藏在门后说：“母亲和哥哥都出去了，我不知道应为您准备些什么饭菜，从这向北几里地的芝川店，有一家姓蔺的，正值他们死去儿子的忌日，应该正在施舍粥饭，大师到那儿去，他们肯定很高兴。大师您去看一看吧。”玄照奇怪，说：“你一个小女孩，应该不怎么出入村市，你又怎么知道这些事呢？是不是不愿施舍骗我呢？”女孩笑着说：“放心吧大师，我所说句句属实，他死去的儿子就是我的前身。”玄照更是大为惊讶，问她到底是怎么回事，女孩没有回答就跑进屋里不出来了。玄照按女孩的话来到蔺家，刚走进胡同就看见了高大的席棚和丰盛的筵席。到了蔺如宾家门口，大家都非常热情地接待了这位僧人，请他入内。吃完饭，玄照听见蔺如宾哭声哀嚎，非常悲痛。玄照不忍看他这么悲痛，就告诉他：“主人如此想念儿子，想要见他转世后现在的样子吗？”如宾大惊，问玄照是怎么回事，玄照将之前的事原原本本告诉了他。蔺如宾赶紧找到党家，想要见一见那女孩。女孩父母进去告诉女儿，但那女孩坚决不肯出来，蔺如宾心急如焚，心想准是因为他妻子没来，而且空着手，所以不肯出来相见。于是回去。

第二天，蔺如宾与妻子一同来到党家，并带二十四上好的丝绸作为见面礼。女孩收下丝绸，但还是不肯出来。蔺如宾夫妻恳切求见，女孩的父母见蔺如宾如此恳切伤心，就进去对女儿说：“既然你不想与他们相见，当初就不应说那些自己是他们儿子转世投胎之类的话，既然说了，蔺家人这样恳求，应该见一见。”女孩不说话。父母又说：“若你执意不见，叫我们怎么推辞呢?”女孩说：“您就告诉他们不必相见，您就问他们：‘儿子死后，耗费了大量家财，王兰的财富耗尽了没有?’听到之后，他们一定不会再来了。”女孩的父母出来，把女儿的话说给蔺如宾夫妇听，夫妇二人面面相觑，没说什么就走了。他们走后，父母问女儿是怎么回事，女孩说：“孩儿前世是卖茶叶的王兰，家财几百万，在蔺家客住。元和初年，我有一天头晕卧床，不幸被蔺如宾杀害，他夺取了我的财富，从此成为巨富。我死后到天帝那里诉告，天帝问我要怎么报复他，我说愿做他的儿子耗费他的家产，所以天帝让我投胎成为他的儿子，等家财快要耗尽时就身死。前几天我算了一下，还有十个铜板未耗尽，所以我才让那僧人传话，他们想念儿子，来找我，我收了这丝绸，就算把他们的钱财耗费殆尽了。从今往后，蔺如宾肯定不会再想念儿子，也不会斋僧了。韩城有个赵子良，曾赊欠我五捆茶叶，他还未还钱我就死了。过几天会拿钱来向我求亲，我收了钱就走，不会做他家的媳妇。”不久，果然有媒人替赵子良的儿子来下聘礼。双方谈妥，迎娶的日子定在大年初一。收了聘礼女孩就失踪了，父母害怕赵子良责难，假装女儿身亡，伤心悼哭并举办了葬礼。当天夜里就遇到女儿对他们说：“天帝认为天下之人都愚昧至极，都钻研欺诈，魅惑良心，以为人可以用语言戏弄，神可以被欺骗迷惑。用虚假的手法欺诈人的，别人也会欺诈他；以无妄之说哄骗人的，别人也会哄骗他；因为嫉妒而诬陷别人的，别人也会诬陷他；虚假狂妄、矫揉造作之人，报应不一定及时，但在阴间，这些事都是清清楚楚的，丝毫别想隐瞒。知道自己所作所为而不怪罪别人的人太少了，所以天帝才让我托生在这里，来警醒那些胡作非为的人。之前没有说的时候，还能安心在二老身边侍奉，但现在既然已坦陈了心迹，就不能再多做逗留。父母的抚育之恩，先前也已报答，现在突然辞别，顾盼之间，又怎么不怅然若失呢？即使这样，我们的缘分也已尽，各自谋划新的生活，不要困惑也不要遗憾。”说完就不见了。这难道不是上天对人的警戒吗？太和壬子年，通王府功曹赵遵约说了这件事，所以我把它记了下来。

韦氏应梦

京兆韦氏女者，既笄二年，母告之曰："有秀才裴爽者，欲聘汝。"女笑曰："非吾夫也。"母记之，虽媒媪日来，盛陈裴之才，其家甚慕之，然终不谐。又一年，母曰："有王悟者，前参京兆军事，其府之司录张审约者，汝之老舅也，为王媒之，将聘汝矣。"女亦曰："非也。"母又曰："张既熟我，又为王之媒介也，其辞不虚矣。"亦终不谐。又二年，进士张楚金求之。母以告之，女笑曰："吾之夫乃此人也。"母许之，遂择吉焉。

既成礼讫，因其母徐问之，对曰："吾此乃梦征矣[1]。然此生之事皆见矣，岂独适楚金之先知乎[2]？某既笄，梦年二十适清河楚金，以尚书节制广陵[3]，在镇七年，而楚金伏法，

原篇名《韦氏》
[1] 征：预兆，征兆。
[2] 适：女子出嫁。
[3] 节制：指挥管辖。

阖门皆死，惟某与新妇一人，生入掖庭[1]，蔬食而役者十八年，蒙诏放出。自午承命，日暮方出宫阙，与新妇渡水，迨暗及滩，四顾将昏然，不知所往，因与新妇相抱于滩上，掩泣相勉曰：‘此不可久立，宜速渡。’遂南行。及岸数百步，有坏坊焉。自入西门，随垣而北，其东大门屋，因造焉，又无人而大开，遂入。及坏戟门[2]，亦开，又入。逾屏回廊四合，有堂既扃[3]。阶前有四大樱桃树林，花发正茂。及月色满庭，似无人居，不知所告。因与新妇对卧阶下。未几，有老人来诟逐[4]，告以前情，遂去。又闻西廊步必履之声，有一少年郎来诟，且呼老人令逐之。苦告之，少年郎低首而走。徐乃白衫素履，哭拜阶下曰：‘某尚书之侄也。’乃恸哭曰：‘无处问耗[5]，不知阿母与阿嫂至，乃自天降也。此即旧宅，堂中所锁，无非旧物。’恸哭开户，宛如故居之地。居之九年，前后从化。”

[1] 掖庭：宫中旁舍，妃嫔居住的地方。
[2] 戟门：于门前立戟，指显贵之家。
[3] 扃（jiōng）：从外面关闭门户用的门闩、门环等。借指门扇。
[4] 诟逐：辱骂驱逐。
[5] 耗：音信，如“噩耗”。

其母大奇之。且人之荣悴[1]，无非前定，素闻之矣，岂梦中之信，又如此乎？乃心记之。俄而楚金授钺广陵，神龙中以徐敬业有兴复之谋，连坐伏法，惟妻与妇免死，配役掖庭十八年，则天因降诞日，大纵籍役者，得随例焉。午后受诏，及行，总监绯阉走留食候之[2]。食毕，实将暮矣。其褰裳涉水而哭，及宅所在，无差梦焉。噫！梦信足征也，则前所叙扶风公之见[3]，又何以偕焉。

【译文】

京城韦氏有一个女儿，已经十七岁了。有一天母亲告诉她："一个叫裴爽的秀才托人来说媒。"女子笑了笑说："他不能做我的丈夫。"母亲记下女儿的话。到了提亲那天，即使媒人对裴爽的才华百般夸赞，家里人也很满意，但其母始终没有应允。又过了一年，母亲对女儿说："有个叫王悟的人，以前在京城做过军官，他府上的司录张审约，是你的远房老舅，前来为王悟说媒，想要娶你为妻。"女子说："他也不是我的丈

[1] 荣悴（cuì）：喻人世的盛衰。
[2] 绯阉（yān）：唐朝太监五品以上用绯色，阉，指太监。
[3] 扶风公：本书《张左》中之扶风人申宗，其前身入耳中之国，遂得长寿。

夫。”母亲又说：“你张审约老舅与我们家是熟识，前来为王生说媒，他的话应该不是假话。”女儿执意不从，此事作罢。又过了两年，进士张楚金前来求亲。母亲把这件事告诉了女儿，女子笑笑说：“此人就是我的丈夫。”母亲于是应允了这门亲事，开始挑选成亲的良辰吉日。

成亲以后，母亲询问女儿为什么单单答应了张楚金。女儿说：“这是我梦里面的征兆，不光是与楚金成亲，这一生的事我在梦里都提前看见了。我梦见自己成年以后，在二十岁时遇到清河张楚金，他官至尚书，管理广陵兵事，戍边七年，张楚金因失误被处置，满门抄斩，只剩我和一个刚过门的儿媳，被带到宫中，做了十八年奴婢，吃尽苦头，蒙皇帝下诏释放。中午接到诏书，傍晚才走出皇宫，我与儿媳准备渡河，等到天黑了才到达河岸，四面环顾，一片漆黑，不知该往哪儿走。我与儿媳在岸边面对面掩面哭泣，互相鼓励：‘此地不宜久留，得赶紧渡河。’于是向南渡河而去。离岸几百步有一处破旧的人家，我们从西门进去，顺着墙绕到北面，看见东面有一间门很大的屋子，于是前去查看，门大开着，里面没有人。我们进到里面，看见又一扇已经毁坏的门，门口立着戟，也没有关上，于是我们又继续深入。穿过屏风回廊四合院，我们看见一个大厅，门是闩上的，台阶前有四株樱桃树，正开茂盛鲜艳的花朵。我们一直等到月亮高升，月光洒落在庭院里，非常静寂，好像无人在此居住，也不知向谁禀告。于是我与儿媳坐在阶下歇息，不一会儿，来了一个老人，斥骂着让我们走开，我们把遭遇向老人禀陈说明，老人就走开了。这时又听见西廊传来脚步声，一个少年郎又走出来让我们走开，而且还呼唤老人一起驱赶我们。我和儿媳把经历向他说明，少年听完震惊，低头跑进了房中。一会儿，只见他一身白衣孝服走了出来，走到阶下向我扣头，并说：'我是张尚书的侄子。'说着恸哭起来：'当年叔叔身死，我无处访寻您的下落，今天不知伯母与嫂嫂到此，简直是从天而降一般，这就是叔叔生前的旧宅，堂上锁着的东西，都是旧物。'他哭着开了门，我们进去一看，好像故居一般熟悉，我们就在这院子里居住了九年，之后我和儿媳先后去世。"

女子母亲听完大为震惊。人的荣衰都是前定之事，这是以前就听说过的，难道梦中的征兆也是如此吗？她把这件事记在心里。不久果真有张楚金官至广陵之事，武则天神龙年间，因为徐敬业密谋恢复李唐王朝，张楚金被牵连，只有妻子与新媳妇免于死罪，发配宫庭十八年为奴，后来逢武则天寿诞大赦天下，得以逃离宫廷。午后接到诏书，刚要出发，太监总管留她们吃饭。吃完饭就已经到了傍晚。韦氏女和新媳妇撩起衣裳渡水，到了宅院，与梦中所见别无二致。唉！梦里面的征兆确实是可信的，本书前面所叙述的扶风公申宗在梦中看到的也是一样的。

李擢之托

陇西李沈者，其父尝受朱泚恩[1]，贼平伏法，沈乃逃而得免。既而逢赦，以家产童仆悉施洛北惠林寺而寓生焉。读书弹琴，聊以度日。今荆南相公清河崔公群，群弟进士于，皆执门人礼，即其所与游者，不待言矣。常与处士李擢为刎颈交。

元和十三年秋，擢因谓沈曰："吾有故将适宋，回期未卜，兄能泛舟相送乎？"沈闻其去，离思浩然，遂登舟。初约一程，程尽则曰："兄之情，岂尽于此？"及又行，言似有感，竟不能别，直抵濉阳。其暮，擢谢舟人而去，与沈乃下汴堤[2]，月中徐曰："承念诚久，兄识擢何人也？"沈曰："辩博之士也。"擢曰："非也。擢乃冥官，顷为洛州都督，故在洛多时。阴道公事，故不任昼，乃得与兄同游。今去阴迁阳，托孕于亲已五载

原篇名《李沈》

[1] 朱泚（cǐ）：唐朝中期将领，唐德宗时发动兵变，兵败后为部将所杀。

[2] 汴（biàn）堤：隋炀帝开通济渠时所筑的河堤，即"隋堤"。

矣。所以步步邀兄者，意有所托。”沈曰：“何事？”曰：“擢之此身，艺难为匹[1]，唯虑一舍此身，都醉前业，祈兄与醒之耳。然擢孕五载，寓亲腹中，其家以为不祥，祈神祝佛之法，竭赀而为[2]。擢尚未往，神固何为。兄可往其家，朱书‘产’字令吞之，擢即生矣。必奉兄绢素。兄得且去，候擢三岁，宜复来视之，且曰：‘主人孙久不产者，某以朱字吞之，生儿奇慧，今三载矣，思宿以验之，故复来也。’可取儿抱卧，夜久，伺掌人闭户，即抱于静处呼曰：‘李擢记我否？’儿当啼，啼即掌之，再三问之，擢必微悟。兄宜与擢言洛中居处及游宴之地，擢当大悟，悟后此生之业无孑遗矣。此事必醒素以归，擢乃后荣盛，兄必可复得从容矣。兄声名籍甚，不久当有大谏之拜[3]，慎勿赴也，赴当非寿。此郡北三十里有胡村，村前有车门，即擢新身之居也。”言讫，泣拜而去。

迟明，沈策杖访之，果有胡村。叩门求憩，掌人翁年八十余，倚杖延入。既命坐，似有忧色，沈问之，翁曰：“新妇孕五

[1] 艺：才能；匹：匹敌，可与之相比。
[2] 赀（zī）：通“资”，货物、财产。
[3] 大谏：古代官名，掌谏诤，唐宋时谏议大夫之别称。

载矣，计穷术尽，略无少征[1]。”沈因曰：“沈道门留心，颇善咒术，不产之由，见之即辨。”遽令左右召新妇来，沈诊其臂曰：“男也，甚明慧，有非常之才，故不拘常月耳。”于是令速具产所帷帐床榻[2]，毕，沈执笔若祝者[3]，朱书“产”字令吞之，入口，而男生焉。翁极喜，奉绢三十匹，沈乃受焉，曰：“此儿不常也，三岁当复来为君相之。”言讫而去。及期再往，乃曰：“前所生子，今三岁矣，愿得之一宿占相之[4]。”掌人喜而许之。沈夜伺人静，抱之远处，呼曰：“李擢，今识我否？”儿惊啼，沈掌之，曰：“李擢何见我不记耶？”又掌之，儿愈啼。而问之者三四，儿忽曰：“十六兄果能来此耶[5]？”沈因与言洛中事，遂大笑言若平生，曰：“擢一一悟矣。”乃抱之归宿。及明朝，告其掌人曰：“此儿有重禄[6]，乃成家之贵人也，宜保持之。”胡氏喜，又赠绢五十匹，因取别。

---

[1] 少征：一点点征兆，少量的迹象。

[2] 具：备，办。

[3] 祝：祝最早见于甲骨文，像一个人跪着祈祷的样子，本义是祝愿祷告。祭祀时主持祭礼之人亦可称为“祝”。

[4] 占相：看相，相面。

[5] 十六兄：十六指“李”字，拆字法，十六兄即李兄。

[6] 重禄：高薪，很高的俸禄，意指做大官。

【译文】

陇西李沈，他父亲曾受过朱泚的大恩，后来朱泚叛乱被平定，李沈的父亲也被诛杀，李沈逃跑了而幸免于难。后来皇帝大赦天下，李沈把家产、奴仆都捐献给洛阳城北的惠林寺，自己也在惠林寺住下来，读书弹琴来打发时光。现在荆南清河县的崔群，以及崔群的弟弟进士崔于，都视为他的门生弟子，对他以礼相待。与他交游的人，不用说，自然也是书生儒士。李沈与处士李擢是刎颈之交，关系非常好。

元和十三年秋，李擢对李沈说："我有事将要到宋地去，不知什么时候才能回来，兄长能不能坐船送送我呢?"李沈听说他要走，离别之情难以自禁，于是坐船相送。一开始说好只送一小段路，到了之后，李擢又说："我与兄长的情义深重，这一段路太短，兄长您再送送我。"于是李沈又随船而行，言谈之间，感触良多，不忍分别，就这样一直送到了濉阳。天都快黑了二人才下船，李擢与李沈走下汴堤，映着月光，两人闲庭信步，李擢慢慢说到："我感念兄长长久以来对我的照顾，兄长您可知我是什么人?"李沈说："当然，贤弟你是一个博闻强识的人。"李擢说："非也，弟弟我乃阴间小官，任洛州都督，所以在洛州多年，阴间办理公事都得夜里进行，所以白天我才有空与兄同游。可如今我要离开阴曹转世阳间，已托身于母亲腹内五年了，还未出生。之所以一步步邀您到这儿，是有事相求。”李沈问：“什么事?”李擢说：“我的才能不及兄长，只忧虑舍去此身之后，还沉醉在前世，求兄长想办法使我清醒。母亲已孕育我五年，托生在腹中，久未出生，他家以为是不祥之兆，正在竭尽钱财求神拜佛驱逐我。但我还没前去，神也没有什么办法。兄长可以去他家，用红笔写一个‘产’字让母亲吞吃下去，我就会出生。他们一定会给兄长很多绢素布匹，兄长可暂且离去，等我到了三岁，兄长再来看我，并对我爷爷说：‘主人家您的孙子总生不下来，我让他吞了红字才得以出生，所以这孩子特别聪慧，今年三岁了，我很想再见见他，看看他的近况，所以又来了。’兄长您到时候把我抱去同睡，等主人关门睡熟，就抱我到一个僻静处对我说：‘李擢，还记得我吗?’小孩不免会哭，我要是哭了兄长您就打我几巴掌，再问几遍，我到时就会醒悟。兄长可以提及我们在洛中居住和游玩宴饮的地方，我就会大彻大悟，醒悟之后我前世的业力就会荡然无存，此生的生活就会平顺无虞。一定要等我清醒后兄长再回去，之后我家会繁荣昌盛，兄长也可以暂时回归您以往的闲适平静了。因为这事兄长会被当作有神力之人，名气会很大，有人请您做大官，您千万不要去，去了命就不长了。此郡北面三十里有个胡村，村前有个门，车辆出入都经过那里，那就是我转世后的家。”说完，哭泣着拜别李沈。

天快亮的时候，李沈拄杖访问，果然有个胡村。到了李擢说的地方，李沈敲门要求在这儿休息一会儿。主人家是个八十来岁的老头儿，拄着拐杖把他请进家中。落座后，李沈看老人神色忧愁，就故意询问，老人说：“客官有所不知，我儿媳已经怀孕五年了，孩子迟迟生不下来，想尽了办法，却一点要生的迹象都没有。”李沈说：“鄙人平时留心道门，会些法术咒语，且让我来看一看为何不生产，兴许有办法。”老人赶紧命人把媳妇叫来，李沈把脉道：“怀的是个男孩，非常聪慧，有异于常人的才能，所以不像平常孩子那样数月就生产了。”这时李沈让他们赶紧准备生产所用的帐子被子床等，又用笔写了个红色的“产”字让妇人吞下，刚吞了男孩就降生了。老人非常高兴，赠给李沈绢素三十匹，李沈收下并说：“这孩子非同寻常，三岁时我还会再来看望。”说完就走了。

三年之后，李沈又去到他家，说：“这孩子如今已经三岁了，我想与他住一晚，给他看看相。”主人很高兴，就把孩子抱给他，李沈等到夜深人静，家人都睡熟，就把孩子抱到远处，喊道：“李擢，现在还认识我吗？”孩子吓哭了，李沈就打了他一巴掌，说：“李擢，你为什么不记得我了？”又打了一巴掌，孩子这时哭得更厉害了。李沈反复问了他好几次，孩子忽然说：“十六兄果然来了？”李沈于是跟他说起洛中的事，孩子于是大笑，说话就像以前的李擢一样：“我都明白了。”李沈于是把他抱回去睡觉。第二天早晨，李沈告诉主人说：“这个孩子能做大官，以后是你们家的贵人，要好好爱护养育。”姓胡的这家人很高兴，又送给李沈五十匹绢帛，李沈收下就与他们告别。

阴官索牛

叶诚者，中牟县梁城乡染人也。妇耿氏，有洞晦之目[1]，常言曰："天下之居者、行者、耕者、桑者、交货者、歌舞者之中，人鬼各半。鬼则自知非人，而人则不识也。"其家有牛骍而角者[2]，夫妇念之可知矣。元和二年秋，忽有二鬼，一若州使，一若地界[3]，入圈视牛，曰："引重致远，毛角筋骨可爱者，吾州无如此牛也。"若地界者曰："何远役追牛？"曰："王之季女适南海君次子，从车五百两，两一牛[4]，皆天下之美俊者。河南道配供十牛，当州唯一，只此牛耳，盍报使乎？"遂去。其妇视牛，则惴惴然喘，汗流若沃水矣。其翁染人也，遽取蓝花涂之。才毕，有军吏紫衣乘马，导从数十骑，笑而入

原篇名《叶氏妇》

[1] 洞，洞悉，看穿；晦，昏暗，不明显，这里指冥界。

[2] 骍（xīng）：毛皮红色的（牛马等）。

[3] 地界：土地神。

[4] 两：通"辆"，量词。

视牛，则异前所报矣。军吏大怒，执地界，将决之，责曰："贵主远嫁，一州择牛，既此牛中，奈何虚妄！"对曰："适与衙官对定，所以驰报。及回失牛，乃本牛主隐匿也。请收牛主问之，牛不远矣。"乃令捉主人来。遂数人登阶，捽其翁以出，其家只见中恶，呼不应矣。长幼绕而呼之，妇独不哭，乃汲水浇牛，蓝色尽，见界吏牵去而翁复来，上阶，乃承呼而起曰："吾为军吏责以隐牛，方欲洗涤，赖新妇自洗，遂得放归。"使视其牛，已死矣。杨曙方宰中牟，闻此说，乃召而问之，一无谬矣。

【译文】

叶诚，是中牟县梁城乡开染坊的匠人。妻子耿氏有一双能看见阴间的眼睛，经常说："这世上定居的人、正在走路的行人、耕地的农人、种桑的人、经商运输的人、歌女舞女，其实人鬼各占一半。鬼当然知道自己不是人，但是人却不知道自己周围谁是鬼。"叶诚家养着一头赤色并且长角的牛，叶氏夫妻讲的话，它好像都能明白。元和二年秋天，忽然来了两鬼，一个像州吏，另一个像土地神，到叶家牛圈看牛，说："这牛能拉东西，毛发顺滑，牛角坚实，形貌讨喜，我们州里应该没有第二头这样好的牛了。"像土地神的说："为什么走这么远来追一头牛呢?”像州吏的说:“大王的小女儿要嫁给南海君的二儿子,配了五百辆车跟随,一辆车就要一头牛来拉,所以这些牛都要选天下最健壮俊美的。河南道被分配任务,要上交十头牛,我们州里要供一头,就选叶家这头了,赶紧去报告吧。”说完两人就走了。

耿氏妇人路过牛圈,发现自家的牛有些不对劲,牛好像很害怕的样子,喘着粗气,身上的汗像泼水一样往下淌。妇人的公公是染匠,见状取染衣服的蓝靛涂在牛身上给牛治病,刚涂完,一个身穿紫袍的军官就乘马而来,带着好几十个随从,笑着进来看牛,但发现牛浑身发蓝,跟此前小吏报告的不一样。军官大怒,抓住土地神,要处罚他,并大声责骂:“你主子的女儿远嫁,一州之内只选一头品相上等的牛,你居然胆大包天,胡乱报告?”土地神回答说:“我刚才与州吏一同看好决定的,所以才赶紧来报告。现在回来那头牛却不见了,肯定是牛主人将他藏起来了。请您把牛主人抓来,牛肯定就在不远的地方藏着。”军官于是命手下将牛主人抓来,好几个鬼登上台阶,揪住叶诚的老爹就走,家里人不知道老翁为什么突然暴病昏迷,叫他也不答应。一家老小都围着公公呼喊大哭,只有他媳妇不哭,只见耿氏提来一桶水,浇在牛身上,冲掉了蓝颜色。接着妇人就看见地府小鬼把牛牵走了,只见老翁的魂魄立马就回来了,魂魄登上台阶,在众人呼唤声中,老翁坐了起来,说:“我被阴间军吏抓去,责问我为何将他们要的牛藏起来,我恍然大悟,刚要洗牛,儿媳就已洗了,所以他们才肯放我回来。”老翁让家人们出去看牛，牛果然已经死了。杨曙当时才任中牟县令没多久，听说了此事，就叫叶诚来一问究竟，和听说的大致不差。

百鬼夜行（真珠庵本）
日本国立历史博物馆藏本

董慎阴间执法

隋大业元年，兖州佐史董慎，性公直，明法理。自都督以下，用法有不直，必起犯颜而谏之。虽加诮责，亦不惧，必俟刑正而后退。尝因事暇偶归家，出州门，逢一黄衣使者曰："太山府君呼君为录事[1]，知之乎？"因出怀中牒示慎。牒曰："董慎名称茂实[2]，案牍精练，将分疑狱，必俟良能，权差知右曹录事者。"印处分明，及后署曰倨。慎谓使者曰："府君呼我，岂有不行，然不识府君名谓何？"使者曰："录事勿言，到府即知矣。"因持大布囊，内慎于中，负之趋出兖州郭，致囊于路左，汲水调泥，封慎两目。

慎目既无所睹，都不知经过远近，忽闻大唱曰："范慎追董慎到。"使者曰："诺。"趋入。府君曰："所追录事，今复何在？"

原篇名《董慎》

[1] 太山府君：泰山府君，民间信仰中的东岳大帝，主掌人间生死；录事：古代政府中记录、缮写的官吏，掌总录文簿。

[2] 茂实：茂盛而丰实。引申为享有盛美的德业。

使者曰："冥司幽秘，恐或漏泄，向请左曹匿影布囊盛之。"府君大笑曰："使一范慎追一董慎，取左曹布囊盛一右曹录事，可谓能防慎矣。"便令写出，抉去目泥，便赐青缣衣、鱼须笏、豹皮靴，文甚斑驳[1]，邀登副阶，命左右取榻令坐，曰："藉君公正，故有是请。今有闽州司马令狐寔等六人，置无间狱，承天曹符，以寔是太元夫人三等亲，准令式递减三等。昨罪人程翥一百二十人引例[2]，喧讼纷纭，不可止遏。已具名申天曹。天曹以为罚疑唯轻，亦令量减二等。余恐后人引例多矣，君谓宜如何？"慎曰："夫水照妍蚩而人不怒者，以其至清无情，况于天地刑法，岂宜恩贷奸慝[3]。然慎一胥吏尔，素无文字，虽知不可，终语无条贯。常州府秀才张审通，辞彩隽拔，足得备君管记。"府君令帖召。

俄顷审通至，曰："此易耳，君当判以状申。"府君曰："尹善为我辞。"即补充左曹录事，仍赐衣服如董慎，各给一玄狐，每出即乘之。审通判曰："天本无私，法宜画一，苟从恩贷，是恣奸行。令狐寔前命减刑，已同私请；程翥后申簿诉，且异罪

[1] 文甚斑驳：花纹、色彩多样。
[2] 引例：引用已有的判决案例。
[3] 奸慝（tè）：奸恶的人。

疑。倘开递减之科，实失公家之论。请依前付无间狱，仍录状申天曹者。”即有黄衫人持状而往。少顷，复持天符曰：“所申文状，多起异端。奉主之宜，但合遵守。《周礼》八议[1]，一曰‘议亲’，又《元化匮》中《释冲符》，亦曰‘无不亲’。是则典章昭然，有何不可。岂可使太元功德，不能庇三等之亲。仍敢愆违[2]，须有惩谪。府君可罚不紫衣六十甲子[3]，余依前处分者。”府君大怒审通曰：“君为判辞，使我受谴。”即命左右取方寸肉塞却一耳，遂无闻。审通诉曰：“乞更为判申，不允，则甘罪再罚。”府君曰：“君为我去罪，即更与君一耳。”审通又判曰：“天大地大，本以无亲；若使奉主，何由得一？苟欲因情变法，实将生伪丧真。太古以前，人犹至朴；中古之降，方闻各亲。岂可合太古育物之心，生仲尼观蜡之叹[4]。无不亲，是非公也，何必引之。请宽逆耳之辜，敢荐沃心之药。庶其阅实，用得平均。令狐寔等并请依正法。仍录状申天曹者。”黄

[1] 八议：古代根据身份等级和社会关系而定的减轻刑责的八种条件，包括议亲、议故、议贤、议能、议功、议贵、议勤、议宾。

[2] 愆违（qiān wéi）：过失，失时。

[3] 不紫衣：不穿紫色官服，意免职。

[4] 仲尼观蜡之叹：语出《礼记》，孔子参加蜡祭，而后感叹没有生在三代，无由见到大同社会。

衣人又持往，须臾又有天符来曰："再省所申，甚为允当。府君可加六天副正使，令狐寔、程翥等并正法处置者。"府君悦，即谓审通曰："非君不可以正此狱。"因命左右割下耳中肉，令一小儿擘之为一耳，安于审通额上，曰："塞君一耳，与君三耳，何如？"又谓慎曰："甚赖君荐贤以成我美，然不可久留君，当寿一周年相报耳。君兼本寿，得二十一年矣。"即促送归家。

使者复以泥封二人，布囊各送至宅，欻如写出[1]，而顾问妻子，妻子云："君亡精魂已十余日矣。"慎自此果二十一年而卒。审通数日额角痒，遂踊出一耳，通前二耳，而踊出者尤聪。时人笑曰："天有九头鸟，地有三耳秀才。"亦呼为鸡冠秀才者。慎初见府君称邻，后方知倨乃邻字也。

【译文】

隋大业元年，兖州佐使董慎为官公正直爽，深明各种律法，自都督以下的官员，执法有不公正的，都会不顾情面直言进谏，即便遇上长官的责骂也无所畏惧，必须要等到做出公正的判处后才会退下。曾经因为公务清闲，偶然请假归家，出了州城大门，遇到一黄衣使者迎面走来，对他说道："泰山府君

[1] 写出："写"通"泻"，倒出。

召大人为录事，大人知道吗?”说着黄衣使者从怀中掏出官府文牒请董慎查核。董慎看官府文牒上写着：“董慎为官业绩突出，声名远播，断案文牍书写精炼，想要解决疑案，平定冤狱，必须要依靠他的良知和才干，暂且任命他为右曹录事。”印章处十分清晰，其后署名“倨”。董慎对使者说：“泰山府君有命，下官岂敢不去，但是不知道府君的名讳?”使者说道：“大人不必多问了，到了官府就知道了。”黄衣使者说罢拿出一个大布袋，将董慎装在袋中，背负着布袋快步走出了兖州外城，步出外城之后，把布袋放在道旁，取水和着泥土，将董慎的双眼封住。董慎满眼漆黑，不知走了多少的路程，忽然听到有人高呼：“范慎大人征召的董慎大人到了吗?”使者回道：“是!”快步地进入了府院。

泰山府君对使者说到：“召的录事何在?”使者回道：“阴间官府幽深神秘，害怕我们的所在被阳间来的录事所知泄露出去，于是借了左曹录事的匿影布袋将他装来了。”泰山府君大笑道：“范慎征召董慎，用左曹录事的布袋装右曹录事，可谓防范非常慎重啊!”命人将董慎从布袋中取出，将封住眼睛的泥巴除掉，赐给董慎青缣衫、鱼须笏、豹皮靴，上有繁复的花纹，泰山府君请董慎登上回廊，让身边的人搬来坐榻请董慎坐下，说道：“由于您为官公正，所以请您来此公干。现在有闽州司马令狐寔等六人，被发配到无间地狱。我们接到天曹的旨意，因为令狐寔是太元夫人三等亲戚，准予罪减三等。昨日犯人程翥等一百二十人以此案件为例，诉讼喧闹，不可遏制。他们已经联名向天曹申诉。天曹认为对于存疑的案件犯人的处置应从轻发落，也令减罪二等，我担心之后阴间判官多以此为例进行判罚，您认为该如何处置？”董慎回道：“水可以照出人的美丑而人不会以此发怒，是因为水很清澈而且不讲私情，更何况刑法作为天地间的大事，怎能用以施恩宽恕那些有罪之人？但是我董慎只是一名小吏，文才浅薄，虽然知道这样徇私枉法是不可为的，但是无法有条理地说出来。常州府有一名叫张审通的秀才，文笔极好，完全能胜任为大人您写作、整理文书的工作。”泰山府君听闻后，下帖令官吏前去召见。

一会儿张审通就到了，听闻召见的缘故之后，说到：“这很容易，我为大人重新写文书以禀告天曹。”泰山府君说道：“请好好帮我撰写文书。”随后补录张审通为左曹录事，赐给其和董慎一样的官服，并各赐一只黑狐坐骑，外出可以乘坐。张审通在文书上写到：“上天不徇私情，执法应该一视同仁，如果因贵戚关系宽宥罪犯，实为纵容恶行。之前给令狐寔减刑，已经是徇了私情。犯人程翥后又组织狱囚联名上书申诉要求减刑，这与疑罪减刑已是不同，倘若准许，开了减轻刑责的先科，这实在是失去了官府公正执法的威严。请依照之前的判罚将程翥等人关押到无间地狱，将其诉状依旧报给天曹。”写罢，一名黄衫使者持文书送往天庭。过了一会儿，这名黄衫使者拿着天符回来了，天符上写着：“所申报的文状，文辞间异端颇多。侍奉上级之谊，在于遵守旨意。《周礼》在酌情量刑的规则上有八议，首条即是‘议亲’，《元化匮》中《释冲符》也写道‘无不亲’。这些典章写得清清楚楚，给皇亲国戚减刑又有何不可？怎能让太元夫人的无上功德，连三等亲人都庇护不了？阁下却依旧敷衍违抗，须加以惩罚贬谪。府君免官六十年，其余依照上次处置。”府君为此大怒，对张审通说：“你写的文状，害得我遭受责罚。”立即下令左右侍从取来一块小肉，塞住了张审通一只耳朵，张审通这只耳朵就听不见了。

张审通对府君告饶道：“请大人允许我再作一纸判词，如果天曹还不满意，我就甘愿领罪，再受责罚。”府君大喜道：“您要是能让我洗脱罪责，我就再送您一只耳朵。”张审通又在判书上写道：“天地广袤，是因为无亲族之私。如果有了亲疏之别，又怎么能够公正无私？如果为了私情而更改律法，这将使奸滑作伪之事滋生而失去法律的公正。太古时代时，人心尚十分质朴；中古时代以后，才听说有了亲疏之别。怎么能舍弃太古时代养育万物、公正无私的大道之心，从而生出了孔圣人观看蜡祭，叹息未能再见到远古时代盛世场景的叹息呢？没有人不讲究亲疏，这句话是不公正的，大人为什么要引用它呢？请大人宽恕我逆耳忠言的罪过，冒昧地向您提出公正判罚的建议，希望大人审查核实，执法过程中没有偏私，对令狐寔等人统一量刑，依律惩处。仍旧誊写文状申报天曹。”黄衫使者又将文状送往天庭复命。不一会儿黄衫使者手持天符前来说道：“天曹再次审读了大人申报的文状，措辞十分稳当可行，特升任府君为六天副正使。令狐寔、程翥依律正法处置。”府君受到嘉奖后大悦，对张审通说到：“没有先生您是不可能纠正此案的。”于是下令侍从割下耳朵里的肉，让一小儿把割下的耳中肉揉成一个耳朵，放在张审通的额头边上，对张审通笑道：“之前堵塞了先生一只耳朵，现在送您第三只耳朵，如何？”又对董慎说到：“全靠使君推荐贤德才成全了我的美事，但是不能让您在此间久留，我为您再增添一年阳寿作为回报。加上本来享有的阳寿，使君还可以在阳间活二十一年。”说完就催促手下送二人还家。

使者再次用稀泥将二人的眼睛封住，用布袋装着将二人各送回其家，并迅速地将二人从布袋中放出。董慎向妻子询问发生了何事，妻子回答道：“夫君失去魂魄已经有十余日了。”董慎此后果然又活了二十一年后去世。张审通返阳数日后额角奇痒无比，随即冒出了一只耳朵，这只耳朵与左右耳相通，且听力更为敏锐。当时人开玩笑说：“天上有九头鸟，地上有三只耳朵的秀才。”又称呼他为鸡冠秀才。董慎初见府君时，听闻府君自称为邻，后面才知道㑆就是邻字。

宝应象棋

汝南岑顺，字孝伯，少好学有文，老大尤精武略。旅于陕州，贫无第宅。其外族吕氏有山宅[1]，将废之，顺请居焉。人有劝者，顺曰："天命有常，何所惧耳!"卒居之。后岁余，顺常独坐书阁下，虽家人莫得入。夜中闻鼓鼙之声[2]，不知所来。及出户，则无闻，而独喜，自负之，以为石勒之祥也[3]。祝之曰："此必阴兵助我，若然，当示我以富贵期。"数夕后，梦一人被甲胄前报曰："金象将军使我语岑君，军城夜警，有喧诤者，蒙君见嘉，敢不敬命。君甚有厚禄，幸自爱也。既负壮志，能猥顾小国乎？今敌国犯垒，侧席委贤[4]，钦味芳声，愿执旌钺。"顺谢曰："将军天质英明，师贞以律，

原篇名《岑顺》

[1] 外族：母家或妻家的亲族。

[2] 鼓鼙（pí）：大鼓和小鼓，古代军中用来发号进攻。

[3] 石勒（274—333)：羯族人，十六国时期后赵开国皇帝，战功赫赫。

[4] 侧席：空出席位，等待贤明之士，喻求贤若渴。

猥烦德音，屈顾疵贱。然犬马之志，惟欲用之。”使者复命。顺忽然而寤，恍若自失，坐而思梦之征。

俄然鼓角四起，声愈振厉。顺整巾下床，再拜祝之。须臾，户牖风生，帷帘飞扬，灯下忽有数百铁骑，飞驰左右，悉高数寸，而被坚执锐，星散遍地。倏闪之间，云阵四合。顺惊骇，定神气以观之。须臾，有卒赍书云：“将军传檄。”顺受之，云：“地连獯虏，戎马不息，向数十年。将老兵穷，姿霜卧甲，天设劲敌，势不可止。明公养素畜德，进业及时，屡承嘉音，愿托神契。然明公阳官，固当享大禄于圣世，今小国安敢望之。缘天那国北山贼合从，克日会战，事图子夜，否灭未期，良用惶骇。”顺谢之，室中益烛，坐观其变。夜半后，鼓角四发。先是东面壁下有鼠穴，化为城门，垒堞崔嵬[1]，三奏金革，四门出兵，连旗万计，风驰云走，两皆列阵。其东壁下是天那军，西壁下金象军。部后各定，军师进曰：“天马斜飞度三止，上将横行系四方。辎车直入无回翔，六甲次第不乖行。”

王曰：“善。”于是鼓之，两军俱有一马，斜去三尺，止。又鼓之，各有一步卒，横行一尺。又鼓之，车进。如是鼓渐急

[1] 崔嵬：高峻貌。

而各出物包，矢石乱交。须臾之间，天那军大败奔溃，杀伤涂地。王单马南驰，数百人投西南隅，仅而免焉。先是西南有药臼，王栖臼中，化为城堡。金象军大振，收其甲卒，舆尸横地。顺俯伏观之，于时一骑至禁，颁曰："阴阳有厝，得之者昌。亭亭天威，风驱电激，一阵而胜，明公以为何如？"顺曰："将军英贯白日，乘天用时，窃窥神化灵文，不胜庆快。"如是数日会战，胜败不常。王神貌伟然，雄姿罕俦。宴馔珍筵，与顺致宝贝明珠珠玑无限。顺遂荣于其中，所欲皆备焉。后遂与亲朋稍绝，闲间不出。

家人异之，莫究其由。而顺颜色憔悴，为鬼气所中。亲戚共意有异，诘之不言。因饮以醇醪，醉而究，泄之。其亲人潜备锹锸[1]，因顺如厕而隔之。荷锸乱作，以掘室内八九尺，忽坎陷，是古墓也。墓有砖堂，其盟器悉多[2]，甲胄数百，前有金床戏局，列马满枰[3]，皆以金铜成形，其干戈之事备矣。乃悟军师之词，乃象戏行马之势也[4]。既而焚之，遂平

[1] 锸（chā）：铁锹，掘土器具。
[2] 盟器：即明器，古代随葬品的统称。
[3] 枰（píng）：棋盘。
[4] 象戏：象棋。

其地。多得宝贝，皆墓内所畜者。顺阅之，恍然而醒，乃大吐。自此充悦，宅亦不复凶矣。时宝应元年也。

【译文】

汝南人岑顺，字孝伯，年幼时便勤奋好学，颇有文才，及至年长，对于兵家战略也尤为精通。曾经在陕州客居，贫穷没有宅院居住。娘家的亲戚吕氏在山上有一座宅院，将要废弃，岑顺请求在此居住，有人劝他说此地常有怪异之事，岑顺回道："万事都是命中注定，有什么可怕的呢？"于是在山野的这座宅院中居住。

岑顺在此住了一年有余，常常独自坐在书阁里，即便是家人也不让进去。在夜间忽然听到交战击鼓的声音，不知道从何而来，等出了门去张望，交战的声音就听不到了，岑顺以此暗中高兴，颇为自负，认为自己也像十六国时期的石勒一样遇到了将要发迹的祥瑞之兆。于是祷告说道："这一定是阴间的军队在帮助我，如果真的是这样，请把我将要发迹的日期告诉我。"过了几夜，他梦到一名军人披着甲胄前来说："金象将军让我来转告岑先生，我们军队守城，夜晚传来警报，有喧闹争嚷之声，得到您的赞许，怎敢不敬奉您的心意，您命中有高官厚禄，希望您努力自爱。您既然胸怀壮志，能够屈尊帮助我们小国吗？现在敌国兵临城下，我们正留着统帅的席位等待贤明来担任，听闻您的威名，希望能来主持军国大计。"岑顺谢道：

“金将军英明天纵，统率军队纪律严明，劳烦他这样德高望重的人来屈尊看顾我这样卑微的人。我久有效犬马之劳的志向，这一次能够有机会为将军效力了。”使者遂回去复命。岑顺突然醒了过来，神情恍惚茫然若失，坐着思考梦里的预兆。

忽然鼓声四起，声音越来越大。岑顺整理头巾下了床，对空下拜祷告，不一会儿，风从窗户中吹来，窗帘随风而动，烛火下突然有数百名骑兵从左右飞奔而来，这些骑兵身高只有数寸，但是都身披铠甲，手执锐利武器，如群星一样散落在地上。一瞬间，这些军队又四面合围，岑顺为此感到非常惊骇，凝神屏气仔细观察。不到一会儿，就有一名小卒送来书信说：“将军传下作战檄文。”岑顺接过，檄文上书：“我们国家和少数民族毗邻，长期爆发战争，已经持续数十年了。将领年老，兵士穷困，但是他们都枕戈待旦，以迎强敌。北方的少数民族是上天安排的劲敌，势不可挡。先生您学问、道德高深，文武上的学业进展迅速，我屡次听到您的嘉音，希望有幸与您神交，但是先生您是阳间的官员，当在圣世享有高官厚禄，我们小国怎敢奢望您来帮助我们。由于天那国和北山贼联合，马上就要进行会战了，会在子夜时开始，胜负尚未可知，但先生用不着惶恐。”岑顺拜谢，此时房屋内的烛火愈加明亮，岑顺坐着观看两军的战事。半夜后，战鼓声从四处传来，先是在房屋东壁下有一个老鼠洞，此时变成了城门，城门防御设施森严，交战的鼓声敲响了三次之后，四门出兵，兵士挥舞着旗帜达数万之众，迅速向前行军，东西两边都排列好了兵阵。在东面墙壁下列阵的是天那军，在西面墙壁下列阵的是金象军。列兵布阵完成后，天那军的军师进言："天马斜飞度三止，上将横行系四方。辎车直入无回翔，六甲次第不乖行。"

天那国国君说："好。"于是双方击鼓，两边都有一匹战马，向前斜行三尺，而后停止。又再次擂鼓，双方各有一名步卒，横行一尺。再鼓，战车前进。此后双方鼓声越来越急，双方各自将装有东西的包扔出，弓箭炮石混杂，相互攻击，很快，天那军就大败溃退，横尸遍野。天那国君主孤身一人骑着马向南奔逃，手下数百人向西南方向逃窜，才得幸免。此前房屋的西南方有捣药的药臼，天那国国君逃跑后住在其中，就变成了一座城堡，金象军此时声势大振，战后集合兵士，地方满是毁坏的车辆和尸体。岑顺俯首观察，此时一名骑兵到了禁地，宣读公文说："阴阳生杀都有其规律，守道而行者昌。天威赫赫，风驰电掣之间，战争就胜利了，先生认为如何呢？"岑顺说道："将军的英明神勇与太阳并肩，能顺应天时而使用，能窥见神明化生的道理，我对此不胜庆幸愉悦。"此后数日这样的会战，双方互有胜负。国王相貌伟然，雄姿无双，请岑顺宴会上吃的都是山珍海味，赠给岑顺无数的宝贝，包括明珠、珠玑等等，岑顺因为对他们事务的参与而荣华富贵起来，自己想要的东西都很充分。随后与亲戚、朋友之间的往来也逐渐断绝，闲居其间不再出门。

家人为此感到很惊异，不知道是什么原因导致的。此后岑顺的面色憔悴，像是被鬼气所缠绕，亲戚都看出其中有异，岑顺被质问后也不说明缘由。于是亲戚们设法请岑顺痛饮美酒，趁醉盘问，岑顺在醉梦中把遭遇的事情说了出来。他的亲戚们悄悄地备好了铁锹，趁岑顺上厕所的间隙阻隔了他一段时间。亲戚们用器具一阵强挖，将岑顺居住房间的地面挖出了八九尺的深坑，忽然地面出现了塌陷，原来底下是一座古墓。古墓内有砖瓦砌的堂屋，随葬的物品很多，有盔甲数百副，古墓前面有金床和棋局，棋盘上满满地全部排列着马，这些棋子都由金铜做成，各类行军打仗的器物都做到了棋盘上。于是明白了军师所说的行军布阵之辞，乃是象棋中行马的步骤。他们将古墓烧毁，踏平了土地，并在古墓内得到了很多储藏已久的宝贝。岑顺看到了这些，才恍然而醒，突然呕吐了起来。自此之后神采奕奕，宅院也不再闹鬼。这件事情发生在唐肃宗宝应元年。

卷四
妖物作祟
人心惊悚

郭代公斩猪妖

代国公郭元振[1]，开元中下第，自晋之汾，夜行阴晦失道。久而绝远有灯火之光，以为人居也，迳往投之。八九里有宅，门宇甚峻。既入门，廊下及堂下灯烛辉煌，牢馔罗列[2]，若嫁女之家，而悄无人。公系马西廊前，历阶而升，徘徊堂上，不知其何处也。俄闻堂中东阁有女子哭声，呜咽不已。公问曰："堂中泣者，人耶，鬼耶？何陈设如此，无人而独泣？"曰："妾此乡之祠有乌将军者，能祸福人，每岁求偶于乡人，乡人必择处女之美者而嫁焉。妾虽陋拙，父利乡人之五百缗，潜以应选。今夕，乡人之女并为游宴者，到是，醉妾此室，共锁而去，以适于将军者也。今父母弃之，就死而已，惴惴哀惧。君诚人耶，能相救免，毕身为扫除之妇，以奉指使。"公大愤

原篇名《郭代公》

[1] 郭元振（656—713）：唐朝时期宰相兼名将，受封代国公，故称郭代公。

[2] 牢馔：酒食。

曰:“其来当何时?”曰:“二更。”公曰:“吾忝为大丈夫也,必力救之。如不得,当杀身以徇汝,终不使汝枉死于淫鬼之手也。”女泣少止。

于是坐于西阶上,移其马于堂北,令一仆侍立于前,若为宾而待之。未几,火光照耀,车马骈阗[1],二紫衣吏入而复走出,曰:“相公在此[2]。”逡巡,二黄衣吏入而出,亦曰:“相公在此。”公私心独喜:“吾当为宰相,必胜此鬼矣。”

既而将军渐下,导吏复告之。将军曰:“入。”有戈剑弓矢翼引以入,即东阶下,公使仆前曰:“郭秀才见。”遂行揖。将军曰:“秀才安得到此?”曰:“闻将军今夕嘉礼,愿为小相耳。”将军者喜而延坐,与对食,言笑极欢。公于囊中有利刀,思取刺之,乃问曰:“将军曾食鹿腊乎?”曰:“此地难遇。”公曰:“某有少须珍者,得自御厨,愿削以献。”将军者大悦。公乃起,取鹿腊并小刀,因削之,置一小器,令自取。将军喜,引手取之,不疑其他。公伺其无机,乃投其脯,捉其腕而断之。将军失声而走,导从之吏一时惊散。公执其手,脱衣缠之,令仆夫出望之,寂无所见,乃启门谓泣者曰:“将军之腕已在于此矣,

[1] 骈阗(pián tián):聚集一起。
[2] 相公:这里指对宰相的尊称。

寻其血踪，死亦不久。汝既获免，可出就食。”泣者乃出，年可十七八，而甚佳丽，拜于公前，曰：“誓为仆妾。”公勉谕焉。天方曙，开视其手，则猪蹄也。

俄闻哭泣之声渐近，乃女之父母兄弟及乡中耆老，相与舁榇而来[1]，将收其尸以备殡殓。见公及女，乃生人也。咸惊以问之，公具告焉。乡老共怒残其神，曰：“乌将军，此乡镇神，乡人奉之久矣，岁配以女，才无他虞。此礼少迟，即风雨雷雹为虐。奈何失路之客，而伤我明神，致暴于人，此乡何负？当杀公以祭乌将军，不尔，亦缚送本县。”挥少年将令执公，公谕之曰：“尔徒老于年，未老于事。我天下之达理者，尔众听吾言。夫神，承天而为镇也，不若诸侯受命于天子而疆理天下乎？”曰：“然。”公曰：“使诸侯渔色于中国，天子不怒乎？残虐于人，天子不伐乎？诚使尔呼将军者，真神明也，神固无猪蹄，天岂使淫妖之兽乎？且淫妖之兽，天地之罪畜也，吾执正以诛之，岂不可乎！尔曹无正人[2]，使尔少女年年横死于妖畜，积罪动天。安知天不使吾雪焉？从吾言，当为尔除之，永无聘礼之患，如何？”乡人悟而喜曰：“愿从命。”公乃令数百

[1] 舁（yú）：用手抬。

[2] 尔曹：你们。

人，执弓矢刀枪锹镢之属，环而自随，寻血而行。才二十里，血入大冢穴中。因围而斸之[1]，应手渐大如瓮口，公令束薪燃火投入照之。其中若大室，见一大猪，无前左蹄，血卧其地，突烟走出，毙于围中。

乡人翻共相庆，会钱以酬公。公不受，曰："吾为人除害，非鬻猎者。"得免之女辞其父母亲族曰："多幸为人，托质血属，闺闱未出，固无可杀之罪。今者贪钱五十万，以嫁妖兽，忍锁而去，岂人所宜！若非郭公之仁勇，宁有今日？是妾死于父母而生于郭公也。请从郭公，不复以旧乡为念矣。"泣拜而从公，公多歧援谕止之，不获，遂纳为侧室，生子数人。公之贵也，皆任大官之位。

【译文】

代国公郭元振，在开元年间参加科举考试，没有考中，从晋州去汾州，夜里行路，因为天太黑看不清而迷了路，走了很久，远远望见前面某处有灯火的光亮，认为那里有人家，径直走过去，准备投宿。走了八九里，看见一座宅第，府第高大。走进门去，只见廊下和厅堂下灯火辉煌，桌上摆满了酒食，像

[1] 斸（zhú）：挖。

是准备嫁女儿的人家，但房子里却不见一个人。郭元振把马系在西廊的前边，走上台阶，在堂上来回闲逛，想看看是什么地方。不一会，就听到堂中东边的厢房有女子哭泣之声，低声哭个不停。郭元振问道："堂中是谁在哭泣，是人是鬼？家中为何这般摆设却不见人影，你又为何独自哭泣？"女子回答说："这是乡里的祠庙，供奉的是乌将军，能赐人祸福，他每年都向乡里人要配偶，乡里人一定要挑选一位没有出嫁，又生得俊美的年轻姑娘嫁给他。我虽然不算好看，但父亲贪图乡里人给的五十万钱聘礼，偷偷替我报名应选。今晚，乡里的女孩子们都来游乐宴饮，她们到这儿来把我灌醉了，就锁门离开，乡里要把我嫁给乌将军。现在父母抛下我，我只能在此等死，我又伤心又害怕。您是活人吗？能不能救救妾身，妾身愿做您的奴婢，任您使唤。"郭元振听了气愤不已，问："乌将军什么时候来？"那女子回答说："二更时分。"郭元振说："如果不救你，枉为男子汉，我一定尽力救你，如果救不了你，就赔你一命，绝不会让你含冤死在这淫鬼之手。"女子的哭泣才稍稍停止。

就这样，郭元振在西边的台阶上坐了下来，把马牵到厅堂的北边拴着，叫仆人在前面看马，假装是来这儿的宾客，等待着乌将军到来。没多久，远处好像有火光，车马也接连不断到来，两个穿着紫色衣服的小吏走了进来，又跑了出去，报告说："宰相在这祠庙里。"不一会儿，两个穿着黄袍的小吏走进来，又走出去，也报告说："宰相在这祠庙里。"郭元振心中暗喜，心想我将来居然官居宰相，那么今天一定能战胜此鬼了。

随后乌将军渐渐走近，在前面引路的小吏又报告说祠庙里有人，将军说："进去。"士兵手拿戈、剑、弓、矢从一侧护卫着乌将军走了进来，走到了东边的台阶下。郭元振叫仆人前去叩见说："郭秀才求见。"彼此作揖行礼。乌将军问："秀才你到这儿来干什么？"郭元振说："听说将军今晚大婚，我希望能来做个小小的司礼官。"将军听了很高兴，邀请他落座，并请他吃东西，谈笑间十分愉快。郭元振的袋子里有把锋利的刀，想用它刺杀乌将军，于是佯装问道："将军吃过鹿腊肉吗？"乌将军说："我们这地方很少有这东西。"郭元振说："我有一些珍藏的风干鹿肉，是从皇帝的御膳房里得来的，我想切一点献给您。"将军听了非常高兴，郭元振便站起来，取出风干的鹿肉和小刀，把肉一块块切开，放在一个小盘子里，请将军自己抓着吃。将军很高兴，伸手去拿，没有一丝怀疑。郭元振乘他没有警觉，把鹿肉干一下子扔掉，抓住将军的手腕，用力砍了下来。将军大叫一声然后逃跑，将军身旁的小官员们四散惊逃。郭元振拿着被砍下来的手腕，脱下衣服把它包起来，叫仆人出门去看还有谁没逃走，只见门外一片寂静，什么也没有。郭元振于是打开房门，对那位哭泣的女子说："乌将军的手在这里，我们寻着血迹找他，不久就可以将他杀死。你已经得救了，可以出来吃些东西。"姑娘哭泣着走出房来，大约十七八岁，生得非常漂亮。姑娘在郭元振面前拜了几拜，说："感谢恩公相救，我一定要做您的婢妾。"郭元振安慰了她几句。天慢慢亮了起来，郭元振打开包裹查看那只被砍下的手腕，原来是只猪蹄。

不一会，郭元振听到很多人哭哭啼啼的声音，越来越近，原来是这女子的父母兄弟和乡里的父老乡亲，他们抬着棺材走来，准备给女子收尸下葬。看见郭元振和女子都活着，他们惊诧不已，问是什么情况，郭元振把事情的经过告诉了他们。乡亲们都为郭元振伤害了他们所尊奉的神灵而大怒，他们说："乌将军镇守本乡，乡里人供奉他很久了，每年许配一位姑娘给他，本乡才会平安无事。如果婚礼办得稍微迟了点，便会有狂风暴雨、雷电冰雹。你只是个迷路的过客，为何多管闲事伤害我们尊奉的神灵？我们会受到神灵惩处的，我们这个地方有什么对不起你的！杀了你来给乌将军赔罪吧，不这么办，也得把你捆绑起来送到县里去治罪。"于是指挥年轻人要把郭元振捆起来。

郭元振向他们解释说："你们白活了这么大把年纪，一点不聪明。我是通晓事理的人，你们听我说。神灵也是承受天命而镇守一方的，不正像各方诸侯受命于天子而治理天下的封地吗？"大家说："此话有理。"郭元振又说："假如诸侯在他的封地内贪好女色，天子不会发怒吗？随意残害虐待子民，天子不讨伐他吗？如果你们所谓的将军他真的是神灵的话，应该不会长猪蹄吧，老天爷难道会派一个淫荡的妖兽来镇守一方吗？淫荡的妖兽之类是天地间罪行深重的畜牲，我将他就地正法，难道不对吗？你们中没有正直的人，才会使你们乡中每年都有姑娘横死在妖畜手下。你们所积累的罪孽已经触怒了老天爷，你们怎么知道我不是老天爷派来替这些姑娘们洗刷冤屈的呢？听我的话，我当为你们斩除这妖孽，这样你们乡就永远不会有含冤嫁给妖孽的女子了，怎么样?”乡人们听了这般游说，忽然醒悟过来，高兴地说：“我们愿意听从您。”于是郭元振让乡里几百人拿起弓箭、刀枪、铁锹之类的武器跟着自己，寻找地上的血迹。走了二十里，众人看见血迹进了一座大坟里，于是大家顺着血迹挖，渐渐挖出了个瓮口般大的洞，郭元振叫人捆了柴，用火点着，丢进洞里照明。只见洞里像个大房间，一只大猪血淋淋地躺在地上，猪的左蹄已经没有了，猪看见周围都着了火，连忙爬起准备冲出烟火逃出山洞，但被众人围住杀死。

乡人转而一起相互庆贺，办了一桌酒席来酬谢郭元振。郭元振不接受，说：“我为民除害，不是打野猪的猎人。”免于一死的姑娘辞别父母和亲族说：“投胎成人是我的幸运，感谢父母生养，从未出过闺房，我平素没犯过什么滔天大罪，但如今父母却贪图五十万钱，将我嫁给妖兽，忍心将我锁在房中就走了，这是人能做出来的事吗！如果不是郭公大仁大义，我不会有今天。我被父母置于死地，却从郭公那里重获新生。请让我跟着郭公去吧，我不想再留在此地。”于是流着眼泪拜别了父母和亲朋，而跟从郭公，郭元振好说歹说劝她都阻止不了，只能让她跟着自己，娶这姑娘作了侧室，生了好几个儿子。郭元振后来飞黄腾达，一直担任高官。

布袋妖

周静帝初[1]，居延部落主勃都骨低[2]，富虐凌暴，奢逸好乐，居处甚盛。忽有人数十至门，一人先投刺曰[3]:“省名部落主成多受。”因趋入。骨低问曰:“何故省名部落?”多受曰:“某等数人各殊，名字皆不别造。有姓马者，姓皮者，姓鹿者，姓熊者，姓獐者，姓卫者，姓班者，然皆名受。唯某帅名多受耳。”骨低曰：“君等悉似伶官，不知有何所解?”多受曰：“晓弄碗珠。性不爱俗，言皆经义。”骨低大喜曰:“目所未睹。”有一优即前曰:“某等肚饥，臈臈怡怡，皮漫绕身三匝，主人食若不充，开口终当不合。”骨低甚惊，命加食。一人曰：“某请弄‘大小相成，终始相生’。”于是长人吞短人，肥人吞瘦人，

原篇名《周静帝》

[1] 周静帝（573—581）：北周末代皇帝。

[2] 居延：汉初匈奴地名，后来指居延泽附近一带，为当时河西地区与漠北往来要道。

[3] 投刺：投递名帖以求见。

相吞残两人，其一人。长者又曰：“请作‘终始相生’耳。”遂吐下一人，吐者又吐一人，递相吐出，人数复足。骨低甚惊，因重锡赍遣之[1]。明日又至，戏弄如初。

连翩半月，骨低颇烦，不能设食。诸伶皆怒曰：“主人当以某等为幻术，请借郎君娘子试之。”于是持骨低儿女弟妹甥侄妻妾等，吞之于腹中，皆啼呼请命，骨低惶怖，降阶顿首，哀乞亲属。伶者皆笑曰：“此无伤，不足忧。”即吐出之，亲属完全如初。骨低深怒，欲伺隙杀之。因令密访诸伶，果于一厅宅基而灭。骨低闻而令掘之，深数尺，得瓦砾，瓦砾之下得一大木槛，槛中有皮袋数十。槛旁有谷麦，触即为灰。槛中得竹简书，文字磨灭不可识，唯隐隐似有三数字，若是“陵”字。骨低知诸袋为怪，欲举出焚之，诸袋因号呼槛中曰：“某等无命，寻合化灭，缘李都尉李少卿留水银在此，故得且存。某等即李都尉李少卿般粮袋[2]，屋崩平压，因至时绵历岁月，今已有命，见为居延山神收作伶人，伏乞存情于神，不相残毁。自尔不敢复扰高居矣。”骨低利其水银，尽焚诸袋，无不为冤楚声，血流漂洒。焚讫，骨低房廊户牖悉为冤痛之音，如焚袋时，经

[1] 锡：通“赐”；赍（jī）：把东西送给别人。
[2] 般：通“搬”。

旬月余日不止。其年骨低举家病死，死者相继，周岁，无复孑遗[1]。其水银后亦失所在也。

【译文】

周静帝初年，居延部落主勃都骨低，暴虐专横，骄奢淫逸，他居住的地方富丽堂皇。某天，忽然有几十人来到门外，一个人先投递名帖说："鄙人是省名部落主成多受。"勃都骨低请他们进来，问："省名部落是什么部落？"多受说："我们这些人各不一样，但都没有取什么特别复杂的名字，有姓马的、姓皮的、姓熊的、姓獐的、姓卫的、姓班的，他们名字都叫'受'，只有我叫'多受'。"骨低说："我看你们像是乐官伶人，不知都会些什么？"多受说："会玩弄盘碗之戏，我们都不喜欢俗人那一套，表演说的都是符合经义的话。"骨低大喜说："这都是我从没见过的。"有一个伶人上前说："我们饿了，肚子都开始叫唤，肚皮松得能绕身子三圈。您如果不让我们饱餐一顿，我们表演起来也不会尽兴，到时惹您不高兴。"骨低很吃惊，命令端上来很多饭菜，一个人说："请让我为您表演'大小相成，终始相生'这段戏法。"只见一个高个子吞了矮个子，胖人吞了瘦人，高个子又把那胖人吞了，最后只剩了一个人。那高个子说："请让我为您表演'终始相生'。"于是开始吐人，

[1] 孑（jié）遗：遗留，残。

被吐出的人又开始吐人，互相吐出，最后人数变回原来。骨低惊讶连连，于是用重金赏赐他们。第二天这群人又来了，像昨天一样表演给骨低看。

一连半个月这戏班子都来骨低这儿表演，骨低慢慢开始厌烦，不招待他们了。这些艺人大怒，说："主人您肯定以为我们这是假把式，把您的夫人借给我们试一试，就知道我们这戏法是真是假了。"说完把骨低的孩子、弟弟、妹妹、外甥、侄子、妻子、小妾，全都吞了下去，这些人在肚中哭喊大叫。骨低惊慌害怕，趴在台阶下给他们连连磕头，哀求他们放人。伶人们都笑着说："这没有关系，戏法不会伤害到他们，不要担心。"说完立刻吐出那些人，完好如初。骨低心里已经发怒，准备找机会杀了他们，暗里派人访寻他们，发现他们在一个屋子的宅基地方消失了。骨低命手下人顺着挖开，挖了几尺深，看见一堆瓦砾，瓦砾下藏一个大木笼，木笼中有几十个皮袋。木笼旁还有谷粒、麦粒，一碰就化为灰烬了。木笼中有竹简书，上面的文字都磨灭掉了，难以辨识，隐约还留有几个字，好像是"陵"字。骨低这才知道是袋子在作怪，要将这些袋子全部烧掉。木笼中的袋子连忙呼喊到："我们本来就是命苦的生灵，不久后就要化成灰烬了，只因李都尉李少卿曾经在这里留下了水银，所以暂且得以保存。我们都是李都尉李少卿搬粮用的袋子，这里的房子倒塌压住了我们，经年累月已经很久，有了生命，如今被居延山神收为伶官。求您看在山神的面上不要伤害我们，我们再也不敢来骚扰您了。"骨低贪图水银，于是把袋子全烧了，焚烧时袋子们含冤惨叫，血流满地。烧完以后，骨低回到家，发现房子各处都充斥着惨叫声，和烧袋子时听到的一模一样，经年累月都不断绝。也正是在那一年，骨低全家病死，家人一个接一个死去，才过了一年，骨低家就没一个活口了，那水银也不知到哪儿去了。

遗花鞋

尹纵之，元和四年八月肄业中条山西峰。月朗风清，必吟啸鼓琴以怡衷。一夕，闻檐外履步之声，若女子行者。纵之遥谓曰："行者何人?"曰："妾山下王氏女，所居不远，每闻郎君吟咏鼓琴之声，未尝不倾耳向风[1]，凝思于蓬户。以父母训严，不敢来听。今夕因亲有适人者，父母俱往，妾乃独止。复闻久慕之声，故来潜听。不期郎之闻也。"纵之曰："居止接近[2]，相见是常。既来听琴，何不入坐?"纵之出迎，女子乃拜。纵之略复之，引以入户，设榻命坐。仪貌风态，绰约异常，但耳稍黑。纵之以为真村女之尤者也。山居闲寂，颇积愁思，得此甚惬心也。命仆夫具果煮茗，弹琴以怡之。山深景静，琴思清远，女意欢极。因留宿，女辞曰："父母如何?"纵

原篇名《尹纵之》

[1] 向风：仰慕。

[2] 居止：居住。

之曰："喜会是赴，固不夜归。五更潜复闭户为独宿者，父母曙到，亦何觉之。"女笑而止。相得之欢，誓将白首。绸缪之意[1]，无不备尽。

天欲曙，衣服将归，纵之深念，虑其得归而难召也，思留质以系之。顾床有青花毡履，遽起取一只锁于柜中。女泣曰："妾贫，无他履，所以承足止此耳。郎若留之，当跣足而去，父母召问，何以说告焉？杖固不辞，绝将来之望也。"纵之不听，女泣曰："妾父母严，闻此恶声，不复存命。岂以承欢一宵，遂令死谢？缱绻之言，声未绝矣，不忘陋拙，许再侍枕席，每夕尊长寝后，犹可潜来。若终留之，终将杀妾，非深念之道也。绸缪之欢，弃不旋踵耳[2]，且信誓安在？"又拜乞曰："但请与之，一夕不至，任言于邻里。"自五更至晓，泣拜床前，言辞万端。纵之以其辞恳，益疑，坚留之。将明，又不敢住，又泣曰："妾前生负郎君，送命于此。然郎之用心，神理所殛[3]，修文求名，终无成矣！"收泪而去。纵之以通宵之倦，忽寝熟，日及窗方觉，闻床前腥气，起而视之，则一方凝

[1] 绸缪（chóu móu）：缠绵。

[2] 旋踵：一转脚，形容时间短。

[3] 殛（jí）：杀死。

血在地，点点而去。开柜验毡履，乃猪蹄壳也。遽策杖寻血而行，至山下王朝猪圈，血踪入焉。乃视之，一大母猪，无后右蹄壳，血卧墙下，见纵之怒目而走。纵之告王朝，朝执弓矢逐之，一矢而毙。其年纵之山下求贡，虽声华籍盛，然终无成。

【译文】

元和四年八月，尹纵之在中条山西峰修习学业的时候，每每遇到朗月当空、清风习习的夜晚，总会吟诗作赋，弹琴长啸来抒发内心的愉悦。一天夜里，他忽听窗外有脚步声，好像是女子的脚步声，尹纵之于是喊道："是谁在外面?"窗外人说："我是山下王家的女儿，离这里不远，每次听到郎君吟诗弹琴之声都倾慕有加，但因为父母家教很严，不敢随便前来听琴。今天正好有个亲戚的女儿出嫁，父母都去贺喜了，只留我独自一人在家。忽然又听见您在弹琴，于是偷偷到窗外来听，不料被郎君发觉了。"尹纵之说："我们两家住得很近，相见也是正常的。既然特意前来听琴，何不进来坐一坐?"说着便出来迎接，女子也下拜。纵之还礼，并让女子到房中坐下。这女子仪态优雅，风姿绰约，只是耳朵稍微有些黑。尹纵之认为她想必是农家女中长相比较出众的，自己一直在山上居住，孤独寂寥，女子常来听琴也可以放松心情。于是命仆人摆上水果点心，泡上茶，自己开始弹琴给她听。夜深了，琴声悠扬清远，山里面很是寂静，一个人也没有，女子也听得很入迷。尹纵之因此留她住下，女子推辞说："我父母回来怎么办呢？"尹纵之说："你父母去贺喜，当天夜里当然赶不回来了，等五更时你再悄悄回去关上门假装睡觉，父母白天回来也不会发觉。"女子笑笑，半推半就住在了尹纵之房中。夜里，两个人极尽鱼水之欢，发誓要白头偕老，情意缠绵，很是甜蜜。

天快亮时，女子穿上衣服要走。尹纵之很留恋，怕她回去后再难见面，想留一点东西以使她牵挂。他看见床前有青花毡鞋，就拿起一只放在柜子中，女子哭着说："我家很穷，没有别的鞋，就只这一双，郎君要是留下我这只鞋，我就只能光脚回去了。父母见了肯定要问话，我到时候怎么回答呢？挨打是肯定的了，只是我们以后也再别想见面了。"尹纵之不听，女子又哭道："父母对我管教很严，如果发现我到你这里留宿的丑事，我就没命了，难道承你逗乐欢愉一夜，就要让我以死相抵吗？缠绵的情话还在耳边回响，如果你也还没忘记我，我就答应你再来同床共枕，每晚等我父母睡后，我可以偷偷再来。如果你非要把鞋留下，父母一定会杀了我，你舍不得我也不能用这个办法。刚才缠绵的欢愉，你转头就忘了吗？你发的誓还算数吗？"女子又拜，说："请把鞋还给我吧！之后如果有一夜我不来，任凭你把此事对邻居们张扬。"从五更到天亮，女子一直在床前哭泣哀求，楚楚可怜。尹纵之见她执着于这鞋，恳切万分，更加疑惑，非把鞋留下不可。天要亮了，女子不敢久留，哭着说："我大概是前生负过郎君，所以今天送命在此。

可你的所作所为实在不是人该干的，就算是神明也会对你的这种行为动怒，你枉在这里学习修炼，永远也不会有功名!”说完擦干眼泪就走了。

尹纵之一夜未眠，睡熟了一会，直到太阳照进窗户才醒来，醒来就闻到床前有一股血腥味，起来一看地上有滩血，一直滴到门外。尹纵之打开柜子看鞋，才发现原来是一只猪蹄子壳，拄着棍子顺血迹追到山下王朝家的猪圈中，血迹一直延伸到猪圈里。尹纵之向猪圈里一看，一头没有了右后腿蹄壳的大母猪正卧在猪圈里，还在流血，看见尹纵之后，眼里充满怒气向外跑走。尹纵之告诉王朝，王朝于是一箭将它射死。那年尹纵之下山赶考，虽然他在当地很有名气，但最终没有考中。

动物世界

中书令萧志忠，景云元年为晋州刺史，将以腊日畋游，大事罝罗[1]。

先一日，有薪者樵于霍山，暴疟不能归[2]，因止岩穴之中，呻吟不寐。夜将艾，似闻谷崒有人声。初以为盗贼将至，则匍匐于枯木中。时山月甚明，有一人身长丈余，鼻有三角，体被豹鞹，目闪闪如电，向谷长啸。俄有虎、兕、鹿、豕、狐、兔、雉、雁骈匝百许步。长人即唱言曰："余玄冥使者，奉北帝之命，明晨腊日，萧使君当顺时畋腊。尔等若干合箭死，若干合枪死，若干合网死，若干合棒死，若干合狗死，若干合鹰死。"言讫，群兽皆俯伏战惧，若请命者。有老虎洎老麋，皆屈膝向长人言曰："以某等之命，死亦以分。然萧公仁者，非

原篇名《萧志忠》

[1] 罝（jū）罗：捕捉鸟兽的网。

[2] 暴疟：疟疾的一种。

意欲害物，以行时令耳。若有少故则止。使者岂无术救某等乎？”使者曰：“非余欲杀汝辈，但今自以帝命宣示汝等刑名，即余使乎之事毕矣，自此任尔自为计。然余闻东谷严四善谋，尔等可就彼祈求。”群兽皆轮转欢叫。使者即东行，群兽毕从。

时薪者疾亦少间，随往觇之。即至东谷，有茅堂数间，黄冠一人，架悬虎皮，身正熟寝。惊起，见使者曰：“阔别既久，每多思望。今日至此，得非配群生腊日刑名乎？”使者曰：“正如高明所问。然彼皆求生于四兄，四兄当为谋之。”老虎、老麋即屈膝哀请，黄冠曰：“萧使君每役人，必恤其饥寒。若祈滕六降雪，巽二起风，即不复游猎矣。余昨得滕六书，知已丧偶。又闻索泉家第五娘子为歌姬，以妒忌黜矣。若汝求得美人纳之，则雪立降矣。又巽二好饮，汝若求得醇醪以赂之，则风立至矣。”有二狐自称多媚，能取之：“河东县尉崔知之第三妹，美淑娇艳。绛州卢司户善酿醪，妻产，必有美酒。”言讫而去。诸兽皆有欢声。

黄冠乃谓使者曰：“忆含质在仙都，岂意千年为兽身，悒悒不得志。聊有《述怀》一章。”乃吟曰：“昔为仙子今为虎，流落阴涯足风雨。更将斑毳被余身[1]，千载空山万般苦。”“然含质遣谪已满，唯有十一日即归紫府矣[2]。久居于此，将别不无恨恨。因题数行于壁，使后人知仆曾居于此矣。”乃书北壁曰：“下玄八千亿甲子，丹飞先生严含质，谪下中天被斑革，六十甲子血食涧饮，厕猿狖，下浊界，景云元祀升太一。”时薪者素晓书诵，因密记得之。少顷，老狐负美女至，才及笄岁，红袂拭目[3]，残妆妖媚。又有一狐负美酒二瓶，香气酷烈。严四兄即以美女洎美酒瓶，各纳一囊中，以朱书二符，取水噀之，二符即飞去。薪者惧其为所见，即寻路却回。未明，风雪暴至，竟日乃罢，而萧使君不复猎矣。

【译文】

中书令萧志忠，景云元年任晋州刺史，将于腊月初八前往郊外游猎取乐，为此进行了大规模的布网准备。

准备游猎的前一日，有一名樵夫在霍山砍柴，因突然得了疟疾而不能走下山，只能住在山洞里，因病痛呻吟不已夜不能寐。夜色将尽的拂晓时分，似乎听到了人声。最初以为有山林

[1] 毳（cuì）：鸟兽的细毛。
[2] 紫府：仙人的居所。
[3] 红袂（mèi）：红袖。

强盗将至，于是在枯木中匍匐隐藏起来。此时山上的月光非常明亮，把四周景象照得清清楚楚，樵夫看到有一个身高丈余的人，长着三角鼻，穿着豹皮，目光闪闪如电，对着山谷长啸，不一会儿老虎、犀牛、鹿、野猪、狐狸、兔子、野鸡、大雁等各类动物都聚集了过来，在百来步的范围里密密麻麻地围在了他周围。这个人对着动物们大声说道："我乃是玄冥使者，奉北帝之命前来。明天是腊日，萧使君会顺应天时来此狩猎。你们中的一些会被箭射死，一些会被枪刺死，一些会落网而死，一些会被棍棒打死，一些会被狗咬死，一些会被鹰啄死。"说罢，这些禽兽都跪倒在地非常颤栗恐惧，像是在请求保命。一只老虎和一只老麋鹿屈膝向这个人说道："以我们的命，本来也该死于狩猎。但是萧公乃是仁者，并非想加害生灵，只是遵循腊月捕猎的传统而已，只要明日发生其他事情，萧公就不会再来狩猎，使君难道没有办法拯救我们吗？"使者说："并不是我想杀你们，只是以北帝之命宣告你们将会受到的刑罚之罪。宣告完毕，我的任务也就完成了，剩下的你们自想办法了。但是我听说东谷严四先生善于出谋划策，你们可以到该处祈求他给你们指一条生路。"群兽听闻都围绕着使者欢呼。使者随即向东而行，群兽都在后跟随着。

当时樵夫的病也好了一些，于是便跟随着他们去偷看。到了东谷，有茅草屋数间，里面隐约可见一位道士，屋内架子上悬挂着虎皮，道士正在熟睡。道士听到声响，受惊醒了过来，对使者说："和兄台阔别许久，每每思念您，今天突然来到我这儿，莫非是来分配腊月初八日众牲畜应受的刑罚来了？”使者回道：“正如您所问的这样。但是随我而来的这些动物，都向您祈求指明一条生路，请四兄为它们想个办法。”说着老虎和老麋鹿立刻跪了下来哀求道士。道士说：“萧使君每次差人办事，都会体恤他们的饥寒。如果我们求得滕六降雪，巽二刮风，他就不会再来狩猎了。我昨天收到滕六的信，得知他的妻子死了，又听说他索取到了泉家的第五娘子为歌姬，因为妻子的妒忌而早被赶出家门，你们要是找到一位美人先给他作夫人，他一定会立刻降雪。巽二喜欢饮酒为乐，你们要是求得佳酿贿赂他，他会立刻刮风。”有两只狐狸自称善于魅惑人，能够取得这两样，它们说：“河东县尉崔知之的三妹美貌贤淑，绛州卢司户擅长酿酒，他的妻子刚刚生了孩子，为了庆贺，肯定尚存有许多美酒。”说罢它们就去了，使者身后的动物都高兴地欢呼起来。

给诸兽生路出谋划策以后，道士和使者聊起了自己的事情，道士说：“想起以前含质在仙都的时候，哪里会想到我会变成野兽，并长达千年之久。我常常为此郁郁不得志，且作《述怀》一首。”于是吟诵道：“昔为仙子今为虎，流落阴涯足风雨。更将斑毳被余身，千载空山万般苦。”吟毕，道士又说：“但是含质贬谪的期限已满，再有十一日就可以回归紫府了。在此久居，一旦离别，不无感伤，当题诗数行于壁，使后人知道我曾在此居住。”在墙壁上题诗云：“下玄八千亿甲子，丹飞先生严含质，谪下中天被斑革，六十甲子血食涧饮，厕猿狖，下浊界，景云元祀升太一。”这个樵夫通晓诗书，富有学养，因此能把这些诗句都记下来。

不到一会儿，一只老狐狸背了一个美女过来，这个美女年方十五岁，用红袖遮住眼睛，虽只有残妆，看上去也颇为妖媚。另一只狐狸背着两瓶酒过来，香气四溢。这名道士把美女和美酒各装入一个布袋中，用红笔写了两道符，喝了水再喷到符上，两个灵符就带着布袋飞出去了。樵夫看道士法力高强，害怕被他们发现，就寻找道路回家了。天还没有亮，突然降下了狂风暴雪，暴风雪下了一整天才停止，萧使君也就没有来打猎。

锁骨菩萨

昔延州有妇人，白皙，颇有姿貌，年可二十四五，孤行城市，年少之子，悉与之游，狎昵荐枕[1]，一无所却。数年而殁，州人莫不悲惜，共醵丧具为之葬焉。以其无家，瘗于道左[2]。大历中，忽有胡僧自西域来，见墓，遂趺坐具[3]，敬礼焚香，围绕赞叹数日。人见谓曰："此一淫纵女子，人尽夫也，以其无属，故瘗于此，和尚何敬耶？"僧曰："非檀越所知[4]，斯乃大圣，慈悲喜舍，世俗之欲，无不徇焉。此即锁骨菩萨。顺缘已尽[5]，圣者云耳。不信即启以验之。"众人即开墓，视遍身之骨，钩结皆如锁状，果如僧言。州人异之，为

原篇名《延州妇人》

[1] 狎昵（xiá nì）：亲近而态度不庄重，常用于描写男女情事；荐枕：进献枕席，指女子侍寝。

[2] 瘗（yì）：埋葬。

[3] 趺（fū）坐：盘腿打坐。

[4] 檀（tán）越：施主

[5] 顺缘：佛教用语，善人善事为顺缘。

设大斋，起塔焉。

【译文】

从前延州有一名少妇，皮肤白皙，颇有几分姿容，年龄在二十四五岁，常常独自在城市里行走，许多年轻子弟都与她交好，时常一起玩乐，她对于男子的亲昵行径乃至索求枕席之欢从不推却。数年后她就去世了，延州的居民无不感到悲痛惋惜，于是集体出资为其出丧，因为是异乡人，就将她埋葬在道路边上。

大历年间，有胡僧从西域前来，见到这座坟墓，就盘腿打坐，焚香礼拜，围绕坟墓念诵佛经礼赞了数日。延州当地人很疑惑地对他说："这是个淫荡的女子，人尽可夫，因为尸首无家可归，才埋葬在此处，大师为何对她礼敬有加？"胡僧说道："施主有所不知，埋葬在此的女子实在是一位大圣人，她心怀慈悲，怜悯世人，乐于施舍，对于俗人的欲望都依从满足。这位圣人就是锁骨菩萨。她在俗世的顺缘已尽，得成正果，固有此墓。如若不信，可以打开坟墓验看。"众人听了胡僧的话，颇感惊异，遂启封坟墓，看到她全身的白骨相互勾结如同锁状，果如胡僧所言的"锁骨"一样。州人大奇，于是为这具尸骨举行盛大的法会，并在其尸骨上修建了佛塔。

薛伟化鱼

薛伟者，乾元元年任蜀州青城县主簿，与丞邹滂，尉雷济、裴寮同时。其秋，伟病七日，忽奄然若往者，连呼不应，而心头微暖。家人不忍即殓，环而伺之。经二十日，忽长吁起坐，谓家人曰："吾不知人间几日矣？"曰："二十日矣。"曰："即与我觑群官，方食鲙否[1]。言吾已苏矣，甚有奇事，请诸公罢箸来听也。"仆人走视群官，实欲食鲙，遂以告，皆停餐而来。伟曰："诸公敕司户仆张弼求鱼乎？"曰："然。"又问弼曰："渔人赵幹藏巨鲤，以小者应命，汝于苇间得藏者携之而来。方入县也，司户吏坐门东，纠曹吏坐门西，方弈棋。入及阶，邹、雷方博[2]，裴啖桃实。弼言幹之藏巨鱼也，曰：'五鞭之'。既付食工王士良者，喜而杀之，皆然乎？"递相问，诚

原篇名《薛伟》

［1］ 鲙（kuài）：切好的鱼肉。

［2］ 博：古代的一种棋盘游戏。

然。众曰:“子何以知之?”曰:“向杀之鲤,我也。”众骇曰:“愿闻其说。”

曰:“吾初疾困,为热所逼,殆不可堪。忽闷,忘其疾,恶热求凉,策杖而去,不知其梦也。既出郭,其心欣欣然若笼禽槛兽之得逸,莫我如也。渐入山,山行益闷,遂下游于江畔,见江潭深净,秋色可爱,轻涟不动,镜涵远空,忽有思浴意,遂脱衣于岸,跳身便入。自幼狎水,成人以来,绝不复戏,遇此纵适,实契宿心[1]。且曰:‘人浮不如鱼快也,安得摄鱼而健游乎?’傍有一鱼曰:‘顾足下不愿耳。正授亦易,何况求摄?当为足下图之。’快然而去。未顷,有鱼头人长数尺,骑鲵来导,从数十鱼,宣河伯诏曰:‘城居水游,浮沉异道,苟非其好,则昧通波。薛主簿意尚浮深,迹思怡旷。乐浩汗之域,放怀清江;厌巇崿之情,投簪幻世[2]。暂从鳞化,非遽成身。可权充东潭赤鲤。呜呼!恃长波而倾舟,得罪于晦;昧纤钩而贪饵,见伤于明。无或失身,以羞其党,尔其勉之!’听而自顾,即已鱼服矣。于是放身而游,意往斯到,波上潭底,莫不从容。三江五湖,腾跃将遍。然配留东潭,每暮必复。

[1] 宿心:内在的心愿。
[2] 投簪幻世:投簪意指抛却官位,在此意指不再沉迷于俗世的功名。

“俄而饥甚，求食不得，循舟而行，忽见赵幹垂钩，其饵芳香，心亦知戒，不觉近口。曰：‘我，人也，暂时为鱼，不能求食，乃吞其钩乎！’舍之而去。有顷，饥益甚，思曰：‘我是官人，戏而鱼服。纵吞其钩，赵幹岂杀我？固当送我归县耳。’遂吞之。赵幹收纶以出。幹手之将及也，伟连呼之，幹不听，而以绳贯我腮，乃系于苇间。既而张弼来，曰：‘裴少府买鱼，须大者。’幹曰：‘未得大鱼，有小者十余斤。’弼曰：‘奉命取大鱼，安用小者！’乃自于苇间寻得伟而提之。又谓弼曰：‘我是汝县主簿，化形为鱼游江，何得不拜我？’弼不听，提之而行，骂之不已，幹终不顾。入县门，见县吏坐者弈棋，皆大声呼之，略无应者，唯笑曰：‘可畏鱼，直三四斤余。’既而入阶，邹、雷方博，裴啖桃实，皆喜鱼大，促命付厨。弼言幹之藏巨鱼，以小者应命。裴怒鞭之。我叫诸公曰：‘我是公同官，今而见擒，竟不相舍，促杀之，仁乎哉？’大叫而泣，三君不顾，而付鲙手，王士良者，方持刃，喜而投我于机上。我又叫曰：‘王士良，汝是我之常使鲙手也，因何杀我？何不执我白于官人？’士良若不闻者，按吾颈于砧上而斩之。彼头适落，此亦醒悟，遂奉召尔。”

诸公莫不大惊，心生爱忍。然赵幹之获，张弼之提，县司之弈吏，三君之临阶，王士良之将杀，皆见其口动，实无闻焉。于是三君并投鲙，终身不食。伟自此平愈，后累迁华阳丞[1]，乃卒。

【译文】

薛伟在乾元元年任职蜀州青城县的主簿，与县丞邹滂，县尉雷济、裴寮同在县衙当差。这年秋天，薛伟病了七日，忽然气息奄奄，神情仿若即将离世，家人不断呼喊而没有应答，但心头处尚有一丝暖气，家人不忍心就此入殓，围绕在他身边观察。又过了二十余日，薛伟忽然长吁一口气坐了起来，向围坐在身边的家人问道："不知人世间已过了多少时日？"家人答道："二十余日了"。薛伟又对家人说道："马上替我去县衙看看各位同僚，是否正在吃剁好的鱼肉？你告诉他们我已经醒过来了，梦中遇到一件奇事，请他们暂放碗筷，来听我一言。"仆人跑去县衙，发现他们正要吃切好的鱼肉，就将薛伟的话和他们说了一遍，这些官员皆停止进餐来看视薛伟。等到了薛伟房中，薛伟向他们问道："诸公是否差遣了司户的仆人张弼去河边找鱼？"众官员说："正是。"薛伟又对张弼说："到得河边，渔夫赵幹偷藏大鲤鱼，用小鲤鱼应付你，你在芦苇丛中找到偷藏着的大鲤鱼，就拿着回衙门复命。方到县衙，就看到司

[1] 累迁：数次晋升官职。

户吏坐门东，纠曹吏坐门西，正在下棋。进入衙门走上台阶，此时邹大人、雷大人正在玩博戏，裴大人正在吃桃子。你向裴大人禀报了渔夫赵幹偷藏大鲤鱼的事情，裴大人下令‘打他五鞭子’，随后你把这尾大鲤鱼交给了厨子王士良，他看到这么大一条鱼，非常欣喜，将它杀了，我所说的可是事实？”薛伟向各当事人询问求证，都说所言不谬。众人感到颇为惊讶，问薛伟：“大人卧病在床，为何知道得一清二楚？”薛伟笑道：“之前所杀的这条鱼，正是我，因此我看到了诸君的一言一行。”众人闻此，更为惊讶，说：“愿闻其详。”

薛伟说：“我最初得这个病的时候，全身发热，几乎难以承受，忽然内心烦闷，忘却了身上正患有疾病，厌恶体内的热气，希望能凉爽一下，于是拄着拐杖出了家门，并不知道此时已经身处梦境。出了县城，内心就感到非常的怡然自得，犹如久在樊笼里的鸟兽得以逃脱禁锢一样自在，高兴得忘乎所以。我漫步在山野之间，逐渐深入，行走得越来越烦闷，于是下山溯溪而行，在江边游玩，见到潭水幽深洁净，池上的秋色清丽可爱，水面平静没有涟漪，如同明镜映照出寥廓悠远的天空，突然有了在江水中沐浴的念头，于是脱下衣服，跳入水中。我幼时就喜爱游泳嬉戏，成人以后就再也没有游嬉过，此时得以惬意地在水中游嬉，实在是满足了自己长久以来心中的夙愿。我心中想：‘人在水中浮游没有鱼儿这么轻快，怎样才能暂时化作鱼而在水中自在地游来游去呢？’身旁一条鱼对我说：‘正担心您不愿意化作鱼呢，让您正式地化作一条鱼也很容易，何况暂时地作一条鱼。我去为您谋划这件事。’说罢这条鱼就往前游走了。不一会儿，有一个身长数尺、鱼头人身的怪物骑着鲵前来，后面跟随着数十条鱼，他对着我宣读河伯的诏书：‘在城市里居住，在池水里游居，一沉一浮道术不通，如果并不是热爱水中生活，就必然不会游泳了。薛大人喜欢水中的生活，也希望过怡然闲适的旷达生活，热爱无边无际的浩瀚江河，向往在水中放浪形骸、舒展胸怀；满足于山野的世外生活，愿将功名利禄弃掷于俗世，既然如此，您可暂时化为鱼，但尚不是完全成为我们族类，权且作东潭里的红鲤鱼。唉，这条鱼曾经依仗着长长的碧波而掀翻过船只，得罪了阴司；又贪吃饵料为鱼钩所迷惑，为阳间世人所伤。您不要失去了操守，为同族所蒙羞，努力吧！’我在听宣读的河伯诏书的时候自顾，已经变成了鱼，于是舒展身躯，肆意游玩，想到何处，都能游到，无论是水面上观景，还是潭底里觅奇，都能从容地遨游，三江五湖任意游赏，几乎玩遍了。但是河伯安排我栖居在东潭，每天夜晚都需要返回。

“不久我就感到非常饥饿，但又找不到食物，我就跟着船只游动，忽然见到赵幹在水面垂钓，鱼饵香味扑鼻，我心中知道需要戒备，但是却难以忍住腹中之饥和鱼饵的诱惑，不知不觉已经触碰到了，我心想：‘我本是人，暂时变成了鱼而已，岂能因为暂时找不到食物而真的像鱼一样去吞鱼钩吗？’于是舍弃掉鱼饵游走了，又过了一会儿，更觉饥饿难耐，想到：‘我本是官员，一场游戏暂时变成了鱼，即使真的吞食了鱼钩，赵幹又岂敢杀了我，他定会送我返归县衙。’于是我吞食了鱼饵和上面的鱼钩。赵幹发现我上钩了，就收起了吊杆。在赵幹伸手过来将要把我从鱼钩上取下时，我连连呼喊，但是他却置若罔闻，竟然用线绳从我两腮间贯穿过去，把我系在芦苇丛中。不久张弼过来了，说道：‘裴少府要买鱼，需要大的。’赵幹回道：‘没有钓到大鱼，有十多斤小鱼。’张弼道：‘我奉老爷之命前来取大鱼，怎么能拿小鱼？’于是他到芦苇丛中挑捡赵幹钓上的鱼，找到了我变化而成的这条红鲤鱼提了起来，我赶忙对张弼说：‘我是你们县的主簿，变化成了鱼的外形在江河间游玩，见到我为何不参拜？’张弼不听，提着我就走了，对赵幹的欺瞒之事不断谩骂，赵幹始终不敢回应。张弼提着我入了县衙大门，我见到县衙的几名衙役正在大门边坐着下棋，我对他们大声呼喊，都没有回应，他们只是笑着对张弼说：‘好一条大鱼，都有三四斤重了。’张弼随后提着我上了台阶，邹大人、雷大人正在玩博戏，裴大人在吃桃子，对于张弼提着的‘我’这条大鱼都感到欣喜，下令赶快将这条鱼交给厨师烹饪。张弼将赵幹把‘我’这条大鱼藏匿起来，将小鱼拿来敷衍的事情禀报给了在坐的官员，裴大人很生气，下令鞭责赵幹。我向着诸位大人叫唤道：‘我是诸公的同僚，今日被擒获，诸位不救我，反而催促厨房将我宰杀了，这样的行为仁义吗？’我厉声哭泣，但三位大人都不顾而将我交付给厨子王士良。王士良正拿着刀，欣喜地将我扔在案板上。我又叫唤道：‘王士良，你是我常常使唤的厨子，为何要杀我？为什么不带着我向各位大人说清缘由?’王士良也如同未听到一样，在案板上按着我的颈项，手起刀落，我脑袋刚落地，我就醒过来了，于是召集你们来我这儿。”

县衙的各位同僚听了薛伟的叙述之后，都感到十分惊讶，对刚才的那条鱼心生慈爱不忍之心，钓到这条鱼的赵幹，手提这条鱼的张弼，县衙下棋的衙役，在台阶旁边的三位官员，宰杀鱼的王士良，都看到了鱼儿嘴巴在动，但是确实没有听到说的什么。这三位官员将鱼肉扔掉，终身不再吃鱼。薛伟在苏醒过来之后，病也好了，此后屡屡升迁，最后做到了华阳县的县丞才去世。

盗墓

黄门侍郎卢公涣，为明州刺史，属邑象山县□□[1]，溪谷迴无人处，有盗发墓者云："初见车辙中有花砖，因揭之，知是古冢墓。"乃结十人于县投状，请路旁居止，县尹允之。遂种麻，令外人无所见。即悉力发掘，入其隧路，渐至圹中[2]，有三石门，皆以铁封之。其盗先能诵咒，因斋戒禁之。翌日，两门开，每门中各有铜人、铜马数百，持执干戈，其制精巧。盗又斋戒三日，中门一扇开，有黄衣人出，传语曰："汉征南将军刘(忘名)使来相闻，某生有征伐大勋，及死，敕令护葬及铸铜人马等，以象存日仪卫[3]。奉计来此，必要财货，西门所居之室，实无他物，且官葬不瘞货宝，何必苦以神咒相侵，若更不已，尝不免两损。"言讫却入，门复合如初。盗又诵咒

原篇名《卢公涣》

[1] 原书此处缺二字。

[2] 圹（kuàng）：墓穴。

[3] 仪卫：仪仗与卫队。

数日不已，门开，一青衣又出传语，盗弗允，两扇欻辟，大水漂荡，盗皆溺死。一盗解泅而出，自缚诣官，具说本末。黄门令覆视其墓，其中门内有一石床，骷髅枕之，水漂已半垂于床下，因却为封两门，窒其隧路矣。

【译文】

黄门侍郎卢公涣，任明州刺史，下辖的象山县有一处溪流河谷，地处偏远。有一个盗墓的人对同伙说："最初经过此地时，看到路面车马行进痕迹下面有花砖，将花砖揭开看，发现地下藏着一座古墓。"于是他们联合了十名男子到县府提交呈文，请求允许在溪谷的路边造屋居住，县令准许了请求。于是他们在发现古墓的地方种上了麻，让其他人发现不到，而后全力挖掘这座古墓。进入墓道，渐渐走到了墓穴深处，发现前面有三座石门，都由铁封住。这些盗墓贼通晓咒语，于是斋戒念诵咒语。第二天，两扇门开了，每扇门背后有铜人、铜马数百个，兵士都持有兵器，制作非常精细巧妙。盗墓贼又斋戒了三日，再念诵咒语，中间的这一扇门也开了，一名穿着黄色衣服的人走出来，传墓主人的话道："汉征南将军刘（不记得名字）让在下告诉你们，我生前四处征伐，立有大功，死后，皇帝敕令百官护送我的棺椁葬于此，并在我的坟墓里铸造了铜人铜马，象征着生前时的仪仗卫队。你们想方设法来到这里，定然是想要盗取财物。西门就是我居住的墓室，实在没有其他的东西，并且朝廷有令，官员的墓中不得随葬财物，何必苦苦用咒语来侵扰我？如果不停止盗墓活动，不免双方都有损伤。”这名黄衣使者传完话以后就进去了，大门又像之前一样关闭上了。

盗墓贼又在墓中诵咒多日不停，门又开了，一名婢女出来传话，盗墓贼还是不允，继续盗墓，忽然两扇门一起打开，大水漫延而来，盗墓的贼人大多被淹死，只有一名通晓水性的盗贼游了出来，让人将自己捆绑了去官府自首，将事件的始末都原原本本地说了。黄门侍郎卢公涣派人再去查看这座古墓，看到中门内有一张石床，有一个骷髅睡在上面，水漂上来，已经淹没到床高的一半了，于是这名衙役就将骷髅所在内室的两堵门关上，堵上了墓道离开了。

狂鬼冤杀

饶州刺史齐推女，适湖州参军韦会。长庆三年，韦以妻方娠，将赴调也，送归鄱阳，遂登上国。十一月，妻方诞之夕，齐氏忽见一人长丈余，金甲仗钺，怒曰："我梁朝陈将军也，久居此室。汝是何人，敢此秽触！"举钺将杀之。齐氏叫乞曰："俗眼有限，不知将军在此。比来承教，乞容移去。"将军曰："不移当死。"左右悉闻齐氏哀诉之声，惊起来视，见齐氏汗流洽背，精神恍然，绕而问之，徐言所见。及明，侍婢白于使君，请居他室。使君素正直，执无鬼之论，不听。至其夜三更，将军又到，大怒曰："前者不知，理当相恕，知而不避，岂可复容！"复将用钺。齐氏哀乞曰："使君性强，不从所请。我一女子，敢拒神明？容至天明，不俟命而移去。此更不移，甘于万死。"将军者拗怒而去。未曙，令侍婢洒扫他室，移榻其中。方将辇运，使君公退，问其故，侍者以告，使君大怒，杖

原篇名《齐饶州》

之数十，曰："产蓐虚羸[1]，正气不足，妖由之兴，岂足遽信。"女泣以请，终亦不许。入夜，自寝其前，以身为援，堂中添人加烛以安之。夜分闻齐氏惊痛之声，开门入视，则头破死矣。使君哀恨之极，倍百常情，以为引刀自残不足以谢其女，乃殡于异室，遣健步者报韦会。

韦以文籍小差为天官所黜，异道来复，凶讣不逢。去饶州百余里，忽见一女人，仪容行步酷似齐氏，乃援其仆而指之曰："汝见彼人乎？何以似吾妻也？"仆曰："夫人刺史爱女，何以行此，乃人有相类耳。"韦审观之，愈是，跃马而近焉。女人乃入门，斜掩其扇。又意其他人也，乃不下马，过而回视之，齐氏自门出，呼曰："韦君忍不相顾？"遽下马视之，真其妻也。惊问其故，具云陈将军之事，因泣曰："妾诚愚陋，幸奉巾栉，言词情礼，未尝获罪于君子。方欲竭节闺门，终于白首，而枉为狂鬼所杀。自检命籍，当有二十八年。今有一事，可以相救，君能相哀乎？"悲恨之深，言不尽意。韦曰："夫妻之情，事均一体，鹣鹣翼坠[2]，比目半无，单然此身，更将

[1] 产蓐（rù）：同"产褥"，这里指产妇。

[2] 鹣鹣（jiān）：古代传说中的比翼鸟。

何往？苟有歧路，汤火能入。但生死异路，幽晦难知。如可竭诚，愿闻其计。”齐曰：“此村东数里，有草堂中田先生者，领村童教授，此人奇怪，不可遽言。君能去马步行，及门趋谒，若拜上官然，垂泣诉冤。彼必大怒，乃至诟骂，屈辱捶击，拖拽秽唾，必尽数受之，事穷然后见哀，即妾必还矣。先生之貌，固不称焉。晦冥之事，幸无忽也。”

于是同行，韦牵马授之，齐氏哭曰：“今妾此身，故非旧日，君虽乘马，亦难相及。事甚迫切，君无推辞。”韦鞭马随之，往往不及。行数里，遥见道北草堂，齐氏指曰：“先生居也。救心诚坚，万苦莫退。渠有凌辱，妾必得还。无忽忿容，遂令永隔。勉之，从此辞矣。”挥涕而去。数步间，忽不见。韦收泪诣草堂，未到数百步，去马公服，使仆人执谒前引。到堂前，学徒曰：“先生转食未归。”韦端笏以候。良久，一人戴破帽、曳木屐而来，形状丑秽之极，问其门人，曰：“先生也。”命仆呈谒，韦趋走迎拜，先生答拜曰：“某村翁，求食于牧竖，官人何忽如此？甚令人惊。”韦拱诉曰：“妻齐氏，享年未半，枉为梁朝陈将军所杀，伏乞放归，终其残禄。”因扣地哭拜。先生曰：“某乃村野鄙愚，门人相竞，尚不能断，况冥晦间事乎！官人莫风狂否？火急须去，勿恣妖言。”不顾而入。韦随入，拜于床前曰："实诉深冤，幸垂哀宥。"先生顾其徒曰："此人风疾，来此相喧，众可拽出。又复入，汝共唾之。"村童数十，竞来唾面，其秽可知。韦亦不敢拭，唾歇复拜，言诚恳切。先生曰："吾闻风狂之人，打亦不痛，诸生为吾击之，无折支败面耳。"村童复来群击，痛不可堪。韦执笏拱立，任其挥击。击罢，又前哀乞。又敕其徒推倒，把脚拽出，放而复入者三。先生谓其徒曰："此人乃实知吾有术，故此相访。汝今归，吾当救之耳。"

众童既散，谓韦曰："官人真有心丈夫也，为妻之冤，甘心屈辱，感君诚恳，试为检寻。"因命入房，房中铺一净席，席上有案，置香一炉，炉前又铺席。坐定，令韦跪于案前，俄见黄衫人引向北行数百里，入城郭，廛里闹喧[1]，一如会府。又如北，有小城，城中楼殿，峨若皇居，卫士执兵立者坐者数百人。及门，门吏通曰："前湖州参军韦某。"乘通而入，直北正殿九间，堂中一间卷帘设床案，有紫衣人南面坐者。韦入，向坐而拜，起视之，乃田先生也。韦复诉冤，左右曰："近西通状。"韦乃趋近西廊，又有授笔砚者，乃为诉词。韦问当衙者

[1] 廛（chán）里：古代城市居民住宅，泛指闹市区。

曰："何官？"曰："王也。"吏收状上殿，王判曰："追陈将军，仍检状过。"状出，瞬息间，通曰："提陈将军。"仍检状过，有如齐氏言。王责曰："何故枉杀平人？"将军曰："自居此室已数百岁，而齐氏擅秽，再宥不移，忿而杀之，罪当万死。"王判曰："明晦异路，理不相干。久幽之鬼，横占人室，不相自省，仍杀无辜，可决一百，配流东海之南。"

案吏过状曰："齐氏禄命，实有二十八年。"王命呼阿齐问："阳禄未尽，理合却回，今将放归，意欲愿否？"齐氏曰："诚愿却回。"王判曰："付案勒回。"案吏咨曰："齐氏宅舍破坏[1]，回无所归。"王曰："差人修补。"吏曰："事事皆隳，修补不及。"王曰："必须放归。"出门商量状过，顷复入，曰："唯有放生魂去，此外无计。"王曰："魂与生人，事有何异？"曰："所以有异者，唯年满当死之日，病笃而无尸耳，其他并同。"王召韦曰："生魂只有此异。"韦拜请之，遂令齐氏同归，各拜而出。黄衫人复引南行。既出其城，若行崖谷，足跌而坠，开目即复跪在案前，先生者亦据案而坐。

先生曰："此事甚秘，非君诚恳，不可致也。然贤夫人未

[1] 宅舍：这里指人的躯体、肉身。

葬，尚瘗旧房，宜飞书葬之，到即无苦也。慎勿言于郡下，微露于人，将不利于使君耳。贤阁只在门前[1]，便可同去。”韦拜谢而出，其妻已在马前矣。此时却为生人，不复轻健。韦掷其衣驮，令妻乘马，自跨卫从之，且飞书于郡，请葬其柩。使君始闻韦之将到也，设馆，施繐帐以待之[2]。及得书，惊骇殊不信，然强葬之，而命其子以肩舆迓焉[3]。见之，益闷，多方以问，不言其实。其夏，醉韦以酒，迫问之，不觉具述，使君闻而恶焉。俄而得疾，数月而卒。韦潜使人觇田先生，亦不知所在矣。齐氏饮食生育，无异于常，但肩舆之夫不觉其有人也。

余闻之已久，或未深信。太和二年秋，富平尉宋坚，因坐中言及奇事，客有鄜王府参军张奇者，即韦之外弟，具言斯事，无差旧闻，且曰：“齐嫂见在，自归后已往拜之，精神容饰，殊胜旧日。”冥吏之理于幽晦也，岂虚语哉！

---

[1] 贤阁：对人妻子的尊称，这里指齐氏。
[2] 繐（suì）帐：用细而疏的麻布制成的灵帐。
[3] 肩舆：轿子；迓（yà）：迎接。

【译文】

饶州刺史齐推的女儿，嫁给了任湖州参军的韦会。长庆三年，韦会由于妻子怀孕，自己又即将调任，便把妻子送回鄱阳娘家，独自一人进京了。大概到了十一月，韦会的妻子齐氏快要生产，忽然看见一个一丈多高的人穿着铠甲，手握兵器，怒冲冲地对自己说："我是梁朝的陈将军，一直以来住在这间屋里。你是什么人，胆敢在这里生孩子，弄得我这里污秽不堪！"说着就举起手中的钺要杀齐氏，齐氏喊叫乞求道："将军，请原谅我一介俗人，眼拙，不知道将军住在这里。刚才听您说才知道您住这儿，请将军原谅，我马上就搬走。"将军说："不赶紧搬走我就杀了你。"服侍齐氏的仆人听到她苦苦哀求的声音，吓得赶紧起床来看，只见齐氏汗流浃背，精神恍惚，大家围着她询问，她才慢慢说出看见的事。等到天亮，奴婢们把夜里发生的事情报告了齐氏的父亲刺史齐推，请求搬到别的房间去。齐刺史向来正直强硬，不信鬼神，没把婢女的话放在心上。到了第二天晚上三更，陈将军又来了，大怒道："上回你不了解情况，我宽恕了你，现在你了解了情况却胆敢不回避我，我难道会纵容你两次吗！"说完就跳过来用钺要砍齐氏，齐氏哀求："我父亲齐刺史的个性强硬，不听从我想要搬离的请求。我是个弱女子，哪敢忤逆您呢？您再容我住到天亮，到时候不用您开口，我自己就搬走。这回还不搬走，就是死一万次我也心甘情愿。"陈将军勉强抑制着怒气离开了。第二天天还没亮，齐氏就叫奴婢打扫别的房间，把床铺搬了过去。正要坐车搬进去住，齐推办公完回府，问女儿为什么搬家，奴婢一五一十地说了。齐刺史听完大怒，叫人把她们打了几十大板，说：“我女儿产后身体虚弱，正气不足，妖魔鬼怪就乘机作祟，怎么能轻易相信他们呢！”女儿流着眼泪请求让自己搬离屋子，父亲始终不肯答应。到了夜里，齐推亲自来到女儿的房间，准备保护，并在大堂内增加守夜的人，多点了很多烛火，来使女儿安心。等到半夜，众人听到齐氏一声惨叫，打开门一看，齐氏已经头破血流死了。齐刺史极度哀伤悲痛，再也不复平日里镇定自若的样子，悔不当初，认为用刀自杀也不足以向女儿谢罪。于是把女儿的灵柩停放在另外的房间，派人迅速向韦会报丧。

韦会因为文书上出了点小差错，被吏部尚书罢黜，正从另一条路赶回饶州，没遇上报丧的人。韦会走到离饶州还有一百多里的地方，忽然看见一个女人，仪态举止都和妻子齐氏十分相似，于是拉住他的仆人，指着她说：“你看见那个人了吗？她怎么那么像我的妻子啊。”仆人说：“夫人是刺史的爱女，怎么会到这种荒郊野外来，肯定只是长得像罢了。”韦氏仔细又看了看，愈发觉得是妻子齐氏，便骑马走近她。那人走进了一座屋子，把门斜掩，韦会想来肯定是住在附近的人，便没有下马，等路过门口再回头最后看一看的时候，齐氏从门里走了出来，喊道：“韦君你怎么忍心不来看看我呢？”韦会急忙下马，一看，果真是自己的妻子。韦会惊讶地问她为什么来到这里，齐氏把陈将军杀害自己的事对韦会说了，并流着眼泪说：“我确实没什么过人之处，但有幸能作为你的妻子，平日相处也不曾得罪过你。正想在家中恪守妇道，等着与你白头偕老，却被魔鬼杀害，含冤而死。我在阴间自己查看了登记寿命的簿籍，我还有二十八年阳寿。现在有个机会可以救活我，夫君能可怜可怜我，替我做主吗?”因为悲伤过度，齐氏说话时断时续，伤痛无比。韦会说：“做了夫妻，两人就是一体，现在我们像比翼鸟折断了翅膀，像比目鱼眼睛瞎了一半，你留下我孤身一人，我以后可如何是好？如果另有办法可以救你，赴汤蹈火我也在所不辞。但是生死不是一个世界，阴间的事我不了解，你有什么办法说来听听，我一定竭尽全力。”齐氏说：“这村庄的东边几里远的地方有座草堂，草堂中住着一位田先生，教乡村里的孩子们读书。这人性格古怪，你不能操之过急。你要下马步行，走到草堂门前，快步进去拜谒，态度要像拜见上级官员那样毕恭毕敬，流着泪诉说我的冤屈，他一定会大发脾气，甚至打骂拖拽你，向你吐口水，你一定要全部忍受，之后就可以得到田先生的哀怜，到时候我就得救了。田先生的容貌与他的法力实在是不相称，你不要过分惊讶。阴间的事，希望你谨慎小心，一点也不能疏忽。”

于是齐氏与韦会一起上路，韦会牵来马让齐氏骑，齐氏哭着说：“我现在这身子，已经和原来不一样了，你即使乘马也难以追赶我。事情很急迫，你不要推让。”韦会听从妻子的话上马跟在齐氏的后面，常常赶不上她。走了几里，韦会就远远看见路的北边有座草堂，齐氏指着草堂说：“那就是田先生的住处，你救我的心意如果真的坚定不移的话，就是受到万般苦楚也不要后退，他羞辱你就代表我有生还的希望。不要流露出一点不满的情绪，不然的话你我就要永远天人两隔了。努力去办，你我就在这里辞别吧。”齐氏流泪离开，才走了几步就不见了。韦会擦干眼泪向草堂走去，在离草堂几百步的地方下马，脱下官服，叫仆人拿着名帖在前面引路。走到草堂前，学生们说：“先生出去吃饭了，还没回来。”韦会恭敬地捧着笏板等候。过了很久，一个戴了顶破帽子、穿着木屐的人走来。这人长得十分丑陋，韦会问那些学生这人是谁，学生回答说：“这就是田先生。”韦会赶紧叫仆人把名帖呈上，自己快步迎上前去拜见田先生，田先生一边回礼一边说：“我只是个乡野村夫，教放牛娃们读书来混口饭吃，官人为什么突然到这里来，实在让人惊讶。”韦会拱手作揖，说道：“我的妻子齐氏，寿命还没到一半，就被梁朝的陈将军冤杀，我是来求您把我的妻子放回人世，过完她剩下的阳寿的。”说着便在地下叩头哭拜。田先生说：“我只是个乡下人，学生们相互争执我尚且不能断定谁是谁非呢，更何况阴间的事呢！官人莫不是发疯了吧？你赶紧离开，不要在这里妖言惑众。”说完看也不看韦会就进屋去了。韦会跟着走了进去，在田先生床前叩拜，说：“我是来向先生喊冤的，希望得到您的哀怜和宽恕。”田先生看着学生们说：“这个人疯了，来这里闹事，你们把他拉出去！要是再进来，你们就吐他唾沫星子。”于是学童们争相来冲韦会脸上吐唾沫，韦会的脸上污秽不堪，但也不敢擦拭，等孩子们不吐唾沫了，又拜请田先生，言词恳切。田先生说：“我听说发疯的人，打他也不感觉痛，你们替我打他，只要不要打断他的四肢，不打残他就行。”孩子们又蜂拥而至，动手打人，韦会痛得不行，也只能拿着笏板拱手站着，任他们打。等孩子们打完，他又进屋哀求。田先生又叫学生把韦会推倒，拉着脚拖了出去，一放手，韦会又进来哀求，这样反复了好几次。田先生终于对学生们说：“这个人竟然真的知道我有法术，所以来寻访我。你们先回去，我来救救他。”

学生们散了，田先生对韦会说：“官人真是位负责任的好丈夫，为了洗刷妻子的冤屈，心甘情愿受委屈侮辱，我被你的真心实意打动，试着给你想想办法吧。”于是叫韦会走进房去。房中铺了一张干净的坐席，席上有张桌子，桌上摆了一只香炉，香炉前面又铺了张坐席。田先生坐下，叫韦会跪在案前。不一会，韦会看见一个穿黄色衣服的人领着自己向北走了几百里，走进一座城内，街市喧哗热闹，就像在省府大都会一样。又向北走，有座小城，城里的楼阁殿堂，高大得像是皇宫，周围好几百个手持武器的卫士站着。走到殿堂门口，门吏通报说：“前湖州参军韦某前来。”韦会乘人通报时走了进去，北面有正殿九间，殿堂正中一间帘子卷了起来，摆了坐榻和桌子，有位穿着紫色衣服的人朝南而坐。韦会进入殿堂，向着座位下拜，站起来看那人，原来是田先生。韦会又向田先生诉说了一遍妻子的冤屈，旁边侍候的人说：“到西边去写个诉状吧。”韦会于是快步走近西廊，有人拿给他笔和砚，他提笔开始写诉状。写完，韦会问：“堂上是什么官?”侍卫们回答说：“是王。”官吏收下诉状走上殿去，君王判道：“追查陈将军，对着状子检查他的罪过。”书吏拿着状子出去，眨眼间，便有门吏通报说：“陈将军已经提审而来。”核查诉状，正像齐氏所说。王责问陈将军说：“你为什么冤杀平民百姓？”陈将军说：“我住在这间屋子已经好几百年，可是齐氏擅自在这屋里生孩子，我两次宽恕她，她都不肯搬走，我就一怒之下杀了她，臣罪该万死。”王判道：“阴阳本就是两个世界，没有互相干涉的道理。久居幽冥的鬼还强占活人的房屋，不好好想想自己的过错，却滥杀无辜，判你杖刑一百，将你发配到东海的南边去。”

办案的官吏核查了诉状说：“齐氏的寿命确实还有二十八年。”王叫来齐氏审问：“你的阳寿未尽，照理应该回到阳间，现在将放你回去，你愿意吗？”齐氏回答：“我十分愿意回阳间去。”王判道：“交付办案的，让他们送她回阳间。”办案的官吏问王，说：“齐氏的肉体已经破败，放回阳世，恐怕灵魂没有了住处。”王说：“派人去修补她的肉身。”小吏说：“她的肉身败坏得厉害，修补也也没有用了。”王说：“一定要想出办法放她回去。”办案的官吏出门去商量该怎么办，不一会再次进来，说：“只有将齐氏的灵魂放归回去，此外没有别的办法了。”王说：“生魂跟活人有什么不同？”官吏们答：“二者所不同的地方在于，当她寿限已满应当去世的时候，只会病重而死却不会留下尸体，其他没有什么不同。”王喊来韦会，对他说：“生魂与躯体只有这点不同。”韦会答应，感激涕零，跪在地上求判官放回生魂也可，最后齐氏和韦会一起回阳，分别拜辞就走了。穿黄衫的人领着他俩向南走，走出阴间古城，马上就到了悬崖边，二人失足跌落下去，韦会睁开眼就发现自己跪在田先生草堂的香案前面，田先生也靠着桌子而坐。

田先生说："这件事极为隐秘，如果不是您态度诚恳，是不能办到的。可是贤夫人还未安葬，仍停放在原来的屋中，应该写信让家里人赶紧下葬，这样你们家就平安了。千万要谨慎，不要给别人说这事，别人要是知道一二将对齐刺史不利。贤夫人在门口等你，你们夫妻二人可以回家了。"说完韦会拜谢了田先生，走出草堂，看见妻子已站在马前等他。这时她已经变成了一个活人，身体不再像以前那样轻便。韦会把马背上驮的衣物扔掉，叫妻子骑马，自己骑驴跟着，差人急速带信到郡城，让岳父把齐氏的灵柩下葬。齐刺史听闻韦会要来，给他准备好了房间，并设下灵堂等他。后来收到韦会的信，惊恐不已，不敢相信，但还是按照韦会说的将女儿埋葬了，并叫儿子用轿子去迎接夫妻二人。齐刺史见到韦会夫妇，愈发感到纳闷，问了他们很多次，韦会都不肯透露。这年夏天，齐刺史用酒把韦会灌醉了，又追问这事，韦会喝醉了，不知不觉把事情说了出来，齐刺史听了后，心里感觉很不好，没多久就生了病，几个月就死了。韦会后来暗地里派人去探望田先生，也找不到他在哪里了。齐氏吃喝生育，都跟从前没什么两样，但她坐轿子时，轿夫常常感觉不到轿中有人。

我很久之前就听说过这事，有时也并不太相信。直到太和二年的秋天与富平县尉宋坚等人聊天闲谈，说到奇闻异事，客人中有位郿王府参军名叫张奇的，他是韦会的表弟，详细地给我们讲了这事，和我以前听到的一模一样，而且他告诉我们："表嫂齐氏现在还健在，自从她还阳之后，精神仪容甚至比以前还要好。"早就听说阴间也有官吏治理管辖，看来不是假话。

王煌娶鬼

太原王煌，元和三年五月初申时，自洛之缑氏庄。乃出建春门二十五里，道左有新冢，前有白衣姬设祭而哭甚哀。煌微觇之，年适十八九，容色绝代。傍有二婢，无丈夫。侍婢曰："小娘子秦人，既笄适河东裴直，未二年，裴郎乃游洛不复，小娘子讶焉，与某辈二人，偕来到洛，则裴已卒矣。其夫葬于此，故来祭哭耳。"煌曰："然即何归？"曰："小娘子少孤无家，何归？顷婚礼者外族，其舅已亡。今且驻洛，必谋从人耳[1]。"煌喜曰："煌有正官，少而无妇。庄居缑氏，亦不甚贫，今愿领微诚，试为咨达。"婢笑，徐诣姬言之。姬闻而哭愈哀，婢牵衣止之，曰："今日将夕矣，野外无所止，归秦无生业。今此郎幸有正官而少年，行李且赡，固不急于衣食。必欲他行，舍此何适？若未能抑情从变，亦得归休，奈何不听其言

原篇名《王煌》

[1] 从人：嫁人。

耶?”姬曰:“吾结发事裴,今客死洛下,绸缪之情,已隔明晦。碎身粉骨,无谢裴恩。未展哀诚,岂忍他适?汝勿言,吾且当还洛。”婢复以煌,煌又曰:“归洛非有第宅,决为客,客于缑,何伤?”婢复以告。姬顾日将夕,回无所抵,乃敛哀拜煌,言礼欲申,哀咽良久。煌召左右饰骑,与煌同行十余里,偕宿彭婆店,礼设别榻。每闻煌言,必呜咽而泣,不敢不以礼待之。先曙而到芝田别业,于中堂泣而言曰:“妾诚陋拙,不足辱君子之顾。身今无归,已沐深念。请备礼席,展相见之仪。”煌遽令陈设,对食毕,入成结缡之礼[1],自是相欢之意,日愈殷勤。观其容止婉娩,言词闲雅,工容之妙,卓绝当时。信誓之诚,惟死而已。

后数月,煌有故入洛。洛中有道士任玄言者,奇术之士也,素与煌善,见煌颜色,大异之,曰:“郎何所偶,致形神如此耶?”煌笑曰:“纳一夫人耳。”玄言曰:“所偶非夫人,乃威神之鬼也。令能速绝,尚可生全。更一二十日,生路即断矣,玄言亦无能奉救也。”煌心不悦,以所谋之事未果,白衣遣人请归,其意尤切。缠绵之思,不可形状。更十余日,煌复入洛,

[1] 结缡(lí):古代嫁女的一种仪式。女子临嫁,母亲给她结上佩巾。

遇玄言于南市，执其手而告曰：“郎之容色决死矣，不信吾言，乃至如是。明日午时，其人当来，来即死矣。惜哉！惜哉！”因泣与煌别，煌愈惑之。玄言曰：“郎不相信，请置符于怀中。明日午时，贤宠入门，请以符投之，当见本形矣。”煌及取其符而怀之。既背去，玄言谓其仆曰：“明日午时，芝田妖当来，汝郎必以符投之。汝可视其形状，非青面耐重鬼，即赤面者也。入反坐汝郎，郎必死。死时视之，坐死耶？卧死耶？”其仆潜记之。及时，煌坐堂中，芝田妖果来，及门，煌以怀中符投之，立变面为耐重鬼。鬼执煌，曰：“如此，奈何取妖道士言，令吾形见！”反捽煌，卧于床上，一踏而毙。日暮，玄言来候之，煌已死矣。问其仆曰：“何形？”仆乃告之。玄言曰：“此乃北天王右脚下耐重也，例三千年一替，其鬼年满，自合择替，故化形成人而取之。煌得坐死，满三千年亦当求替。今既卧亡，终天不复得替矣。”前睹煌尸，脊骨已折。玄言泣之而去。此传之仆人，故备书矣。

【译文】

太原王煌，在元和三年五月初申时分，从洛阳到缑氏庄去，出了建春门走了二十五里左右，看见路旁有一座新坟，坟前有个穿白衣的妇人正在设祭哀哭，很是伤心的样子。王煌偷偷观察那妇人，大约有十八九岁，容貌非常美丽。旁边有两个侍女，没有丈夫。侍女对王煌说："小娘子是秦地人，十五岁时嫁给河东裴直，不到两年，裴郎到洛阳游玩，一直没回家。小娘子觉得很奇怪，就带着我们一同来到洛阳，打听之后才发现裴郎原来已经死了，就葬在这里，所以来这里哭泣吊唁。"王煌说："原来如此，那你们今后到哪里安身呢？"侍女说："小娘子从小父母双亡，不知道回哪里，之前给她主持婚礼的是舅家，但舅舅也已经去世，如今我们只能暂时住在洛阳，以后再找个男人改嫁。"王煌高兴地说："我有个一官半职，又年少不曾娶妻，家就住在缑氏庄，家境也还算过得去，如今遇到你们这般可怜人，愿意向小娘子微微献上我的诚心，请姑娘替我转达一下心意。"侍女笑笑，把他的话告诉了少妇，少妇听完哭得更伤心了，侍女拉着她的衣服安慰她说："天快黑了，荒郊野外也没有住的地方，回秦地去也没有亲人，不能生活。这郎君好歹是做官的，而且年轻，跟着他我们衣食住行都不必担心。反正也要改嫁，错过这样的好人家，之后又能嫁给谁呢？就算你不能克制对亡夫的哀怜思念，也要暂时有个栖身之所，何不听他的话先跟他走呢？"妇人说："我与裴郎是结发夫妻，他如今客死洛阳，我俩情谊未断但却阴阳两隔，就算粉身碎骨也无法报答裴郎之前的恩情。我还没悼念完亡人，怎么忍心嫁给别人呢？你不要说了，我们先回洛阳。"侍女把小娘子的话告诉王煌，王煌又说："到洛阳你们也没有住处，暂且到我的缑氏庄去作客又何妨？”侍女把这话告诉少妇。少妇眼看太阳就要落山，想到回去也没有地方住，于是收敛哀容，答拜王煌，欲言又止的样子，伤心哽咽半天也没说出来。王煌召呼随从与她们同行了十几里地，一起住在彭婆店，为白衣女子另设了一间房。每听王煌说话，妇人就悲伤哭泣，十分恭敬地表达感激之情。天亮了，王煌领着他们到了自己在芝田的别墅。妇人哭着说：“我实在是丑陋愚笨，不值得君子爱惜，可是如今确实没有去处，既然已受先生如此关怀。就请您准备礼品筵席成亲吧。”王煌于是让家人摆酒设宴，吃完饭，两人就举行了婚礼。从此夫妻二人恩爱有加，婚姻美满。那妇人也愈发美丽温柔，还会些诗书雅言，做起家务来也很娴熟。两人情投意合，发誓要生死相依。

几个月后，王煌有事到洛阳，洛阳有个道士叫任玄言，会很多法术，平常与王煌要好。这天他见到王煌脸色不佳，很是惊讶，说：“郎君你的妻子是何人？使你好像老了许多？”王煌笑着说：“我确实娶了一个夫人。”任玄言说：“你娶的只怕不是夫人，是个厉神恶鬼，赶快与她断绝关系你还能活命。再等一二十天，你就不能生还了，到时我也救不了你。”王煌很不高兴，要办的事也没有办完，正好妻子又派人急着让他赶紧回去，两人缠缠绵绵的情谊无法用语言来形容。又过了十多天，王煌又到洛阳去，在南市又碰到了任玄言，他拉住王煌的手告诉他：“看你面色是非死不可了，你不听我的话走到今天这一步。明天中午那妇人会来，来后你就会死。可惜，可惜啊！”

于是哭着与王煌告别。王煌更加疑惑，任玄言说："你要是不相信，请把这个符藏在怀中。明天中午，你那所谓的贤妻一进门，你就把符扔向她，她就会现出原形。"王煌接过符藏在怀中背过身走了，任玄言嘱咐王煌的仆人："明日午时，那芝田的妖怪要来，你家主人会用符投他。你可看一看鬼的形状，不是青面的耐重鬼就是红脸鬼。他进去后会反坐在你家主人身上，你家主人必死无疑，他死时你看一看是坐着死的还是躺着死的。"仆人暗自记下。到了第二天中午，王煌正坐在堂中，他妻子果然来了，妻子走到门边，王煌从怀中拿出符投过去，妻子立马就变为耐重鬼。这鬼抓住王煌，说："既然知道如此，为什么还听妖道的话叫我现原形？多此一举。"说完便揪住王煌，将他摁在床上，一脚踏去，王煌就断气了。太阳落山，任玄言来查看，王煌已经死了。任玄言问那仆人："妖怪长什么样子？"仆人将看到的情形告诉他，任玄言说："这鬼是北天王右脚下的耐重，每满三千年就要找一个替身替自己受罪，那鬼今年刚好值第三千年，要找替身了，所以化成人形来取人命。王煌要是坐着死去，满三千年也可以找替身，如今他躺着死去，就永远不能找替身了。"说完上前查看王煌的尸体，只见他脊骨已经断裂，任玄言哭着走了。这事是仆人后来说给别人听的，我在这里全部记了下来。

夸郎结亲

陈朱崖太守袁洪儿，小名夸郎，年二十，生来性好书乐静，别处一院，颇能玄言[1]。尝野见翠翠鸟，命罗得之。袁甚好玩，清夜月明，彻烛长吟："露湿寒塘草，月映清淮流。"忽失翠翠鸟所在，见一双鬟婢子立在其左，曰："袁郎此篇甚为佳妙，然未知我二十七郎封郎，能押剧韵，人为三言四言句诗，一句开口，一句合口。《咏春》诗曰：'花落也，蛱蝶舞，人何多疾，吁足忧苦。'如剧韵押法之诗，有一二百首，不能尽记得。"夸郎甚异之，曰："汝是谁家青衣，乃得至此？且汝封郎，吾可屈致之乎[2]？"婢子曰："某王家二十七郎子从嫁，本名翡翠，偶因化身游行，使为袁郎子罗得。封郎去此不远，但具主人之礼，少顷封郎即至。"夸郎乃命酒具茶器，未移时，

原篇名《袁洪儿夸郎》

[1] 玄言：老庄玄理的言论或言谈。

[2] 屈致：使客人受委屈而招致至此，为主人的谦语。

翡翠至，曰："封郎在门外。"出见一少年，可二十余，言辞温雅，风流爽迈。揖让登席，博论子史，自晡竟夕，宾主相得。夸郎曰："足下高居，当垂见喻。"封郎曰："平仲来日当有蔬馔奉邀，然非仆本居，赘于琅琊耳[1]。"再三殷勤而别。

及明日辰后，有小童前拜曰："封郎使归儿送书，令从二郎引路。"启书读曰："佳辰气茂，思得良会，驻足层台，企俟光仪，唯足下但东驰耳。"夸郎即策马从之，可行十里，忽见泉石莹彻，异花骈植，宾馆宏敞，穷极瑰宝。门悬青绡幕，下宛一尺余，皆爇兽炭。夸郎与封郎相见，方顾异之，平仲回叱一小童曰："捧笔奴，早令汝煎火浣幕[2]，何故客至犹未毕！"但令去火，而幕色尤鲜。坐未几，又有四人出宅，皆风雅士也。封生曰："主人王二兄、三兄、四兄、六郎子，其名曰淮、曰推、曰惟、曰淮。"夸郎相见坐讫，即有六青衣，皆有殊色，悉衣珠翠，捧方丈盘至，珍羞万品，中有珍异，无不殚尽。王淮曰："有少家乐，请此奉娱。"即有女娃十余人并出，别有胡优，咬指翘足，一时拜员外，次即为给舍。淮指一妓曰："石崇

[1] 赘：在女方家结婚、居住的男子称为赘婿。

[2] 火浣（huàn）幕：火浣布，用石棉纤维纺织而成的布。具有不燃性，在火中能去污垢。

妾仙娥娘也，名称亚于绿珠[1]。”于是丝竹并作，铿锵清亮。日晚，王氏昆弟醉寝，封生谓夸郎曰：“此亦足为富贵，然丈人为太守，当不以此盛。”夸郎曰：“不以鄙贱，愿陪行末[2]，不审何以致之？”封生曰：“君诚能结同心，仆便请为行人。拙室有姨[3]，美淑善音，请袁君思之。”夸郎曰：“但恐龙门下难为鱼耳。”封生因入白王氏尊长，即出曰：“允矣！明日吉，便为迎日。”夸郎大悦，许之。

明日，王氏昆弟方陈设于堂下，茵榻帷帐，赫然炫目。及夸郎入，帘下有女郎曰：“袁郎行动趋跄[4]，犹似把书入学时。”又老青衣过，夸郎拜谢讫，目之。即又笑曰：“禽霏无乳久矣，袁郎何用目之！”将暮，傧乐皆至，有青衣持笺催妆诗[5]，夸郎下笔赋诗曰：“好花本自有春晖，不偶红妆乱玉姿。若用何郎面上粉，任将多少借光仪。”其余吉礼，无不毕备。篇咏甚多，而不悉记得。唯忆得《咏花扇》诗曰：“圆扇画方新，

[1] 绿珠：西晋石崇的宠妾，后为孙秀所慕，向石崇索求不允，泄愤诛杀石崇，绿珠跳楼而死。

[2] 愿陪行末：加入其中，位居末尾。

[3] 拙室：谦称自己的妻子；姨：对妻子姐妹的称呼。

[4] 趋跄（qū qiàng）：形容行走合乎礼节。

[5] 催妆诗：民俗中成婚前夕，赋诗以催新妇梳妆。

金花照锦茵。那言灯下见，更值月中人。”夸郎妻殊丽绝国，举止闲雅，小名曰从从，正名携。第二十七仪质亦得类娣娣，辩捷善戏谑，赠袁郎诗曰：“人家女美大须愁，往往丑郎门外求。昨日金刚脚下见，今朝何得此间游?”及后班坐桐阴，封平仲鼓琴，顾谓夸郎曰：“姨夫岂无一言相赠?”夸郎即赋诗曰：“宾匣开玉琴，高梧追烦暑。商弦一以发，白云飘然举。何必苍梧东，激琴怀怨浦。”夸郎日恣饮嗛，遂无归思。忽觉妻皆惨然，又饰行装。夸郎问封生，封生曰：“丈人晋侍中王济也，久为阴道交州牧，近改并州刺史。若足下以贤尊在此，不能俱往，则当从此有终天之别[1]。”其妻呜咽流涕曰：“君本自殊途，不期与会，致今日之别，亦封郎二兄之过。”遂闻外人呼声，走出，回顾已苍然不复见一物。太守求不得已近一年，及至数月犹惝恍，往往奔至前所，别无所见，复涕泣而退，终岁乃如故。

【译文】

陈朝时朱崖太守袁洪儿，小名叫夸郎，二十岁时，喜爱读

[1] 终天之别：如天的永久无穷，指终身相别。

书，生性喜静，在家外的一个院落居住，颇善于玄谈。曾经在野外发现一只翠翠鸟，命侍从张网捉拿豢养了起来。袁洪儿很会享乐，在月圆清朗之夜秉烛吟诗云："露湿寒塘草，月映清淮流。"忽然翠翠鸟不见了，此时一位梳着双鬟的婢女站在他身边说道："袁郎这首诗写得甚为佳妙，然而您不知道我家的二十七郎封郎，他作诗能押险韵，又能作三言、四言句诗，开口一句，合口又作了一句。他作的《咏春》诗云：'花落也，蛱蝶舞，人何多疾，吁足忧苦。'此类押险韵的诗作，有一二百首之多，我也不是都能记得。"夸郎对此感到非常的惊讶，说到："你是谁家的婢女，怎么会到了我这里来？你说的封郎，可以请他屈就到我这里来做客吗？"婢女说道："我是王家少爷二十七郎的陪嫁丫鬟，本名翡翠，偶然化身为翠翠鸟在外游玩被袁公子张网捕获。封郎住处离此地不远，您只要以主人之礼相待，封郎马上就会前来。"说罢翡翠就前往邀请二十七郎，夸郎连忙命人置备酒具、茶点。不一会儿，翡翠就到了院门口，说道："封郎到门外了。"夸郎出院门迎接，看到一位美少年，二十余岁，言辞优雅温润，气度风流豪迈，主宾相互揖让后入席，二人纵论典籍史事，从午后一直聊到了深夜，谈笑风生。夸郎问道："先生住在什么地方？请您把地址告诉我，日后好登门拜访。"封郎说："我明天当准备好菜肴邀请您前来做客，但所在并非我的家，我是琅琊家入赘的女婿。"最后宾主殷殷不舍而别。

第二天清晨后，一名小童到夸郎居所行礼道："封郎让归儿送书信给您，令我给您带路。”夸郎展开书信，上面写着：“今日得遇良辰美景，神采奕奕，希望与您一聚，我在楼台上驻足，等候您的光临。足下骑马向东边驰骋就可以了。”夸郎骑马跟随小童，大约行进了十里路，忽然见到前方有一湾清泉，清泉中的石头晶莹剔透，各类珍奇花草竞相开放，待客的宅院明亮宽敞，建筑装饰穷极奢华。厅堂入口悬挂着青纱，地面向下凹入一尺有余，燃烧着兽炭生火。夸郎与封郎相见，神情诧异。封郎回头训斥一小童说道：“捧笔奴，早就让你生火洗帘幕（古籍中有火浣布的传说，用火焚烧可去其上之污垢），为什么等客人到了还没有洗完！”下令把火熄灭，帘幕的颜色尤为鲜艳。坐了不一会儿，又出来了四名男子，都是风雅洒脱之名士。封郎介绍道：“这是主人家的四位公子王二兄、王三兄、王四兄、王六郎子，名字分别是王准、王推、王惟、王淮。”夸郎与他们一一行礼之后，有六名美貌非常的婢女，穿戴着珠翠，手捧托盘而至，上有各种珍馐美味，山珍海味无不齐备。王淮说：“家中有乐姬，让她们来给我们助兴吧。”随即有十余名乐姬列队而出，其中有一名胡人乐姬，咬指翘足向众人行礼参拜，参拜了员外之后，又参拜给事中和中书舍人（此处原文疑有缺漏）。王淮指着一名乐姬说到：“这是石崇的小妾仙娥娘，名声次于绿珠。”随后乐姬开始演奏，铿锵悠扬。天色向晚，王家的四位公子酒醉回房就寝，封生对夸郎说道：“我们的家族也很是富贵的，只是丈人官仅太守，谈不上显赫。”夸郎表露心迹道：“如不嫌弃我卑贱，希望能位列诸君之末，不知如何才能做到?”封郎说：“您如果真的能和我们同道志诚，我愿意为您做媒，我妻子有个妹妹，美貌贤淑精通音律，请您考虑一下。”夸郎喜道：“如此甚好，唯恐我这一介平民难以入太守家的龙门。”封郎于是向王家尊长提亲，随即出来回道：“太守家答允了，明天就是吉日，可举办婚礼。”夸郎大喜，答应了。

第二天，王家兄弟在堂下布置洞房，床榻帐幕艳丽耀眼，夸郎入了洞房，帘幕下一名女子笑道：“郎君走路谨慎规矩，就像拿着书入学堂就学的学生一样。”此时一名年老的婢女走过，夸郎向她行礼，看着她，帘下的女子又笑着说：“禽霏无乳已经很久了，郎君何用看着她。”向晚，傧相、乐手都来了，一名婢女持信笺让夸郎写催妆诗，夸郎下笔写道：“好花本自有春晖，不偶红妆乱玉姿。若用何郎面上粉，任将多少借光仪。”其他的婚庆仪式，无不齐备热闹。夸郎在婚礼仪式上所作诗篇甚多，许多不曾记得了，唯记得题为《咏花扇》的诗句：“圆扇画方新，金花照锦茵。那言灯下见，更值月中人。”夸郎的妻子绝色倾国，举止娴雅，小名叫从从，正名叫王携。封郎的妻子仪态和妹妹也很相似，伶牙俐齿喜欢戏谑，写诗赠送给夸郎云：“人家女美大须愁，往往丑郎门外求。昨日金刚脚下见，今朝何得此间游?”随后他们依次坐在桐树荫下，封郎弹琴，回头对夸郎说：“妹夫难道没有诗赠予我吗?”夸郎遂赋诗道：“宾匣开玉琴，高梧追烦暑。商弦一以发，白云飘然举。何必苍梧东，激琴怀怨浦。”夸郎在太守家每日肆意饮酒玩乐，没有了回家的想法。忽然有一天发觉妻子及家人皆神色惨然，又在收拾行李，夸郎问封郎何故，封郎说："我的丈人是晋朝时的侍中王济，长期任职阴间的交州牧，近日受封改任并州刺史。如果您因为父母尚在此地，不能随同我们一起赴任，从此我们就要永别了。"夸郎的妻子呜咽道："我和郎君本来阴阳殊途，没有想到会结合，致使今天又要别离，这也是封郎二哥的过错。"夸郎忽然听到外面有人在呼唤自己，出了房屋，再回头看，眼前茫然没有一物。夸郎设法找寻他们近一年而不得。最开始几个月，精神恍惚，常常跑到以前相会的地方，无物可见，又痛哭流涕着回家，一年后才恢复正常。

恶 瘤

安康伶人刁俊朝，其妻巴妪，项瘿者[1]，初微若鸡卵，渐巨如三四升瓶盎。积四五年，大如数斛之囊，重不能行。其中有琴、瑟、笙、磬、埙、篪之响。细而听之，若合音律，泠泠可乐[2]。积数年，瘿外生小穴如针芒者，不知几亿。每天欲雨，则穴中吐白云，霏霏如丝缕，渐高布散，结为屯云，雨则立降。其家少长惧之，咸请远送岩穴。俊朝恋恋不能已，因谓妻曰:“吾迫以众议，将不能庇于伉俪。送君于无人之境，如何?”妻曰:“吾此疾诚可憎恶，送之亦死，拆之亦死。君当为我决拆之，看有何物。”俊朝即磨淬利刃，挥挑将及妻前，瘿中轩然有声，遂四分披裂，有一大猱，跳走腾踏而去。即以帛絮裹之。虽瘿疾顿愈，而冥然大渐矣。

原篇名《刁俊朝》

[1] 瘿（yǐng）：脖子前的一种囊状瘤子。

[2] 泠泠（líng líng）：声音清扬。

明日，有黄冠扣门曰[1]："吾乃昨日瘿中走出之猱也。吾本猕猴之精，解致风雨。无何与汉江鬼愁潭老蛟还往，常与觇船舸将至，俾他覆之，以求舟中糇粮[2]，以养孙息。昨者太一诛蛟，搜索党与，故借君夫人蝤蛴之领[3]，以匿性命。虽外不相干，然为累亦甚矣。今于凤凰山神处求得少许灵膏，请君涂之，幸当立愈。"俊朝如其言涂之，随手疮合。俊朝因留黄冠，烹鸡设食。食讫，贳酒欲饮，黄冠因啭喉高歌，又为丝匏琼玉之音，罔不铿锵可爱。既而辞去，莫知所诣。时大定中也。

【译文】

安康有位艺人刁俊朝，娶了一名巴地的老妇为妻，脖子上有肉瘤，最开始尚小如同鸡蛋，之后渐渐长大到如同能盛三四升液体的瓶子，再过了四五年，大到与能装下数十斗东西的囊近似，肉瘤过于沉重导致老妇不能外出走动。肉瘤里常有琴、瑟、笙、磬、埙、篪等乐器演奏发出的声响，仔细听，其声响

---

[1] 黄冠：黄色的冠帽，主要指道士。
[2] 糇（hóu）粮：干粮，粮食。
[3] 蝤蛴（qiú qí）：天牛的幼虫，黄白色，借以比喻妇女脖颈之美。

亦合乎音律，曲声悠扬动人。又过了几年，肉瘤外部长出无数个如同针尖一样细小的洞。将要下雨的时候，肉瘤外部的洞口就会有白云吐出，飘荡如同丝缕，渐渐飘向高处再散开，汇合成云，马上雨水就降落了下来。刁俊朝全家人对这名老妇都很恐惧，要求把她送到远处的山野郊外。刁俊朝对妻子留恋不已，对妻子说："我受迫于家人的意见，不能庇护你了，我把你送到没有人烟的地方，怎么样？"这名老妇说："我所得的这个怪病确实令人憎恶，你把我送到荒无人烟的地方是死，把我的肉瘤切开也是死，请夫君给我将肉瘤切开，看里面到底有什么东西。"刁俊朝于是磨砺刀锋，挥动着刀到妻子面前，准备将肉瘤挑破。肉瘤内忽然发出巨响，破裂开来，一只大猿猴从中跳出腾云而去。刁俊朝连忙用帛絮将伤口包裹好，虽然肉瘤这一恶疾马上好了，但是妻子也昏睡不醒，病势沉重。

第二天一位道士登门拜访道："我就是昨天从您妇人肉瘤中跳出来的那只猿猴。我本是狝猴精，能呼风唤雨，后与汉江鬼愁潭的老蛟龙往来，常和它在江中等候来往的船只，伺机将船掀翻，去舟中获取粮食，用来喂养子孙。前些日子太一神诛杀了老蛟龙，搜捕党羽，我为了逃命借使君妻子的肉瘤暂住。我的所作所为与你们毫不相关，然而为了逃命却深深地连累了你们。我今天在凤凰山神那儿求得了一点灵膏，请您涂在妇人的伤口处，应该立刻就会好。"刁俊朝如其所言给妻子伤口处涂上了药膏，马上伤口就愈合了。刁俊朝为了感谢其恩德，挽留这名道士用膳，杀鸡招待他，吃完后，又买来美酒准备痛饮。这名道士转动歌喉，放声高歌，接着又弹奏乐器，声音铿锵悠扬。演奏完，这名道士就辞别了，不知道他去了什么地方。这件事发生在大定年间。

岑曦应梦

进士郑知古，睿宗朝客于相国岑公门下，有日矣。一夕，寝于内厅。夜分，远闻众闹祈哀之声。倾耳听之，声声渐近。既而分明闻其祈救人曰：“岑氏寒微，未达于天下，幸而生之。曦谬掌朝政[1]，其心畏惧，未尝敢危人。设使妇人而持权者，其心亦猛于曦也。即曦持衡御物[2]，生无怨人，死无怨鬼，何所触犯，而当此戮？唯使者恕之。某等当使曦以阴缗百万奉谢。”泣告之声盈路。俄见大鬼丈余，蓬头朱衣，执长剑逾墙而入，有丈夫、妇女、老者、少者亦随之入，或自投于墙下遮拜，其辞恳切。大鬼不顾，又逾中门，众亦纷纭而入。食顷，闻阖门大哭之声，惊起听之，大鬼者执曦头仍出，门内哭声极哀，若有大祸。衙鼓将动，稍稍似息。知古徨不知所为，行于

原篇名《岑曦》

［1］ 谬掌朝政：错误地掌握了朝政，在此为谦辞。

［2］ 持衡：公允地品评、选拔人才；御物：驾驭、管理各类事物。

廊下，以及鸣鼓。

鼓发，中门大开，厩吏乃饰马。导从之士，俨立于门下矣。知古微觇之，闻曦起而腆冠矣。有顷，朝天时至，执炬者告之。曦簪笏而出[1]，抚马欲上，忽扪其颈曰："吾夜半项痛，及此愈甚，如何！"急命书吏为简，请展前假小憩之。遂复入，行数步，回曰："今晨有事，须自对扬[2]。"强投简而登马。知古所见中夜之事小验，益忧。有顷，一骑奔归曰："相国伏法矣，家当籍没！"知古逾垣而出，免为法司所诘。前拜泣而求恕者，盖岑氏之先也。

仆常闻人之荣辱，皆禀自阴灵。惟此鬼吏，其何神速矣。乃知幽晦之内，其可忽之乎！

【译文】

进士郑知古，唐睿宗时在相国岑曦门下做了很久的门客。一天晚上，郑知古睡在内厅。半夜梦中，听到远处传来众人喧闹、祈求、哀哭之声，仔细倾听，哀哭的声音越来越近，随后

[1] 簪笏（zān hù）：冠簪和手板。冠簪，使冠固定于发髻上的簪子，多为官宦所用；笏：臣子上朝时手中所拿的狭长板子，上可以记事。

[2] 对扬：臣子面君奏事。

就能清楚地听到祈求的人说的话："岑氏出身寒微，没有能扬名于天下，幸而有岑曦这个儿子。造化弄人，使得岑曦掌握了朝政，但是他有畏惧之心，未尝敢陷害他人。即便是让一名妇人掌握权柄，她的野心也会比岑曦更凶狠。岑曦公正地选拔人才，知人善任，没有怨恨他的生人，更没有结怨的鬼魂，他触犯了什么，要遭受杀戮？请求您宽恕他，我们会让岑曦用阴间缗钱百万来酬谢使君。"哭泣哀告的声音充满了道路。不一会儿见到一个身高丈余的大鬼，蓬着头发，身穿红色衣服，手执长剑翻墙而入岑曦府中，身后男子、妇女、老人、儿童也随之进入，有的在墙角下跪拜，言辞恳切。而大鬼对于众人的哀告不顾，又穿过了中门，身边众人也纷纷随之而入。过了一会儿，听到门内传来嚎啕大哭的啼声，郑知古受到惊吓起身仔细倾听，看到大鬼手上拿着岑曦的头颅离开了岑府，门里哭声极为哀痛，如同遭遇了大祸。

这时衙门将要开始擂鼓了，哭声逐渐消失。郑知古内心彷徨不知道可以做什么，就在廊下走来走去，一直到鼓声响起。鼓声响起后，中门打开，马厩的小吏开始装饰、备马。岑曦的随从恭敬地立在廊下等候差遣。郑知古偷偷地抬眼看，岑曦已经起来穿好了官服。不一会儿，早朝的时间到了，手执火把的随从告诉岑曦该向皇宫出发了。岑曦戴着簪，手执笏而出，扶着马欲骑上去，忽然摸着脖子说道："我半夜时候感觉脖子很疼，此时更为疼痛，这是为什么？"急忙令书吏写信，请求告假休息。随后步入了房门，走了几步，又回头吩咐道："今天早上有事，必须亲自面见圣上。”于是把告假的书信扔了而上马前往皇宫。郑知古发现半夜梦中见到的事情已经有小部分应验了，内心愈加感到忧虑。过了一会儿，一个骑马的随从回来说道：“相国被下令处斩了，官府马上来人抄家。”郑知古翻墙逃跑，没有遭到查办。此时他想到了半夜哭泣的祈求的，应当是岑曦的先人。

我常常听人说人在现世所受到的宠辱，都是源于阴间的祖辈魂灵所赐。唯有这个鬼吏，做事如此迅速，由此可以知道幽冥间的事情是不可以忽视的。

图书在版编目（CIP）数据

玄怪录；续玄怪录 /（唐）牛僧孺，（唐）李复言撰；
刘润雨选编. — 成都：巴蜀书社，2022.11（2024.8 重印）
ISBN 978-7-5531-1823-9

Ⅰ.①玄…　②续…　Ⅱ.①牛…　②李…　③刘…
Ⅲ.①传奇小说－中国－唐代　Ⅳ.①I242.1

中国版本图书馆 CIP 数据核字（2022）第 195867 号

玄　怪　录·续　玄　怪　录　　（唐）牛僧孺　（唐）李复言　撰
XUANGUAI LU　XU XUANGUAI LU　　刘润雨　选　编

策划出品　远涉文化
出版统筹　罗婷婷　庄本婷
策划编辑　袁　艺
责任编辑　张裕闻　徐雨田
责任印制　田东洋　谷雨婷
出　　版　巴蜀书社
　　　　　四川省成都市锦江区三色路 238 号新华之星 A 座 36 楼
　　　　　邮编：610023　总编室电话：（028）86361843
发　　行　巴蜀书社
　　　　　发行科电话：（028）86361852　86361847
照　　排　四川胜翔数码印务设计有限公司
印　　刷　四川宏丰印务有限公司（028）85726655　13689082673
版　　次　2022 年 11 月第 1 版
印　　次　2024 年 8 月第 3 次印刷
成品尺寸　145mm×210mm
印　　张　9.875
字　　数　190 千
书　　号　ISBN 978-7-5531-1823-9
定　　价　59.80 元